Nitrites dans la charcuterie : le scandale

GUILLAUME COUDRAY

Nitrites dans la charcuterie : le scandale

Harper Collins

HARPERCOLLINS FRANCE
83-85, boulevard Vincent-Auriol, 75646 PARIS CEDEX 13
Tél. : 01 42 16 63 63

www.harpercollins.fr

ISBN 979-1-0339-1392-4

Sommaire

À la mémoire d'Axel Kahn (1944-2021),
médecin et généticien,
président de la Ligue contre le cancer,
combattant jusqu'à la dernière heure
contre les additifs nitrés.

En préambule, il est nécessaire de donner quatre précisions importantes.

Le risque spécifique de cancer colorectal lié aux charcuteries traitées par les additifs nitrés n'est pas un danger immédiat. Il tient au fait que ces aliments étant des produits de consommation courante et régulière, on les ingère de façon répétée, pendant des années.

En l'état actuel des connaissances, l'ingestion de charcuterie traitée avec des additifs nitrés ne pose pas de problème spécifique pour la santé *si elle est occasionnelle.* En France, les autorités sanitaires recommandent de ne pas consommer plus de 150 grammes de charcuterie par semaine[a].

Les additifs nitrés (nitrate et nitrite) ne sont pas eux-mêmes cancérogènes. Mais ils donnent naissance à des *composés nitrosés* qui ont un effet cancérogène.

Bien que les additifs nitrés soient identifiés comme des substances dont l'emploi conduit à une augmentation des risques de cancer, ils restent pour l'instant autorisés, tant par la réglementation européenne que par les textes en vigueur au niveau national. Lorsqu'il utilise un additif nitré, un fabricant de charcuterie n'est donc nullement en infraction, la loi l'y autorise.

a. Voir « Réduire l'exposition aux nitrites et aux nitrates dans l'alimentation », anses.fr, 12 juillet 2022. (www.anses.fr/fr/content/réduire-l'exposition-aux-nitrites-et-aux-nitrates-dans-l'alimentation)

Prologue

En 1934, les autorités françaises ont chargé un expert en toxicologie d'évaluer un nouveau produit chimique que des industriels souhaitaient employer pour fabriquer des charcuteries.

La substance à examiner était le nitrite de sodium, un réactif chimique alors utilisé pour la fabrication de la teinture à tissus et pour l'usinage du métal. Ce « nitrite » réagit facilement sur les matières inertes mais il agit aussi sur les cellules vivantes. Des chimistes avaient découvert qu'en le dissolvant dans un peu d'eau puis en l'injectant à des pièces de viande, il permettait d'obtenir rapidement de beaux jambons bien roses, qui se conservaient longtemps[1]*. En conséquence, la question posée aux autorités sanitaires françaises était simple : la France devait-elle permettre l'usage de nitrite de sodium pour la fabrication des charcuteries ?

Après quelques mois de recherches et d'analyse, le rapport[2] livrait un verdict catégorique : surtout pas ! L'auteur de cette expertise, le médecin Frédéric Bordas, avait été chef du service de la répression des fraudes, puis professeur au Collège de France. C'était un expert intègre et respecté, redouté par les fraudeurs et les margoulins de toutes sortes qui pullulaient alors dans le secteur de l'alimentation industrielle.

* Toutes les références ont été rassemblées en fin d'ouvrage (voir à partir de la page 181).

Dans ce rapport, le professeur Bordas expliquait que le nitrite donnait aux charcuteries « une couleur rosée, aspect recherché par la clientèle, qui croit volontiers que cette teinte rose est signe de bonne conservation[3] ». Le professeur de toxicologie dénonçait les arguments présentés par les syndicats de fabricants qui affirmaient que l'ajout de nitrite serait avantageux pour la santé publique, « mais ce que ne nous disent pas les charcutiers, c'est que si l'on ajoute des nitrites à la saumure, l'effet désiré (la coloration rose de la viande) est obtenu en moins de vingt-quatre heures, au lieu d'une trentaine de jours[4] ». Le professeur Bordas concluait : « Devons-nous faciliter les opérations qui consistent en réalité à tromper l'acheteur, avec cette circonstance aggravante que le produit préconisé est toxique[5] ? »

En découvrant le rapport, des charcutiers industriels français furent pris de colère. Et comment ne pas les comprendre ? À peine dix-huit mois auparavant, Adolf Hitler était arrivé au pouvoir en Allemagne. Soucieux d'accélérer et d'augmenter la production de charcuteries, le régime nazi avait immédiatement autorisé l'emploi du nitrite[6]. Grâce à cet additif miracle, les industriels teutons menaçaient d'inonder l'Europe de saucisses produites à des prix défiant toute concurrence ; le jambon chimique bien rose faisait de l'ombre au pauvre « jambon blanc » de nos campagnes. Les charcutiers français se sentaient étranglés par la compétition des produits importés. Les charcuteries étrangères gagnaient sur tous les tableaux : extérieurement, les jambons nitrités étaient plus roses, donc plus beaux. Ils se conservaient plus longtemps. Ils coûtaient moins cher à produire. Ils nécessitaient moins de soin pendant la fabrication, car, comme l'eau de Javel, le nitrite a un effet désinfectant. Les charcutiers allemands obtenaient donc des charcuteries bon marché, rapides à fabriquer, faciles à stocker et qui gardent longtemps un bel aspect. Comment résister à une telle concurrence ?

Cependant, le ministère de la Santé français de l'époque a suivi les préconisations du professeur Bordas. Le nitrite n'a pas été autorisé. La police a alors traqué les fraudeurs qui employaient du nitrite illégalement. Lorsqu'un inspecteur trouvait un bidon de nitrite caché dans la soupente d'une usine de charcuterie, le fabricant était poursuivi en justice et menacé d'être jeté en prison[7]. Année après année, l'Académie de médecine maintenait son cap en dépit de la pression des industriels qui réclamaient l'autorisation d'employer du nitrite. Le ministère de l'Agriculture désirait accroître la compétitivité et les volumes de production, il prit le parti des charcutiers industriels. Mais le ministère de la Santé maintint son veto au nitrite. Le gouvernement expliquait qu'il était impossible d'autoriser le nitrite, car cela signifierait « pour la première fois admettre le principe de l'addition aux aliments d'une substance classée comme toxique, alors qu'il est de règle absolue de séparer les corps dangereux des denrées comestibles[8] ».

Après la création du Marché commun européen en 1957, la compétition allemande devint de plus en plus forte. Finalement, en 1964, le gouvernement français céda. Malgré la réticence du ministère de la Santé, le ministère de l'Agriculture réussit à imposer ses vues et décida d'autoriser l'emploi du nitrite de sodium dans la charcuterie[9]. La justification à cette décision était purement économique. Dans son rapport officiel publié la même année, l'Académie de médecine indiquait clairement qu'elle n'approuvait pas l'emploi des additifs nitrés et qu'elle jugeait leur généralisation franchement « regrettable[10] ». L'Académie de médecine notait que l'autorisation du nitrite visait surtout à ne pas mettre les industriels français « en position défavorable[11] » vis-à-vis de la concurrence étrangère. L'Europe se construisait, les marchés s'ouvraient, il fallait donc produire plus, plus vite, plus rose, à armes égales avec les autres pays. Il fallait fabriquer moins cher des charcuteries à l'aspect appétissant, flatteuses à l'œil et douces pour le portefeuille.

Dans une lettre adressée au ministère de l'Agriculture, le syndicat des charcutiers industriels français insistait sur les gains prodigieux qu'entraînerait l'utilisation du nitrite de sodium : « Il permet avec les mêmes locaux de fabrication de *quadrupler les tonnages.* Il diminue l'importance des stocks. Il favorise la rotation rapide des capitaux – tous éléments qui influent sur le prix de revient et permettent de mieux résister aux pressions étrangères, ne serait-ce que celle des concurrents de la Communauté économique européenne[12]. »

Depuis, presque soixante ans se sont écoulés. En France, la charcuterie continue d'être très présente dans nos assiettes puisque chaque foyer achète aujourd'hui en moyenne 29,5 kg de charcuterie par an, pour un prix total moyen de 337 euros[13]. Environ un quart des achats s'effectue chez des artisans ou bien aux rayons « à la coupe » dans les supermarchés. Mais l'essentiel (75 % des achats) est vendu préemballé et les consommateurs s'approvisionnent surtout dans les rayons en libre-service des grandes et des moyennes surfaces.

Des milliers d'études ont été consacrées à la chimie du nitrite. Des centaines de chercheurs se sont penchés sur leur paillasse pour modéliser la réaction du nitrite avec la matière carnée, pour tirer au clair ses effets sur l'organisme des consommateurs. On sait aujourd'hui que les additifs nitrés augmentent l'effet cancérogène de la charcuterie, en particulier en ce qui concerne les cancers de l'intestin[14]. Pourtant, leur emploi continue d'être autorisé. Pire encore, aujourd'hui, presque trois quarts[15] des charcuteries vendues en France sont traitées soit au nitrite, soit au nitrate, une substance voisine qui partage la plupart de ses effets cancérogènes (ou « cancérigènes », ces deux termes étant synonymes).

Certains fabricants de charcuteries assurent qu'ils renonceront aux additifs nitrés lorsqu'ils auront trouvé « des solutions alternatives ». C'est une ruse, les charcuteries sans additif nitré existent depuis longtemps. Aujourd'hui, on trouve d'excellentes charcuteries sans nitrate ni nitrite dans toutes les villes de France. Il suffit de savoir les identifier. Certes, il faut souvent jouer au Sherlock Holmes des étiquettes. Scruter les emballages, déchiffrer quelques formules absconses, déjouer les pièges et les chausse-trappes, et ne se fier ni aux labels « bio[16] » ou « label rouge[17] », ni au prix.

Les charcuteries sans nitrate ni nitrite sont disponibles dans les rayons et leur part de marché progresse sans cesse. Pour certains industriels, les produits sans additifs nitrés représentent déjà un tiers du chiffre d'affaires[18]. Et pourtant, comme si de rien n'était, les mêmes industriels continuent de proposer, en parallèle, des produits fabriqués avec des additifs nitrés. Ils ont le droit, ces additifs ne sont pas (encore) interdits.

Panique au pays du jambon-beurre

Comme l'expliquent certains industriels français du secteur, supprimer les additifs nitrés des charcuteries est une opération délicate et coûteuse[19]. Pour que cette mutation de l'ensemble de la charcuterie française réussisse, le consommateur a tout intérêt à s'en mêler.

Les techniques de fabrication sans nitrate ni nitrite ne demandent qu'à être généralisées, mais cette grande réforme des charcuteries n'est pas favorable à certains fabricants – en particulier ceux qui ont bâti toute leur puissance sur l'utilisation systématique de ces « additifs miracles ». Supprimer les additifs qui donnent naissance à des composés cancérogènes oblige à modifier en profondeur les méthodes de travail : il faut parfois changer les machines et revoir les équipements de réfrigération, embaucher plus d'employés, et suivre des règles d'hygiène plus contraignantes. Adapter les processus de fabrication implique des modifications dans la façon de sourcer la matière première, mais aussi dans la commercialisation des produits. Dans certains pays étrangers, notamment aux États-Unis et au

Canada, l'opposition des industriels est catégorique et définitive. Ils savent que la suppression des additifs nitrés implique de réformer la filière et de remettre en cause les fondamentaux d'un système très avantageux pour les grands groupes qui dominent le marché. Pourquoi s'engager dans ces efforts coûteux, si c'est pour obtenir un produit moins rose et donc risquer de vendre moins ?

Pourtant, les résultats d'une grande étude publiée en 2019 sont sans appel. Sur dix-sept publications examinant l'effet spécifique des additifs nitrés, « onze ont conclu que la viande transformée contenant des nitrites augmente le risque de cancer colorectal[20] ». Les dernières données sont parues en décembre 2022. Elles montrent que dans des tests sur les souris, des saucisses de Francfort traitées avec du nitrite sont plus cancérogènes que des saucisses de Francfort non traitées[21]. D'autres conclusions importantes ont été rendues publiques en février 2022 à partir de l'étude NutriNet-Santé, longtemps dirigée par le professeur Serge Hercberg, l'inventeur du NutriScore. S'étalant sur presque douze années et portant sur plus de 100 000 adultes français, l'étude a impliqué l'analyse en laboratoire de 700 produits industriels fabriqués avec du nitrate ou du nitrite. Ici encore les résultats sont sans appel : les additifs nitrés sont clairement associés à un risque plus élevé de cancer[22].

La vie en rose

Sauf à tomber dans un conspirationnisme inepte, comment admettre que les charcuteries modernes sont *rendues* particulièrement nocives ? Comme dans les contes qui mettent en scène des ogres et des sorcières, mangerions-nous des aliments qui, au sens propre, seraient empoisonnés ? L'hypothèse tient du délire. Pourquoi les additifs nitrés sont-ils alors encore autorisés ?

Cette énigme a croisé ma route il y a plus de quinze ans. Dans le cadre de la préparation d'un film documentaire, j'enquêtais sur des études épidémiologiques conduites aux îles Féroé, un petit archipel de l'Atlantique Nord. Lors de ce tournage, j'avais découvert que des chercheurs allemands étudiaient l'effet que pouvait avoir l'ingestion de charcuteries traitées au nitrate ou au nitrite[23]. En poursuivant mon enquête, j'ai découvert l'ampleur de ce que les scientifiques savaient déjà. J'ai été saisi par la façon dont ces connaissances semblaient n'avoir aucun impact en matière de santé publique. Alors j'ai voulu comprendre.

À quoi servent vraiment les additifs nitrés ? Peut-on s'en passer ? Comment se sont-ils répandus dans les charcuteries modernes ? Il m'a fallu du temps pour trouver un chemin dans les discours contradictoires, pour démêler cette matière complexe qui combine traditions culinaires, science, histoire, politiques sanitaires et enjeux industriels. J'ai consacré des années à élucider cette étrange saga qui mène de l'Europe jusqu'aux États-Unis, afin de reconstituer cette histoire inconnue et d'esquisser l'archéologie des charcuteries rosées. Derrière des produits que je croyais connaître, j'ai vu s'ouvrir des pans entiers d'histoire médicale et toxicologique – une histoire secrète, au carrefour de la science et du thriller. J'ai été happé par les nouveaux mystères qui ne cessaient de surgir.

Je suis donc devenu spécialiste de quelques recoins oubliés de l'histoire des techniques alimentaires ; je me suis passionné pour les boyaux, les désinfectants et les méthodes de conservation ; j'ai écumé les marais salants et les laboratoires. Cent fois je me suis perdu dans cette enquête qui ne cessait de s'étendre. Mais j'ai trouvé en chemin des clés qui m'ont permis d'aller plus loin. J'ai compris que certains industriels des « viandes transformées » et certains vendeurs d'additifs profitent de la complexité scientifique du sujet pour empêcher toute évolution. Certes, le vocabulaire technique paraît complexe, mais ce n'est qu'une apparence. En réalité, les choses sont assez simples. En deux phrases comme en cent : toutes les charcuteries ne se valent pas. Afin de s'orienter, il suffit de savoir lire les étiquettes…

Pour ceux qui souhaitent mieux se repérer et mieux comprendre comment sont fabriqués les aliments que nous mettons dans nos assiettes, ce livre propose d'expliquer comment les additifs nitrés agissent, pourquoi ils sont employés, et les risques spécifiques qu'ils présentent. Ainsi, chacun pourra mieux choisir ce qu'il consomme, en toute connaissance de cause.

Dans quels produits trouve-t-on des additifs nitrés ?

Le nitrite de sodium et le nitrate de potassium sont deux poudres cristallines, solubles, blanches avec de légers reflets jaunâtres. En France, plus de trois quarts des charcuteries sont fabriquées en employant ces additifs[24]. Il arrive souvent que dans la presse, ou dans le langage de tous les jours, les additifs nitrés soient désignés collectivement par le terme « nitrites », au pluriel. Pour être plus précis, il est préférable de désigner le nitrate et le nitrite sous le nom « additifs nitrés ».

Sur les étiquettes listant les ingrédients, les additifs nitrés figurent soit sous leur nom complet, soit sous la forme du « code E » ou « code européen » commençant par la lettre E suivie de trois ou quatre chiffres. La lettre E (pour Europe) signifie que cet additif alimentaire est approuvé par l'Union européenne.

En France, les charcuteries nitrées sont généralement traitées soit avec du E250 (nitrite de sodium), soit avec du E252 (nitrate de potassium). Il existe d'autres types de nitrate et de nitrite. La classification européenne attribue notamment l'identifiant E251 au nitrate de sodium et E249 au nitrite de potassium. Ils sont parfois employés à l'étranger, les industriels de chaque pays ayant développé leurs propres habitudes en fonction des particularités de l'industrie chimique locale. Le E251 (nitrate de sodium) et le E249 (nitrite de potassium) sont souvent cités par les articles de presse français consacrés aux additifs nitrés. Mais dans les faits, à de rares exceptions portant sur quelques produits d'importation, le E251 et le E249 ne sont quasiment jamais utilisés en France[25].

L'utilisation simultanée de nitrate et de nitrite lors de la fabrication d'un même produit de charcuterie est rare. Chacune de ces substances a un mode d'emploi spécifique. Le nitrite de sodium est surtout utilisé dans les produits qui sont cuits au cours de la fabrication (jambon cuit, saucisses, pâté, etc.) et dans les produits qui sont étuvés (lardons, bacon, etc.). Le nitrate de potassium (qu'on appelle aussi *salpêtre*) est réservé à la fabrication des produits qui ne sont pas cuits pendant la fabrication et qui sont consommés à l'état cru. En particulier, le nitrate est souvent utilisé dans la fabrication du jambon sec (par exemple le jambon de Bayonne), du jambon cru[a] et du saucisson sec.

L'ensemble des procédés et des dosages autorisés sont définis dans un document rédigé par des représentants de la filière charcutière et validé par les pouvoirs publics. Ce document est appelé Code des usages, il fixe les règles de fabrication. En France, les doses d'emploi des additifs nitrés étaient déjà inférieures de 20 % aux doses maximales autorisées au niveau européen. En 2020, avec l'accord des pouvoirs publics, les syndicats de fabricants se sont engagés sur une nouvelle baisse des doses de nitrate et de nitrite (une baisse de 20 %)[26]. Cela marque un progrès. Néanmoins, cette évolution n'est pas suffisante, car les doses employées continuent à entraîner l'apparition de composés nitrosés cancérogènes.

a. On appelle « jambon sec » les jambons dont le temps de séchage dépasse quatre mois (au-dessous de cette durée, on parle plutôt de « jambon cru »).

1

Le nitrite de sodium pur, un poison plein de (mauvaises !) surprises

Si les additifs nitrés continuent d'être utilisés, c'est parce que des lobbyistes du nitrite ont profité d'une subtilité toxicologique. Aujourd'hui, certains industriels déploient des efforts considérables pour faire croire au public que le nitrite de sodium est utilisé depuis toujours dans les charcuteries. Certains poussent le culot jusqu'à présenter cette substance comme un ingrédient noble, une sorte d'épice magique que nos ancêtres auraient utilisée pour produire le jambon et les saucisses. En réalité, le nitrite de sodium a toujours été identifié comme une substance redoutable dont il fallait, au contraire, interdire à tout prix la présence en cuisine parce qu'elle risquait d'entraîner des empoisonnements catastrophiques[27].

Bien avant que l'on comprenne qu'il augmente les risques que la viande soit cancérogène, le nitrite de sodium était identifié comme une substance dangereuse provoquant une intoxication immédiate. En effet, le nitrite dégage de l'oxyde nitrique (*nitric oxide* en anglais, ou NO) qui se fixe sur le fer contenu dans le sang. Lorsqu'un être humain avale du nitrite pur, son sang perd son aptitude à transporter l'oxygène, et ses muscles perdent leur capacité à stocker l'oxygène. Il en résulte une cyanose : la chair change de couleur, la peau et les muqueuses prennent une teinte bleutée (le terme cyanose vient de *cyan*, bleu). En 1974, une toxicologue américaine a remarqué : « Est-ce vraiment surprenant que le nitrite ait une action sur notre sang ? Le nitrite réagit avec le sang des humains exactement comme il réagit avec le sang qui se trouve dans les morceaux de viande[28]. »

Les médecins désignent cette intoxication sous le nom de « méthémoglobinémie ». On l'appelle aussi « syndrome du bébé bleu », ou plus simplement « maladie bleue[a] ». Elle entraîne une insuffisance respiratoire qui est souvent mortelle. Après avoir pris en charge des victimes d'empoisonnement au nitrite, des médecins urgentistes ont récemment récapitulé son mode d'action : « En tant qu'asphyxiant chimique, le nitrite de sodium affecte les organes vitaux, en particulier ceux qui ont une forte dépendance à l'oxygène, comme le cerveau et le cœur[29]. » Suivant les ouvrages de toxicologie que l'on consulte, la dose fatale se situe entre 0,7 gramme et 4 grammes pour un adulte de 75 kg (soit moins qu'une cuillérée à café) et une dose encore moindre pour les enfants[30]. La perte de conscience intervient rapidement. D'après les observations effectuées à l'hôpital, « l'effet du nitrite de sodium se produit dans les minutes qui suivent l'ingestion et au maximum après 30 à 60 minutes[31] ». La victime tombe dans le coma et la mort survient en quelques heures au maximum.

Cette intoxication n'a rien à voir avec le cancer. Je dois bien admettre qu'au début de mon enquête je n'ai pas compris le lien entre cette « méthémoglobinémie » et la question de la charcuterie et du cancer. J'ai fini par comprendre que c'était un point essentiel parce que des promoteurs des additifs nitrés jouent habilement sur la confusion entre les deux maladies.

a. La « maladie bleue » a donné son titre à un livre de reportages médicaux intitulé *Eleven Blue Men*, qui a connu un certain succès et qui est paru en France en 1963 aux éditions Istra sous le titre *Onze hommes bleus*. Le reportage racontait l'intoxication de onze hommes qui avaient absorbé du nitrite de sodium.

La toxicité aiguë du nitrite : la « maladie bleue »

Il serait vain de dresser ici la liste de toutes les intoxications accidentelles au nitrite de sodium ayant entraîné des cas de « maladie bleue ». L'événement emblématique est survenu au Royaume-Uni en 1936. Le gouvernement britannique avait construit une usine de produits chimiques à Billingham, dans le nord de l'Angleterre. L'usine fabriquait du nitrite de sodium destiné au traitement du métal et à la production de pigments pour élaborer de l'encre et de la teinture. À l'époque, son emploi n'était pas encore autorisé au Royaume-Uni pour la fabrication des charcuteries.

Un jour d'août 1936, Raymond Cooper, 44 ans, employé de cette fabrique de nitrite, prenait son déjeuner en famille dans sa maison. Au beau milieu du repas, il commença à montrer les signes caractéristiques de la cyanose. Sa peau prit d'abord une teinte grise couleur ardoise, puis devint nettement bleutée. Avec lui, à table, se trouvaient alors sa femme Madeline, 42 ans, et leur fille Dulcie, 5 ans. Le médecin fut appelé en urgence, mais il arriva trop tard. Il l'a raconté dans le journal médical *Lancet* : « Lorsque je suis arrivé à la maison, l'homme et sa femme étaient morts, et l'enfant avait été emmenée à l'hôpital. Les voisins m'ont dit qu'immédiatement après le repas, les victimes s'étaient plaintes de douleurs abdominales, qu'ils avaient vomi et que leurs visages étaient "devenus bleus[32]". »

Dans un article intitulé « Trois morts à cause du nitrite de sodium », le quotidien *The Times* indique alors qu'« un quatrième membre de la famille, Maureen, 10 ans, était partie à l'école avant le début du repas. C'est la seule survivante ». Pendant son agonie, Madeline Cooper, la mère, avait eu le réflexe d'alerter une voisine : « Mme Cooper était dans un état terrible. Elle a demandé à sa voisine de veiller à ce qu'à son retour de l'école, sa fille Maureen ne prenne surtout pas le repas qui l'attendait dans le four[33] ».

D'après le médecin légiste, les parents sont morts environ une heure après le repas. Quant à la petite Dulcie, « l'enfant a été transportée à l'infirmerie, son estomac a été purgé, mais elle est morte après environ trois heures. Les symptômes observés pendant l'agonie étaient caractéristiques de ce type d'empoisonnement : difficulté à respirer, forte cyanose, vomissements, stupeur et état de choc[34] ».

La police trouva du nitrite de sodium dans la cuisine. On comprit plus tard que Raymond Cooper avait rapporté un sachet de nitrite de l'usine où il travaillait. Il l'avait déposé dans la maison. Sa femme l'avait confondu avec du sel et s'en était servie pour cuisiner. Les analyses révélèrent que les plats du repas comportaient jusqu'à 6,5 % de nitrite de sodium. La police concluait alors que ce fait divers tragique devait « servir d'avertissement aux fabricants de nitrite, car c'est un produit dangereux. Les fabricants devraient prendre des mesures afin d'apprendre à leurs employés qu'il ne faut pas que le nitrite sorte de l'usine[35]. »

Le pedigree macabre du nitrite de sodium

De nos jours, le nitrite de sodium est souvent utilisé pour empêcher la corrosion du métal, car, lorsqu'il est dissous, le nitrite agit comme un puissant agent oxydant. Dans les systèmes de réfrigération fonctionnant en circuit fermé, l'ajout de nitrite au liquide réfrigérant permet que les engrenages ne rouillent pas. Malheureusement, il arrive parfois que ce liquide nitrité soit absorbé de façon accidentelle. Cela provoque alors des cas fatals de la « maladie bleue ». Des fuites dans le système de réfrigération de camions transportant des aliments ont ainsi entraîné plusieurs décès[36]. Des intoxications au nitrite sont également survenues dans des écoles, affectant des groupes d'écoliers dont les mains et les lèvres tournaient au bleu[37]. Dans le cas d'un accident qui a touché une cinquantaine d'élèves, du nitrite de sodium avait été introduit dans des tuyaux afin d'éviter la corrosion, et, par erreur, cette eau nitritée avait été utilisée pour la préparation des plats de la cantine. Heureusement, les enfants purent être sauvés grâce à l'injection très rapide d'un antidote. (Par un curieux hasard de la nature, l'antidote est de la même couleur que le symptôme : on soigne la « maladie bleue » due au nitrite de sodium en pratiquant une injection intraveineuse de bleu de méthylène, une substance d'un magnifique bleu roi.)

En allant sur le site de l'Institut national de recherche et de sécurité (inrs.fr), puis en cherchant « nitrite de sodium », on accède à la fiche toxicologique correspondante. Au-dessous du symbole représentant une tête de mort, on lira : « Toxique en cas d'ingestion[38] ». Étrange indication pour un produit utilisé comme additif alimentaire !

Le nitrite de sodium et le suicide

Vu sa toxicité, il y a déjà longtemps que le nitrite de sodium a été identifié par les candidats au suicide comme un moyen de provoquer une mort rapide. Les publications médicales décrivent de nombreux cas d'intoxication volontaire au nitrite de sodium, y compris chez des employés d'usines de charcuterie[39]. Mais le monde occidental a été marqué par une nette augmentation du nombre de cas au cours des toutes dernières années, à tel point que des membres du Parlement européen s'en sont inquiétés[40]. Dans certains pays, on pourrait même parler d'une véritable « épidémie » de suicides au nitrite de sodium[41]. C'est le cas aux Pays-Bas. Tout a commencé en 2018. Cette année-là survint le suicide d'une jeune femme de 19 ans prénommée Ximena. Elle s'était procuré du nitrite de sodium via Internet et s'en était servi pour mettre fin à ses jours[42]. Après son décès, ses parents découvrirent qu'elle s'était inspirée d'informations diffusées par des organisations néerlandaises favorables à la libéralisation du « droit au suicide ». Les parents dénoncèrent l'idée qu'un « poison » aussi puissant puisse être acheté librement sur Internet, pour à peine quelques euros[43].

L'affaire fut amplement commentée sur les réseaux sociaux, et le suicide de la jeune Ximena fut le déclencheur d'une série de cas similaires. Depuis, le nombre de suicide à l'aide de nitrite a crû sans interruption, d'abord aux Pays-Bas, puis dans les autres pays d'Europe notamment en Italie[44], au Portugal[45], mais aussi en France. Les médecins des centres antipoison ont récemment sonné l'alerte en décrivant des suicides réalisés avec du nitrite obtenu via Internet ou subtilisé dans un atelier de fabrication de charcuterie[46]. Le suicide au nitrite de sodium a atteint des proportions singulières au Royaume-Uni, si bien que les autorités judiciaires ont cherché à tarir la source de nitrite[47]. En 2019, la société eBay en a interdit la vente sur sa plate-forme[48].

La vague de suicides au nitrite paraît atteindre tous les pays industrialisés[49]. À l'été 2022, des médecins coréens notaient ainsi que « plusieurs sites web fournissent des instructions pour se suicider avec du nitrite de sodium à la maison[50] ». Les journaux nord-américains ont multiplié les mises en garde face au nombre croissant de personnes choisissant de mettre fin à leurs jours en absorbant du nitrite, en particulier au Canada[51], en Californie[52] et à Chicago[53], jusqu'à défrayer la chronique à l'été 2022 avec le suicide d'une actrice, Lindsey Pearlman[54].

La société Amazon a été confrontée à une série de suicides réalisés grâce à l'emploi de nitrite acheté en ligne sur le site[55]. Rien que sur le territoire américain, le *New York Times* indiquait en février 2022 « avoir identifié 10 personnes qui se sont suicidées en utilisant le composé chimique après l'avoir acheté sur le site au cours des deux dernières années, dont une jeune fille de 16 ans dans l'Ohio, deux étudiants de première année en Pennsylvanie et au Missouri, et un habitant du Texas de 27 ans, dont la mère a intenté un procès contre Amazon pour homicide involontaire[56] ». En septembre 2022, de nouvelles plaintes ont été déposées, cette fois-ci par les parents d'adolescents de 16 et 17 ans qui s'étaient procuré de véritables « kits de suicide au nitrite » vendus en ligne[57].

Naturellement, le nitrite de sodium a également été utilisé dans de nombreux homicides, notamment en Asie. En Inde, le nitrite fait partie des substances dont les médecins légistes cherchent la trace de façon routinière en cas de mort suspecte. En Chine, la radio nationale a consacré plusieurs reportages à la façon dont une certaine Mme Fan avait déjoué la tentative d'assassinat mise au point par son mari, qui avait versé du nitrite de sodium dans sa nourriture[58]. En 2017, inspirée par ce fait divers, une autre femme, Mme Wang, institutrice, a tenté d'empoisonner son mari en versant du nitrite de sodium dans son verre après une dispute. L'époux avait pu être sauvé. Mais deux ans plus tard, Mme Wang a réitéré son forfait, cette fois-ci en tentant d'empoisonner les élèves d'une de ses collègues, une institutrice avec qui elle s'était disputée : à la cantine, elle a versé du nitrite de sodium dans la nourriture des enfants[59]. Depuis, elle a été condamnée à mort pour tentative d'assassinat[60].

L'invention du « sel nitrité »

En France, jusqu'aux années 1960, le nitrite de sodium faisait l'objet d'une réglementation très restrictive. Cette substance figurait sur la liste officielle des poisons, inscrite au *Journal officiel*. Le nitrite était inscrit dans le « tableau des substances vénéneuses », catégorie « produits dangereux[61] ». À cause de son extrême toxicité, le commerce de nitrite de sodium était rigoureusement contrôlé, son stockage sévèrement régenté. Puisque moins d'une cuillerée à café de nitrite de sodium peut suffire à tuer une personne, les autorités sanitaires veillaient scrupuleusement à ce que cette poudre ne tombe pas dans de mauvaises mains ou ne donne pas lieu à des ingestions accidentelles.

De même, chez nos voisins allemands, le commerce du nitrite de sodium était étroitement surveillé par la police. Jusqu'en 1934, son usage était spécifiquement « interdit dans la préparation commerciale des viandes et des saucisses[62] ». Étaient également défendus « l'importation, le stockage et le commerce de viandes en contenant[63] ». La loi empêchait que ce poison soit manipulé ou même stocké à proximité des lieux où se préparaient des produits destinés à la consommation humaine. Les médecins des services sanitaires soulignaient : « Le nitrite de sodium a des effets toxiques même à des doses inférieures à un gramme. Une telle substance n'a sa place ni dans l'industrie alimentaire, ni dans la restauration, ni dans les cuisines[64]. »

Pourtant, certains fabricants de charcuterie allemands l'utilisaient en fraude, afin de produire rapidement et à bas coût de belles charcuteries roses[65]. Il arrivait fréquemment qu'ils se trompent dans les dosages, entraînant des dizaines de cas[66] de « maladie bleue ». Des chimistes mirent alors au point un procédé destiné à empêcher les empoisonnements. La méthode consistait à dissoudre une petite proportion de nitrite de sodium dans une grande quantité de sel de cuisine[67]. Si quelqu'un absorbait cette mixture, il vomirait obligatoirement à cause de l'effet vomitif du sel. Il n'y avait donc pas d'intoxication accidentelle ou de suicide possible. Et si un charcutier se trompait dans les dosages, la charcuterie obtenue serait tellement salée qu'elle en deviendrait immangeable. Grâce à ce mélange, l'usage du nitrite permettait donc d'éviter toute intoxication immédiate. Ainsi est né le « sel au nitrite de soude », que pour simplifier on appelle généralement « sel nitrité ».

Le sel nitrité fut autorisé en Allemagne en 1934[68]. En France, ce mélange n'a été autorisé qu'en 1964, dans le cadre de l'harmonisation européenne. Un arrêté a alors permis l'usage du nitrite de sodium dans la fabrication des charcuteries, exclusivement sous forme de sel nitrité dosé à 0,6 %[69]. À cette occasion, le « tableau des substances vénéneuses » a dû faire l'objet d'une modification exceptionnelle[70].

L'emploi du nitrite sous forme de sel nitrité à 0,6 % de nitrite a été autorisé parce qu'on estimait que le nitrite de sodium serait inoffensif à ces doses. Un expert travaillant pour les industriels rabâchait sans cesse que « les conditions prévues permettent d'éviter tout empoisonnement aigu[71] ». À l'époque, personne ne se doutait qu'on découvrirait un jour qu'en réagissant avec la matière carnée, la petite proportion de nitrite contenue dans le sel nitrité allait donner naissance à des composés nitrosés aux conséquences dramatiques.

Les composés nitrosés s'invitent dans nos assiettes

Malheureusement, presque simultanément à l'autorisation du sel nitrité en France, les toxicologues ont commencé à comprendre que le nitrite réservait de bien mauvaises surprises. À côté des risques de « maladie bleue » déjà identifiés, les biochimistes ont découvert que les additifs nitrés donnent naissance à des molécules redoutables, cancérogènes même à très faible dose : les composés nitrosés. Ce deuxième risque n'avait tout simplement jamais été envisagé. Cette compréhension tardive est au cœur du drame des charcuteries modernes : la focalisation sur le risque d'empoisonnement aigu a conduit à occulter la toxicité indirecte, sur le long terme, qui ne produit pas d'effet visible immédiat[72]. Et lorsque cette toxicité a été découverte, l'industrie n'a pas su ou pas voulu s'adapter.

Les premiers composés nitrosés à être identifiés furent les nitrosamines (ou nitroso-amines). Au milieu des années 1950, John Barnes et Peter Magee, chercheurs à l'université de Cambridge, découvrirent[73] que ces molécules étaient les agents cancérogènes « les plus efficaces et parmi les plus puissants[74] ». Presque dès le début, Barnes et Magee avaient compris qu'on pourrait peut-être déceler des nitrosamines dans la fumée du tabac – ce qui se vérifia effectivement : les nitrosamines sont une des principales substances cancérogènes de la fumée de cigarette[75]. Mais les chercheurs n'imaginaient pas que des nitrosamines seraient bientôt identifiées dans les viandes traitées par les additifs nitrés. Un nouveau palier d'alerte fut franchi en 1960 lorsqu'en Norvège, des vétérinaires constatèrent la mort d'animaux d'élevage dont la nourriture avait été traitée au nitrite de sodium[76]. Les tests révélèrent que ces aliments recelaient un des composés nitrosés les plus redoutables, la diméthyl-nitroso-amine[77]. Après cette découverte initiale, les biochimistes s'aperçurent que le nitrite pouvait faire apparaître des *nitrosamides*. Puis bien plus tard, les autres composés nitrosés furent identifiés, en particulier le *fer nitrosylé*[78].

Ce fut d'abord une inquiétude, presque une intuition, un signal d'alarme qui s'est déclenché dans les bureaux des agences sanitaires. En 1963, pour la première fois, un chercheur allemand a noté que le nitrite pouvait donner naissance à des composés cancérogènes dans les charcuteries. Il avait donné de fortes doses de nitrite à des rats, en le mélangeant à de la viande hachée. Il avait observé que les rats mouraient plus jeunes que le groupe témoin et développaient plus souvent des cancers[79]. Le chercheur avait relevé des tumeurs du sang (des leucémies), du foie, du cerveau. Il avait d'abord été surpris. Mais les tumeurs lui ont paru trop disparates. Elles semblaient frapper tel ou tel organe, au hasard, sans logique. Le chercheur a estimé qu'il était donc impossible de montrer un quelconque lien de causalité. Les doses de nitrite qu'il avait données aux rats étaient particulièrement élevées. Il en a conclu qu'en employant des doses bien plus faibles dans les charcuteries, tout serait sous contrôle[80]. Puis il est passé à autre chose.

D'autres chercheurs reprirent le flambeau. Et les résultats ne tardèrent pas à arriver. Au printemps 1968, *The Lancet*, le plus prestigieux des journaux médicaux, expliquait avec moult détails que toutes les études expérimentales récentes convergeaient vers une découverte potentiellement catastrophique : les « additifs nitrés » couramment utilisés dans les charcuteries paraissaient pouvoir provoquer le cancer[81].

Que faire, lorsque les scientifiques découvrent après coup qu'une substance qui a été autorisée a des effets délétères qui n'avaient pas été pris en compte lors de l'autorisation ? La réaction responsable aurait été de revenir sur l'autorisation initiale. Mais, au lieu de tenir compte des nouvelles connaissances scientifiques, certains industriels ont sorti les crocs et se sont murés dans le déni. La tête dans le sable, le nez dans les comptes.

Toxicité aiguë et toxicité chronique

Forme de toxicité	Toxicité aiguë	Toxicité chronique
Maladie concernée	méthémoglobinémie (« maladie bleue »)	cancer
Molécule impliquée	nitrite à l'état pur	composés nitrosés - fer nitrosylé - nitrosamides - nitrosamines - nitroso-thiols ...
Dose active	au-dessus de 0,5 g	dose infime
Temps d'action	effet immédiat (en quelques minutes)	effet cumulatif (sur des années)

Le nitrite de sodium est impliqué dans deux maladies distinctes.

D'une part, le nitrite de sodium crée par son action directe la « maladie bleue » (ou méthémoglobinémie), qui entraîne une asphyxie. Cet empoisonnement tue en quelques dizaines de minutes. C'est ce que les médecins appellent la toxicité aiguë du nitrite. Elle n'intervient que lorsque la dose de nitrite dépasse un demi-gramme. La présence dans de la charcuterie d'une quantité de nitrite susceptible de provoquer une intoxication aiguë est impossible.

D'autre part, le nitrite de sodium donne naissance aux *composés nitrosés*. Ils n'agissent pas sur le sang mais directement sur les cellules du côlon et du rectum. À la différence du nitrite, les composés nitrosés n'ont pas d'effet immédiat, mais un effet qui est lent à apparaître, ce que les spécialistes appellent un effet chronique : l'exposition aux composés nitrosés, répétée pendant des années, peut provoquer l'apparition de cellules cancéreuses.

Sel et « sel nitrité »

Le nitrite de sodium est si réactif qu'il suffit d'un gramme de nitrite pour traiter plusieurs dizaines de kilos de chair. En charcuterie, il n'est donc jamais utilisé pur, mais uniquement sous forme de mélange, additionné à du sel de cuisine. Ce mélange s'appelle « sel nitrité », parfois également désigné sous le nom « sel au nitrite » ou « sel nitrité sodique ».

C'est l'additif nitré le plus utilisé. Certains consommateurs (et même certains artisans charcutiers) croient qu'il s'agit d'un « sel », c'est-à-dire d'une simple déclinaison du « sel de mer ». Il n'en est rien. Historiquement, les charcuteries étaient fabriquées avec de la viande et du sel, que les chimistes appellent chlorure de sodium. C'est la substance blanche que chacun connaît et qu'on appelle aussi « sel de cuisine ». Encore aujourd'hui, de nombreuses charcuteries sont obtenues par simple salage et maturation. Le sel ou « sel de cuisine » exerce un pouvoir conservateur sur la viande en déshydratant les cellules qui constituent les muscles. Le sel nitrité, pour sa part, désigne un mélange fabriqué à partir de sel de cuisine auquel a été ajoutée une petite portion de nitrite de sodium pur.

La fabrication de ce mélange est réservée à des entreprises titulaires d'une autorisation spéciale. En France et en Belgique, et plus généralement en Europe, ce « sel nitrité » contient entre 99,4 % et 99,5 % de sel de cuisine et entre 0,5 et 0,6 % de nitrite. Dans d'autres pays (notamment aux États-Unis et au Canada), le mélange est dosé à 94 % de sel et 6 % de nitrite, et ses conditions d'emploi sont adaptées afin de tenir compte d'une dilution supplémentaire au moment de la mise en œuvre. Aux États-Unis, au Canada et au Québec, le « sel nitrité » à 6 % est souvent appelé « poudre de Prague » (*Prague powder*) ou « sel rosisseur » (*pinking salt*)[a].

a. Ce produit ne doit pas être confondu avec le « sel rose », ou « sel de l'Himalaya », qui, lui, est du sel de table rendu rose par certains composants naturels. Le « sel de l'Himalaya » ne contient pas de nitrate ni de nitrite, il n'a pas d'effet rosisseur sur la matière carnée et il ne donne pas naissance aux composés nitrosés cancérogènes.

2

Nitrite et cancer : un cauchemar pour les décideurs

Dès les années 1960, l'accumulation des travaux sur le pouvoir cancérogène des composés nitrosés provoqua une vive inquiétude chez les scientifiques, mais aussi chez les professionnels de l'industrie charcutière. Le problème était que ces composés semblaient ne pas agir de la même manière que les substances toxiques auxquelles l'industrie avait normalement affaire. D'abord, la dose d'action était différente de celles auxquelles les professionnels étaient habitués. En effet, chez un homme, la dose mortelle de nitrite se situe entre 0,7 gramme et 4 grammes, mais les composés nitrosés peuvent agir à une dose 1 000 fois inférieure. Ensuite, leur redoutable « efficacité cancérogène[82] » faisait peur puisque certains composés se révélaient cancérogènes sur une multitude d'organes et chez quasiment tous les mammifères. Lors de l'un des premiers congrès internationaux consacrés au nitrite et au cancer, un spécialiste donnait l'alerte sur ces composés qui « induisent des tumeurs chez toutes les espèces d'animaux chez qui ils ont été testés, et il est peu probable que l'homme soit résistant à leur action[83] ».

Autre différence capitale avec l'effet direct du nitrite : l'impact cancérogène des composés nitrosés ne résulte pas d'une exposition unique, mais de l'accumulation de petites expositions successives.

C'est pourquoi l'expert français René Truhaut insistait sur la différence entre empoisonnement aigu et empoisonnement progressif. Premier président du JECFA[a], le groupe d'experts des additifs alimentaires mis en place par les Nations Unies, le professeur Truhaut a inventé la notion de DJA (dose journalière acceptable) aujourd'hui employée par presque tous les pays pour autoriser ou interdire les additifs alimentaires[84]. René Truhaut regrettait « la tendance bien trop répandue à ne s'intéresser qu'aux intoxications aiguës provoquées par l'absorption, en une seule dose ou en plusieurs doses successives, de certains produits chimiques, l'empoisonnement se manifestant alors par des symptômes spectaculaires et souvent immédiats[85] ». Le professeur Truhaut soulignait que certaines substances avaient un deuxième visage, caché sous le premier : « Les effets d'un empoisonnement à long terme, souvent appelé empoisonnement chronique, qui peut être causé par l'absorption répétée de quantités parfois infimes de certains produits chimiques, sur de longues périodes[86]. » Le toxicologue expliquait que ces empoisonnements, souvent irréversibles, « sont particulièrement insidieux, car ils ne donnent très souvent aucun signe d'alerte perceptible[87] ». C'est le cas, en particulier, de ce que Truhaut appelait l'effet de « cancérisation » de certaines substances.

Le nitrite entre deux feux

Truhaut remarquait que parfois, « ce n'est pas l'additif lui-même qui est toxique, mais le produit qu'il génère en réagissant avec un constituant normal et essentiel de l'aliment[88] ». (C'est précisément

a. Le JECFA (Joint Expert Committee on Food Additives) est une organisation conjointe de l'Organisation mondiale de la santé (OMS) et de l'Organisation des Nations Unies pour l'alimentation et l'agriculture, plus connue sous le nom FAO (Food and Agriculture Organization).

le cas avec le nitrate et le nitrite : ce n'est pas l'additif lui-même qui est cancérogène, mais le produit auquel il donne naissance en réagissant avec un constituant de la viande.) Le professeur Truhaut poursuivait en expliquant que l'identification des composés nitrosés suscitait « une inquiétude considérable concernant l'utilisation du nitrite comme additif alimentaire[89] ». Car la réglementation avait été conçue pour minimiser les risques d'intoxication immédiate et les doses maximales d'emploi avaient été décidées seulement en fonction du risque d'empoisonnement aigu. Ces mesures avaient été guidées par une préoccupation : définir une dose très basse afin que les consommateurs ne soient jamais exposés à des doses de nitrate ou de nitrite susceptibles de provoquer la méthémoglobinémie ou « maladie bleue ». Autrement dit, en fixant les limites à l'usage des additifs nitrés dans les charcuteries, les autorités sanitaires n'avaient pris en compte que l'action toxique immédiate du nitrite sur le sang. À la fin des années 1960, les responsables découvraient, stupéfaits, que les additifs nitrés pouvaient par ailleurs provoquer l'apparition de composés que personne, visiblement, n'avait envisagés[90].

En 1970, le professeur Truhaut se confiait à un journal médical : « Je ne suis pas de ceux qui veulent créer des phobies. Il convient, avant d'annoncer des nouvelles de ce genre, d'être extrêmement prudent car je crains beaucoup des attitudes outrancières ne reposant pas sur des bases scientifiques suffisamment rigoureuses, mais si les études analytiques très approfondies, actuellement menées dans divers laboratoires, confirmaient la possibilité de formation de nitrosamines cancérogènes et mutagènes dans certains aliments additionnés de nitrites, il est probable qu'il faudrait réviser toute une partie de la politique alimentaire actuelle[91]. »

De même, en Grande-Bretagne, les autorités médicales comprirent rapidement que l'emploi des additifs nitrés était susceptible de poser un risque considérable. Que faire alors ? Dans une note interne, le haut fonctionnaire chargé des additifs envisageait deux options :

soit « considérer que le problème doit être traité comme celui du tabac, c'est-à-dire en l'ignorant », soit « partir du principe que le risque doit être réduit par tous les moyens possibles, par exemple en interdisant l'ajout de nitrate et de nitrite[92] ». Aux États-Unis aussi, une véritable panique saisit les services sanitaires de l'Administration. En conclusion des travaux qu'il avait réalisés sur des animaux de laboratoire, le cancérologue William Lijinsky déclarait au début des années 1970 : « Je considère que les nitrites sont aujourd'hui notre pire problème de cancer. Personnellement, je ne mange plus jamais quoi que ce soit qui a été traité avec du nitrite[93]. »

Des additifs maintenus en usage par le lobbying

Connaissez-vous *Tintin en Amérique* ? Dans cette bande dessinée de 1932, Hergé imagine le voyage du célèbre reporter belge de l'autre côté de l'Atlantique. Ses pérégrinations l'amènent à Chicago, la ville de la mafia et des abattoirs géants. Alors qu'il visite l'usine de hot-dogs Slift (calquée sur le site de l'usine Swift, qui existait vraiment), Tintin et son chien Milou sont précipités dans un broyeur à saucisses. Heureusement, ils survivent et ils finissent par démasquer les brigands. Moi aussi, j'avais commencé cette enquête en pleine innocence. Mais au fil des années, j'ai commencé à comprendre que les travaux sur le lien cancer-charcuterie faisaient l'objet d'une puissante stratégie de diversion menée par quelques organisations représentant les charcutiers industriels américains, fédérées autour d'un puissant lobby : l'Institut nord-américain de la viande (*North American Meat Institute*, ou NAMI). Initialement établi à Chicago, cet « institut » a été créé il y a plus d'un siècle, à un moment où les charcuteries industrielles représentaient le premier secteur industriel américain. Ce groupe de pression – un des plus redoutables des États-Unis – s'appelait alors Association américaine des transformateurs-expéditeurs de viande. Il regroupait exclusivement les usines spécialisées en production de « viandes transformées », notamment de bacon, de saucisses à hot-dog et de corned-beef. Dès sa création, cette organisation s'est occupée de promouvoir et défendre l'emploi des additifs nitrés, clé d'immenses profits. Parallèlement, les membres de l'organisation ont déployé des trésors d'imagination pour promouvoir la consommation de charcuterie industrielle, jusqu'à réussir à convaincre la population que le bacon était un aliment sain à manger au petit déjeuner[94].

En exploitant les archives de l'industrie, j'ai pu retracer en détail l'histoire secrète des « charcuteries modernes » optimisées par la chimie. J'ai remis à l'endroit la chronologie, déconstruit les falsifications historiques auxquelles le lobby américain du nitrite s'est livré depuis plus de cinquante ans. L'obsession de ces industriels était que leurs produits ne soient pas stigmatisés. La stratégie employée consistait à entretenir l'idée que les charcuteries ont toujours été *nécessairement* traitées aux additifs nitrés – qu'il n'y a pas le choix, qu'il n'y a jamais eu le choix. Il fallait à tout prix éviter que le public comprenne vraiment que les charcuteries sont *rendues* plus dangereuses par les méthodes de fabrication employées. En dépit des preuves historiques, des lobbyistes affirmèrent ainsi que les charcuteries avaient été traitées au nitrate et au nitrite « depuis la nuit des temps » et qu'il n'y avait donc aucune possibilité de s'en passer, ni aucune raison pour y renoncer[95].

L'industrie face aux risques de cancer

Au début des années 1970 a commencé une véritable « guerre du nitrite » au cours de laquelle les savants subventionnés par l'industrie américaine affrontèrent les organisations de consommateurs et les médecins. Des séries d'auditions furent d'abord organisées au Sénat afin d'examiner la multiplication des cancers chez les rats exposés aux dérivés nitrés. Inquiète, la Food and Drug Administration (FDA) commanda une grande enquête expérimentale au laboratoire de Paul Newberne, au célèbre M.I.T. (Massachussetts Institute of Technology). Quand les résultats furent communiqués, le gouvernement américain prit la décision d'interdire les charcuteries nitrées. L'agence sanitaire (la FDA) entama les préparatifs. Le 19 mai 1978, NBC News annonçait l'interdiction au journal TV. Le 28 août, un représentant du ministère de l'Agriculture vint présenter le plan dans une interview studio. Les mesures légales et administratives étaient prêtes, le « bannissement du nitrite » (*nitrite ban*) allait entrer en vigueur[96].

Alors, le lobby des viandes nitrées jeta toutes ses forces dans la bataille. Dans des documents internes, les industriels des viandes nitrées déclaraient que l'interdiction du nitrite allait entraîner la disparition de la filière porcine, car « ça ne serait plus rentable de continuer à élever des porcs[97] ». « Sans nitrite, l'industrie porcine s'effondre[98] », mettait en garde Evan Binkerd, vice-président du groupe Armour, alors premier groupe mondial de charcuteries. Face aux scientifiques s'est alors dressée une extraordinaire machine de propagande. Lorsque les autorités américaines ont exigé que les charcutiers industriels remplacent le nitrite par des techniques moins nocives, les industriels ont fait valoir toutes sortes d'arguments pour d'abord retarder, puis finalement éviter ces contraintes[99]. Ils ont caché l'essentiel : le public américain n'a jamais vraiment saisi qu'il était tout à fait possible de fabriquer des charcuteries sans additifs nitrés, mais que l'abandon du nitrite exigerait une révision complète des méthodes de fabrication industrielle alors en vigueur dans les usines américaines.

Lors d'une audience au Sénat américain, en 1978, un consultant payé par les industriels lâchait benoîtement que les additifs nitrés donnaient une garantie aux fabricants de saucisses qui utilisaient des morceaux de viande « dont la qualité microbiologique pouvait parfois être erratique[100] ». Le professeur Paul Newberne traduisait : « Ils peuvent avoir des usines beaucoup moins propres, ils peuvent économiser sur la désinfection et les équipements spécialisés, car le nitrite est un excellent désinfectant[101]. » Autrement dit, au lieu de veiller à l'hygiène des usines et des employés, certains fabricants peu scrupuleux préféraient régler les problèmes bactériologiques en injectant le désinfectant directement dans l'aliment.

Dans ces conditions, les industriels américains ont fait valoir que la suppression des nitrites ferait courir un risque mortel aux consommateurs. Au prix d'un audacieux retournement dialectique, nitrate et nitrite ont été mis en scène non comme un danger, mais comme une protection indispensable contre un danger plus terrifiant encore, le botulisme, une grave maladie bactérienne qui tue en bloquant la transmission nerveuse. La maladie est causée par une bactérie (*Clostridium botulinum*) qui peut être présente dans les aliments préparés avec des légumes ou de la viande infectée. Les lobbyistes américains ont fait croire que la seule façon d'éviter cette infection était d'ajouter du nitrate ou du nitrite afin de tuer la bactérie dans les charcuteries contaminées.

SOS bacon

Les industriels américains ont alors prétendu, par exemple, qu'en France, les charcutiers qui n'employaient pas d'additifs nitrés provoquaient chaque année des décès « à cause du botulisme[102] ». C'était faux. Les professionnels français qui travaillaient encore sans recourir aux additifs nitrés n'avaient causé aucun cas de ce fameux « botulisme » brandi comme un épouvantail[103]. Pour éviter les risques bactériens, ils appliquaient des règles d'hygiène rigoureuses et les méthodes de fabrication validées par la profession[104].

Agitant le spectre de la faillite et du chômage, les plus gros industriels américains obtinrent des délais. Ils firent valoir l'idée que s'il y avait un risque de cancer lié aux charcuteries nitrées, ce risque n'était pas lié au nitrate ou au nitrite en eux-mêmes mais bien aux composés nitrosés. Leurs avocats soutinrent que la loi américaine interdisait les additifs cancérogènes... mais que prise à la lettre, la loi ne disait rien concernant les dérivés issus des molécules concernées. Le plus puissant syndicat de l'agroalimentaire américain monta une audacieuse stratégie pour s'engouffrer dans cette brèche et développa secrètement un argumentaire dont on connaît aujourd'hui les détails[105]. Les juristes du lobby estimaient qu'en interprétant les textes d'une façon minimaliste, il serait peut-être possible d'affirmer que les dérivés cancérogènes n'étaient pas interdits par la loi, et qu'il fallait donc les considérer comme de simples contaminants. Cette pirouette machiavélique reçut le soutien de députés et de sénateurs élus des régions où l'industrie porcine occupait une place centrale, et qui avaient été dûment repérés par les stratèges du lobby[106]. Ils devinrent les porte-voix de l'industrie. Au dernier moment, après dix ans de luttes d'influence et d'affrontements juridiques, les industriels des viandes nitrées parvinrent donc à faire annuler les projets d'interdiction, et le chef de la FDA fut conduit à la démission[107].

Et le renard prit le contrôle du poulailler

Enhardis par l'incroyable mansuétude avec laquelle les pouvoirs publics les avaient laissés agir, les industriels des viandes nitrées en ont déduit que tout leur était permis. Ils sortirent même renforcés de la « guerre du nitrite » des années 1970, car un des soutiens du lobby devint ministre américain du Commerce… et le chef du lobby devint carrément ministre de l'Agriculture ! Les cancérologues crièrent au scandale. Pour les calmer, l'ancien lobbyiste devenu ministre promit de lancer des études plus complètes sur les composés nitrosés. Évidemment, les nouveaux rapports ne virent jamais le jour. En parallèle, comme le raconte l'historien Robert Proctor, les lois sur les additifs furent révisées afin d'autoriser les substances cancérogènes dans les aliments « pour autant qu'ils n'ont pas été introduits volontairement dans les denrées mais apparaissent au cours du processus de fabrication, comme un effet secondaire[108] ».

Et pour verrouiller le tout, les avocats des industriels nitriteurs firent valoir l'idée que les additifs nitrés devaient bénéficier d'une mesure exceptionnelle, dite « clause du grand-père[109] ». Elle exemptait les additifs nitrés de devoir être soumis à des tests d'innocuité, au prétexte qu'ils avaient déjà été autorisés avant la Seconde Guerre mondiale. Bien que foncièrement absurde, cette justification parut acceptable aux yeux du droit américain. En conséquence, il fut décidé (et discrètement publié dans les textes réglementaires américains[110]) que les additifs nitrés devaient être *réputés sans effet nocif* et donc jamais être évalués.

Aujourd'hui, à l'heure où ce livre paraît, malgré six décennies d'alertes à répétition et des dizaines d'études accablantes[111], l'effet cancérogène des charcuteries nitrées n'a toujours pas fait l'objet d'une évaluation sanitaire par les autorités américaines. Les évaluations officielles ont seulement porté sur du nitrite dissous dans de l'eau, dans des conditions qui empêchent l'apparition de la plupart des composés nitrosés[112]. La même astuce a toujours été utilisée dans ces études : examiner du nitrite seul sans tenir compte du fait que le nitrite réagit avec la viande pour former du fer nitrosylé.

Pire encore, tout indique que la question ne sera pas examinée par les autorités américaines, en tout cas pas dans un avenir proche. Parce qu'à force de manœuvres administratives et judiciaires, les lobbyistes des viandes nitrées américaines ont réussi à extraire les additifs nitrés du droit commun des additifs alimentaires. Cela peut sembler incroyable, c'est pourtant vrai. Alors que les additifs alimentaires employés aux États-Unis sont soumis à l'approbation du ministère de la Santé via la célèbre Food and Drug Administration (FDA), la FDA n'a aujourd'hui aucune autorité sur les additifs nitrés, car il a été décidé que tout ce qui touche à l'emploi d'additifs dans les produits carnés relèverait exclusivement d'un obscur service du ministère de l'Agriculture initialement appelé Bureau des industries animales. Proche des industriels, ce service initialement dirigé depuis Chicago s'appelle maintenant Service de recherche agricole. Qu'on ne s'attende pas à ce que ses employés viennent mettre leur nez dans l'effet cancérogène des additifs qu'ils sont censés réguler : le service a pour mandat le développement économique des charcuteries industrielles !

Charcuteries au nitrite, combien de morts ?

On se souvient du titre du livre d'Irène Frachon, pneumologue à Brest : *Mediator 150 mg : combien de morts ?*[113]. Publié en 2010, ce témoignage capital montrait que le médicament Mediator, consommé quotidiennement par 300000 Français, provoquait parfois, chez certains d'entre eux, une atteinte des valves du cœur aux conséquences parfois mortelles. La Caisse nationale d'assurance maladie décomptait alors *a minima* 500 à 1000 victimes[114]. Le Dr Frachon montrait que les effets indésirables de la molécule (un « ester de benzoate ») avaient été identifiés déjà plus de dix ans avant. La réponse des pouvoirs publics avait été de ne rien faire, autrement dit d'« attendre les résultats de toutes les études en cours avant de décider d'une quelconque action[115] ». Du côté du laboratoire incriminé, on répondait que « cela faisait trente ans que Mediator était commercialisé, consommé par près de deux millions de Français[116] ». L'effet de cette procrastination a finalement été chiffré : à long terme, une surmortalité de plus de 2000 morts, sans compter les milliers de vies brisées par les séquelles[117]. Devant l'inaction des décideurs qui ne décidaient rien, Irène Frachon constatait : « J'ai l'impression étonnante de me promener avec un éléphant rose en laisse et de voir de doctes spécialistes se pencher, certes avec intérêt, mais pour finalement me demander de démontrer qu'il ne s'agit pas d'une souris verte[118]. »

Saura-t-on un jour l'étendue des souffrances qui ont été provoquées en repoussant sans cesse l'abolition des additifs nitrés ? En 1971, après que les premières enquêtes américaines eurent identifié l'effet cancérogène des additifs nitrés sur les animaux de laboratoire, un jeune généticien de l'université de Stanford s'étonnait : « Il n'est pas encore démontré que les composés nitrosés provoquent à coup sûr le cancer chez l'homme. Néanmoins, la formation de différentes quantités de ces composés cancérogènes dans les aliments et dans l'estomac est désormais un fait établi. L'ampleur des risques pour la population dépasse largement les avantages très discutables qu'en tirent quelques intérêts privés[119]. » Pour le jeune généticien, au vu de ces résultats, il paraissait déjà évident que « l'emploi de ces additifs aurait dû être interrompu depuis déjà longtemps[120] ».

Cinquante ans ont passé depuis que ces lignes ont été écrites. Et pourtant, ces additifs mortifères continuent d'être utilisés. Qui sont les responsables ? Faut-il demander des comptes aux fabricants qui utilisent ces additifs ? N'y a-t-il pas lieu, plutôt, d'accuser les autorités sanitaires qui n'interviennent pas et laissent les populations s'intoxiquer à petit feu ?

Le nitrate de potassium ou « salpêtre » – E252

Le nitrate de potassium (E252) est obtenu à partir de l'azote contenu dans l'air. Dissous dans un peu d'eau qu'on laisse évaporer, le nitrate de potassium cristallise en longues aiguilles blanches. À l'état naturel, du nitrate apparaît souvent sur les parois des grottes, dans les souterrains, dans les caves, au pied des vieilles murailles. Dans les déserts, les voyageurs le voient parfois s'étendre en grandes efflorescences à la surface du sol, où il recouvre la base des rochers. D'où son ancien nom, qui continue à être parfois utilisé : le salpêtre (« sel de pierre », *sal petrae* en latin).

Ce nitrate de potassium ou « salpêtre » a toujours intrigué, car c'est un produit très réactif. La légende dit qu'en le manipulant, des alchimistes chinois auraient été surpris par une explosion. Ainsi l'humanité aurait-elle découvert le plus étonnant des pouvoirs du salpêtre : mélangé avec un peu de charbon et de soufre, il forme un mélange qui explose lorsqu'on l'approche d'une flamme ou d'une étincelle. Ainsi, le nitrate de potassium a donné naissance au feu de Bengale, puis à la poudre à canon, et enfin aux munitions. Comment et à quel moment cette substance a-t-elle migré des champs de bataille vers les ateliers de charcuterie ? Les historiens pensent que ce sont des chasseurs qui ont constaté que les morceaux de gibier changeaient d'aspect lorsqu'ils avaient reçu des projections accidentelles de poudre[121].

D'abord utilisé de façon anecdotique pour la fabrication de certains produits seulement, à partir du XIXe siècle le salpêtre est devenu un ingrédient systématique des charcuteries industrielles[122]. En France, son emploi dans les charcuteries a été autorisé en 1912.

Le nitrite de sodium – E250

Le nitrate n'a pas d'action directe sur la viande. Pour qu'il agisse, il faut d'abord qu'il se transforme en nitrite, mais cette transformation prend du temps. Des fabricants ont eu l'idée d'utiliser directement du nitrite, car il permet de produire de gros volumes en une fraction du temps habituel. Cette technique a été mise au point au début du xxe siècle et l'usage du nitrite a alors été protégé par des brevets exclusifs[123].

Comme le nitrate, le nitrite est un dérivé de l'azote. Le plus souvent, il est fabriqué à partir d'un groupe de gaz que les chimistes appellent les oxydes d'azote. Le nombre de fabricants de nitrite de sodium est limité : le prix de vente du nitrite étant très bas – quelques dizaines de centimes d'euros au kilo –, il faut qu'une usine livre des volumes énormes pour être rentable. Au fil des années, toute la production de nitrite de sodium s'est donc concentrée sur une poignée de sites. On ne compte qu'une seule usine aux États-Unis (l'usine de General Chemical à Syracuse, au nord de l'État de New York), une firme chinoise domine le marché asiatique, et en Europe, le principal fournisseur est une usine de la multinationale BASF, le géant allemand de la chimie.

L'essentiel de la production est destiné à l'industrie lourde, car le nitrite de sodium est incontournable en transformation chimique des surfaces. L'industrie lourde en tire des réactifs puissants pour travailler le métal, elle emploie du nitrite pour la finition du fer, l'usinage et le traitement thermique des tôles, le travail de l'étain ou la dorure. Mais on se sert aussi de nitrite de sodium pour bien d'autres opérations industrielles, par exemple pour produire des pigments destinés à la teinture, pour vulcaniser le caoutchouc, pour traiter les eaux polluées ou encore pour désodoriser les boues. Ainsi, d'importantes quantités de nitrite de sodium sont employées dans les fonderies métallurgiques, les tanneries, les fabriques de plastique, etc.[124].

3

Charcuteries et cancer : quels sont les risques ?

L'été est la saison des barbecues dans le jardin, des longs repas en terrasse, des pique-niques sur la plage… Mais début juillet 2022, alors que les Français commencent leurs vacances, les journaux annoncent à grand bruit une nouvelle qui inquiète les amateurs de sandwichs au jambon et de saucisses grillées. L'Agence sanitaire nationale de sécurité sanitaire (ANSES) indique qu'elle s'apprête à publier un rapport d'expertise sur l'effet cancérogène du nitrate et du nitrite utilisés dans la fabrication des charcuteries.

En France, on produit chaque année plus d'un million de tonnes de charcuterie, 1 100 000 tonnes pour être exact[125]. On en importe 175 000 tonnes supplémentaires. Pour la plus grande part, ces produits sont fabriqués à l'aide de nitrate ou de nitrite. D'après un décompte rendu public en 2021 par l'Assemblée nationale, l'emploi de ces additifs nitrés concerne un peu plus des trois quarts des produits de charcuterie commercialisés en France. 19 700 références de charcuteries sont disponibles en France, quasiment 12 000 sont traitées au nitrite et plus de 3 000 sont traitées au nitrate[126]. C'est dire l'enjeu que ces additifs représentent !

Le 12 juillet 2022, l'annonce tombe : après que trois groupes d'experts réunis par l'ANSES ont étudié le nitrate et le nitrite pendant plus de dix-huit mois, l'agence sanitaire conclut que « l'exposition aux nitrates et/ou aux nitrites par la consommation de produits carnés traités est associée positivement avec un risque de cancer colorectal[127] ». « Cette fois, le doute n'est plus permis », écrit le journal *Le Monde*, « les nitrites, ces additifs controversés utilisés dans les charcuteries, représentent bien un danger[128] ». L'association de défense des consommateurs Foodwatch tire les conclusions qui s'imposent : puisque leur dangerosité est reconnue, les additifs nitrés doivent maintenant être tout simplement interdits[129]. Dans un communiqué commun avec la Ligue contre le cancer et l'appli Yuka, le directeur des campagnes de Foodwatch s'exclame que « la santé publique doit enfin primer, n'en déplaise aux lobbies[130] ! ». Au nom de la protection des consommateurs, les trois organisations martèlent que « face aux faits scientifiques, les acteurs politiques doivent prendre leurs responsabilités[131] ».

Pour les cancérologues, ce n'est pas une surprise. Voilà des décennies que les effets cancérogènes des additifs nitrés sont étudiés dans les publications scientifiques spécialisées. Mais le rapport de l'ANSES est un véritable tremblement de terre, car c'est la première fois que l'agence sanitaire nationale reconnaît officiellement que le nitrate et le nitrite ajoutés aux charcuteries sont bien cancérogènes. Pour beaucoup de consommateurs, c'est une réalité difficile à entendre, car les charcuteries font partie de leur quotidien. Comment la consommation du célèbre jambon-coquillettes pourrait-elle représenter un risque ?

Premier concerné : notre tube digestif !

Les cancers sont dus à des mutations génétiques. Elles sont le plus souvent aléatoires, mais elles peuvent aussi être provoquées par différents agents, tels que le tabac, l'alcool, ou des molécules cancérogènes présentes dans de l'air pollué ou dans l'alimentation. « On estime que 40 % des cancers liés à ces mutations évitables peuvent être prévenus : c'est un chiffre consensuel au niveau international[132] », expliquait le généticien Axel Kahn au moment de prendre la présidence de la Ligue contre le cancer.

Une des premières initiatives du professeur Kahn en arrivant à la tête de l'ONG fut d'engager la Ligue contre le cancer dans une grande campagne destinée à exiger que les industriels français de la charcuterie modifient leurs recettes[133]. Jambon, saucisses, lardons, saucisson, salami, coppa… parmi les aliments commercialisés en Europe, ces préparations de viandes séchées, salées ou fumées (que les spécialistes désignent par l'expression anglaise « *processed meats* ») sont les seuls produits alimentaires dont les cancérologues peuvent dire avec certitude qu'ils favorisent l'apparition et le développement de tumeurs[134]. En 2015, les experts de l'Organisation mondiale de la santé ont donc classé les charcuteries dans la catégorie des cancérogènes certains[135]. Ainsi sont désignés les produits à propos desquels les scientifiques ont la preuve solide et définitive de la cancérogénicité. Plus particulièrement, on accuse les charcuteries de favoriser l'apparition et le développement du cancer colo-rectal (ou colorectal), c'est-à-dire le cancer qui touche le gros intestin (également appelé côlon) et le cancer qui atteint le rectum.

Le côlon se situe au bout du tube digestif. La nourriture l'atteint après son passage par l'estomac puis par l'intestin grêle. Quant au rectum, c'est l'extrémité du tube digestif – juste avant l'anus qui, comme chacun sait, désigne l'orifice du tube digestif.

Le plus souvent, le cancer colorectal se développe lentement, au fil de plusieurs décennies, tout au long de la vie de l'individu. Tout commence par de petites protubérances en forme de champignons qui apparaissent sur la paroi interne du côlon ou du rectum. On les appelle polypes. Ces polypes proviennent de la multiplication anormale de cellules de la muqueuse intestinale. Ce sont des tumeurs bénignes, la plupart sont inoffensives. Mais il arrive qu'elles grandissent excessivement, que les cellules anormales se multiplient et prolifèrent de façon anarchique, si bien que certains polypes finissent par former une tumeur maligne – autrement dit une tumeur cancéreuse.

Les cellules cancéreuses commencent alors à envahir la muqueuse. Si le polype cancéreux n'est pas identifié et retiré à temps, ces cellules déréglées peuvent se propager aux tissus environnants, puis, finalement, se disséminer par voie sanguine ou lymphatique pour se diffuser dans le reste de l'organisme et gagner les organes distants : le cancer est alors entré en phase de métastases.

Un cancer très répandu

Le cancer colorectal est l'un des plus communs dans les pays développés. La France est considérée comme un pays « à risque élevé[136] », car ce cancer frappe environ 43 000 nouvelles personnes chaque année (23 000 hommes et 20 000 femmes)[137]. Lorsqu'on examine les statistiques, on note que c'est aujourd'hui le plus fréquent chez les non-fumeurs. Le cancer colorectal représente la seconde cause de décès par cancer sur le territoire national. Grâce au dépistage et au retrait chirurgical des tumeurs, plus de la moitié des patients survivent. Mais près de 40 % des patients meurent : on dénombre 17 100 décès par an pour la France, soit presque six fois le nombre de morts dues aux accidents de la route. Les chiffres s'élèvent à 450 000 nouveaux cas par an en Europe (provoquant 240 000 morts) et environ 1,9 million de nouveaux cas par an dans le monde (pour 940 000 décès)[138]. Le cancer colorectal représente 9,5 % de la mortalité totale par cancer dans le monde.

Une tendance lourde inquiète les médecins. Alors que jusqu'à maintenant, le cancer colorectal touchait presque exclusivement des personnes de plus de 50 ans, les pays développés connaissent maintenant une augmentation du nombre de cancers colorectaux chez les moins de 50 ans, notamment dès la vingtaine[139]. Cette tendance est nettement identifiée aux États-Unis et au Canada depuis une dizaine d'années, et le même phénomène est maintenant repéré en Europe. Dans la tranche d'âge 20-39 ans, entre 2008 et 2016, le nombre de nouveaux cas diagnostiqués chez les jeunes Européens a augmenté de 6 % chaque année[140]. Cause supplémentaire d'inquiétude pour les spécialistes : ces cancers dits « *early onset* » (à début précoce) prennent le plus souvent des formes rapides et particulièrement agressives.

À la recherche des causes

Quelles sont les origines du cancer colorectal ? Cette question a préoccupé des générations de chercheurs. En 1737 paraissait la première description complète de la maladie, puis trente-cinq ans plus tard un médecin français a proposé la première méthode de diagnostic. En retraçant l'histoire de la chirurgie intestinale, des spécialistes notaient en 1977 : « Dans l'ensemble, on peut affirmer que jusqu'au milieu du XIXe siècle, le cancer du rectum était une maladie *rare*, et le cancer du côlon une maladie *très rare*[141]. »

Comment expliquer que cette pathologie rare ait pris des proportions endémiques à notre époque ? Plusieurs causes agissent en parallèle. Depuis longtemps, les analystes disposent d'un indice fort : la fréquence du cancer du côlon est vingt fois plus grande dans certains pays que dans d'autres. Les taux les plus élevés sont observés dans les pays riches (Europe, États-Unis, Canada, Australie, Nouvelle-Zélande…). Les études sur les personnes qui migrent d'une zone où ce cancer est rare (Amérique latine, Afrique) révèlent que leur risque d'avoir un cancer colorectal augmente lorsqu'ils adoptent le mode de vie du pays d'accueil.

Pourquoi ces variations ? Pour les chercheurs, ces différences de fréquence ne sont pas le produit du hasard. Si un cancer atteint un taux très élevé à tel ou tel endroit ou bien si une population semble épargnée alors qu'une autre est particulièrement touchée, ce n'est pas sans raison[142]. C'est pourquoi l'Organisation mondiale de la santé a établi à Lyon une grande agence internationale destinée à l'identification des causes du cancer, le CIRC (Centre international de recherche sur le cancer).

Le « colorectal » et l'alimentation

Un des premiers exemples qui a retenu l'attention des spécialistes fut le Japon. Traditionnellement, le cancer du côlon y était peu fréquent. Mais au fur et à mesure que l'archipel a adopté un mode de vie occidental, sa fréquence a augmenté. Et il augmente encore plus vite chez les Japonais qui se sont installés en Occident. Chez les enfants de Japonais émigrés aux États-Unis, la fréquence du cancer colorectal est deux à trois fois plus grande que chez ceux qui sont restés au Japon[143] !

Même phénomène pour les migrants africains. En une génération, la fréquence du cancer de l'intestin devient égale à celle de la population du pays d'accueil. Au Nigeria, dans les années 1970, le cancer du côlon était presque dix fois moins courant qu'aux États-Unis ; comment expliquer, alors, que les Nigérians installés aux États-Unis soient presque plus touchés que les Blancs[144] ?

Pour les chercheurs, la conclusion qui en découle est que les gènes n'expliquent pas tout. Certes, les prédispositions génétiques jouent un rôle dans l'apparition ou non de cancer colorectal, mais ce rôle est limité, il existe des éléments déclencheurs ou promoteurs. On sait aujourd'hui que seulement 5 à 10 % des cancers colorectaux sont d'origine strictement héréditaire. Pour le reste, la maladie est étroitement liée à des facteurs comportementaux, qu'ils soient protecteurs (l'activité physique) ou qu'ils augmentent le risque (la consommation d'alcool, l'inhalation de la fumée de tabac, les habitudes alimentaires).

Très tôt, les observations médicales ont pointé dans une direction particulière. De même que le cancer des poumons et des voies respiratoires paraissait lié à ce que l'on respire, de même que le cancer de la peau avait un lien avec les expositions cutanées, le cancer de l'intestin semblait corrélé avec les aliments ingérés qui entraient en contact avec le système digestif. Les premiers soupçons se sont portés sur les produits carnés, car les études épidémiologiques montraient une fréquence accrue de cancers digestifs dans les régions où de grandes quantités de viande étaient consommées[145]. À la fin des années 1950, le directeur du registre national des cancers des Pays-Bas effectua une première enquête sur les habitudes alimentaires des Néerlandais et trouvait une nette recrudescence des cancers digestifs chez les gros consommateurs de bacon[146]. Parallèlement, en Chine du Sud, des aliments conservés dans du nitrate apparaissaient liés à une recrudescence spectaculaire de cancers digestifs[147].

Alerte aux charcuteries

Au fil des ans, plusieurs grandes organisations de recherche épidémiologique ont contribué à l'exploration des causes du cancer colorectal. Le WCRF, ou World Cancer Research Fund (Fonds mondial pour la recherche sur le cancer) publia en 1997 un premier rapport qui indique qu'il était « possible » que les charcuteries augmentent le risque de cancer colorectal[148]. Puis en 2007, le WCRF rendit publiques les conclusions d'une nouvelle évaluation sur les viandes transformées. D'après ces experts, un accroissement léger mais certain du risque de cancer du côlon est visible même avec une consommation modeste de charcuteries. Plus la consommation de charcuterie augmente, plus le risque de cancer du côlon augmente proportionnellement. La conclusion du WCRF est sans appel, il recommande d'*éviter* systématiquement les charcuteries[149].

Au même moment, l'agence cancer de l'OMS (le CIRC) a rendu public un rapport qui lui aussi a semé une certaine panique dans l'industrie charcutière : les experts du CIRC classaient les additifs nitrés dans la catégorie des cancérogènes probables en raison de leur capacité à donner naissance à des composés nitrosés[150]. Les experts du CIRC expliquaient : « Deux processus peuvent expliquer le lien entre la viande traitée au nitrite et le cancer du côlon. Premier scénario : lorsqu'on avale de la charcuterie, les composés nitrosés qu'elle contient parviennent au côlon et ce sont eux qui provoquent le cancer. Deuxième scénario : les composés précurseurs contenus dans la charcuterie parviennent dans l'estomac et l'intestin. Là, ils se transforment en composés nitrosés, et ils provoquent alors le cancer du côlon[151]. »

À l'Assemblée nationale, une députée alertait le gouvernement dès 2006 en signalant que les résultats qui s'accumulaient auguraient « d'un nouveau cataclysme sanitaire au sein de l'industrie agroalimentaire et d'un avis de tempête dans l'opinion publique[152] ». La filière charcutière française n'a pas ignoré ces alertes. En 2012, l'Institut français du porc (IFIP), une organisation contrôlée par les fabricants, présentait un projet de recherche en expliquant : « Les études épidémiologiques mondiales rapportent une prévalence de cancer colorectal 30 % supérieure chez les gros consommateurs de charcuterie et recommandent l'évitement de ces produits comme moyen d'action[153]. » Quelques années plus tard, dans un effort visant à réduire les risques, la filière charcutière française a réalisé deux baisses successives de 20 % des quantités maximales d'additifs nitrés par rapport aux niveaux permis au niveau européen[154].

Depuis, chacun des rapports successifs du WCRF et du CIRC a confirmé leurs résultats initiaux[155], et les organisations de lutte contre le cancer ont répété leurs données et leurs préconisations – avec plus ou moins de fermeté. En France, l'Institut national du cancer a repris les conclusions du WCRF, mais la recommandation d'« éviter les charcuteries » a été adaptée pour devenir une formule nettement plus alambiquée : « En cas de consommation de charcuteries, afin de diminuer le risque de cancers, il est conseillé de réduire autant que possible la taille des portions et la fréquence de consommation[156]. » La Société canadienne du cancer a préféré conseiller de consommer « le moins possible de charcuterie[157] » ; le Conseil supérieur de la santé belge a recommandé d'« éviter autant que possible » les charcuteries, c'est-à-dire d'en consommer « peu, voire pas du tout[158] ».

Les chiffres sont-ils des preuves ?

Le biochimiste Jérôme Santolini est chercheur au centre de recherche du Commissariat à l'énergie atomique (CEA) et expert à l'ANSES. Le laboratoire qu'il dirige au CEA est entièrement dédié aux oxydes nitriques et aux effets du stress oxydant sur les cellules. Il est aujourd'hui le meilleur expert français sur la façon dont les molécules de nitrate et de nitrite se transforment pour donner naissance à des molécules dangereuses. En 2020, Jérôme Santolini a été sollicité par la commission des affaires économiques de l'Assemblée nationale. L'objectif était d'exposer aux députés les risques posés par les charcuteries traitées aux additifs nitrés. Le Dr Santolini expliquait que « les données épidémiologiques du CIRC et du WCRF constituent le plus haut niveau de preuve possible sur l'effet cancérigène des additifs nitrés[159] ». Pour le chercheur, il n'y a pas de moyens d'obtenir un plus haut niveau de certitude, car « seuls des essais cliniques en double aveugle pourraient apporter des éléments de preuve supplémentaire[160] ». Autrement dit, il faudrait accepter de sacrifier des volontaires humains en proposant à un groupe de manger des charcuteries nitrées pendant qu'un groupe témoin en serait privé. Une telle expérimentation sur des « cobayes humains » est impossible. Comme l'indique le rapport de la commission des affaires économiques, « éthiquement, cela n'est pas envisageable puisque cela reviendrait à provoquer volontairement le cancer chez des patients[161] ».

Naturellement, le fait que la consommation de charcuterie favorise le cancer colorectal ne signifie pas que si l'on consomme des charcuteries, on développera obligatoirement un cancer. De même que le fait de fumer des cigarettes, boire de l'alcool ou ne pas avoir assez d'activité physique n'entraîne pas automatiquement le cancer, la consommation de charcuteries n'est qu'un élément dans l'équation. En plus des déterminants génétiques, il y a toujours une part de hasard – une part de malchance. En se basant sur les données du Centre international de recherche sur le cancer, des épidémiologistes britanniques ont montré qu'en Angleterre, par exemple, « pour chaque groupe de 100 hommes qui consomment régulièrement des charcuteries, il y aura un cas supplémentaire de cancer colorectal[162] » (les taux sont légèrement inférieurs chez les femmes). Des défenseurs de la malbouffe pourraient arguer qu'il importe peu qu'il y ait un malade de plus pour 100 consommateurs. Mais à l'échelle d'une métropole ou d'une nation entière, un consommateur masculin sur cent, c'est beaucoup.

Aux États-Unis, on estime que chez les hommes, plus de 10 % des cancers du côlon sont directement causés par la consommation de ces « viandes transformées[163] ». À titre de comparaison, sur la même population, les données épidémiologiques montrent que

13,5 % des cancers du côlon sont causés par le tabac, et 17 % par les boissons alcoolisées[164]. L'impact cancérogène des charcuteries est aujourd'hui connu avec une telle précision que des chercheurs de l'université Tufts (Boston) ont pu montrer qu'aux États-Unis, la diminution de 6 grammes de la portion quotidienne moyenne de charcuteries permettrait, sur dix ans, d'économiser plus d'un milliard de dollars en frais de santé[165] !

On ne dispose pas encore d'évaluation similaire quant au coût économique que représente la consommation de charcuterie pour le système de santé français. Mais l'épidémiologie indique que si les Européens consommaient moins de 20 grammes de charcuterie par jour, c'est au total 150000 morts prématurées qui pourraient être évitées chaque année[166]. Au niveau mondial, les travaux qui évaluent le poids relatif des différentes causes de mortalité ont permis d'établir qu'un régime riche en charcuterie coûte chaque année 8,56 millions d'années d'espérance de vie en bonne santé à la population de la planète[167] !

« *La dose fait le poison* »

En 2015, le Centre international de recherche sur le cancer a indiqué que chaque portion de 50 grammes de charcuterie consommée tous les jours augmentait de 18 % le risque de cancer colorectal[168]. Au printemps 2019, des chercheurs du CIRC et de l'unité d'épidémiologie du cancer de l'université d'Oxford ont cherché à affiner l'évaluation. Leurs travaux ont montré qu'une portion quotidienne de 25 grammes de charcuterie entraîne une augmentation de 19 % du risque de cancer colorectal[169]. Selon cette étude, chaque dose de charcuterie de 50 grammes par jour est associée à une hausse de 42 % du risque de cancer colorectal.

Une dose de 75 grammes par jour est associée à une hausse de 69 % du risque[170] !

Dans le cadre des recommandations alimentaires publiées par Santé publique France, le programme national nutrition santé (PNNS) incite à limiter la consommation de charcuterie à 150 grammes de charcuterie par semaine au maximum. C'est-à-dire moins de 22 grammes par jour au maximum. Autrement dit, moins qu'une tranche de jambon, car le poids moyen d'une tranche de jambon vendue en supermarché se situe entre 40 et 50 grammes. Et même si, lorsqu'on parle charcuterie, on pense souvent au saucisson et au jambon, il ne faut pas oublier les saucisses, rillettes, confits, pâtés, lardons, boudins et andouillettes qui font rapidement augmenter la quantité hebdomadaire consommée.

Une tranche de salami pèse environ 9 grammes, une tranche de rosette de 8 à 10 grammes, une saucisse de type knack environ 30 grammes (70 grammes pour les formats « maxi »). Les petits saucissons secs de snacking pèsent de 5 à 10 grammes, la tranche de jambon d'un croque-monsieur du commerce s'échelonne entre 11 et 15 grammes. Dès qu'on commence à compter, on s'aperçoit rapidement qu'il existe une multitude de plats qui comportent des charcuteries, employées soit comme ingrédients à part entière soit comme aides culinaires : morceaux de bacon dans les burgers ou les salades, tranches de pepperoni sur les pizzas, lardons des quiches, dés de jambon dans les salades ou dans les plats préparés surgelés, tranches de jambon dans les cordons-bleus... Dans le régime habituel des Français, ces « charcuteries cachées » ont vite fait de nous faire dépasser les doses recommandées !

Les spécialistes constatent que les recommandations du PNNS ne sont pas respectées par la majorité de la population française. D'après l'étude de référence (l'étude individuelle nationale des consommations alimentaires réalisée par l'ANSES), les adultes français qui consomment des charcuteries en absorbent plus de

40 grammes par jour en moyenne[171]. Plus de trois cinquièmes des personnes âgées de 18 à 54 ans dépassent les quantités de charcuterie maximales recommandées, cette proportion atteint même 70 % chez les consommateurs masculins[172]. À elle seule, cette statistique justifie qu'il soit aujourd'hui impératif d'orienter la consommation vers les charcuteries qui représentent le moins de risque, et en particulier vers celles dont les travaux scientifiques indiquent qu'elles sont nettement moins associées au risque de cancer colorectal.

Le chercheur Jérôme Santolini dresse un parallèle lumineux avec d'autres risques : « Que ce soit pour la voiture ou le tabac, il ne s'agit pas de "supprimer" le danger, mais bien, à partir d'une évaluation du risque, de réglementer son usage pour des questions de santé publique. Ainsi, le tabagisme est interdit dans certains lieux et on impose des limites de vitesse. La problématique pour la charcuterie est la même. Il ne s'agit pas d'interdire la charcuterie, mais de réglementer le secteur afin de protéger les consommateurs pour qu'ils puissent continuer à en consommer dans les meilleures conditions de sécurité[173]. » D'autant plus que les risques ne s'arrêtent pas là : en plus du cancer colorectal, et avec des niveaux de preuve inférieurs, les charcuteries sont impliquées dans l'apparition d'autres pathologies.

Les charcuteries et les autres cancers

Le CIRC estime qu'en plus du cancer colorectal, chaque année, en France, un demi-millier de cas de cancer de l'estomac sont attribuables à la consommation de charcuterie[174]. Le lien entre charcuterie et cancer de l'estomac a été documenté depuis les années 1960 et a fait l'objet de plusieurs études scientifiques de grande ampleur, aboutissant à évaluer que la consommation de charcuteries augmente de 1,5 à 2 fois le risque de cancer de l'estomac[175]. L'étude de référence du Fonds mondial de recherche contre le cancer (WCRF) indique une augmentation du risque de 13 % par 20 grammes de charcuterie consommés par jour (soit 26 % pour 40 grammes par jour, 39 % pour 60 grammes, etc.)[176] et le WCRF a confirmé ces résultats dans le cadre de son programme de mise à jour continu[177]. Les experts du WCRF estiment qu'en matière de cancer de l'estomac, le coupable serait surtout les apports élevés de sel contenu dans les charcuteries. Mais les additifs nitrés sont également accusés, car l'acidité de l'estomac fournit les conditions idéales à la transformation des additifs nitrés en molécules dangereuses[178]. En 2017, l'EFSA (European Food Safety Authority), autrement dit l'autorité européenne pour la sécurité des aliments, a reconnu des preuves d'un lien entre l'exposition au nitrite et un risque accru de cancer de l'estomac[179]. L'EFSA a par ailleurs souligné qu'une étude avait été réalisée à partir de prélèvements de morceaux du tube digestif sur des personnes atteintes d'un cancer de l'estomac[180]. L'analyse des échantillons de muqueuse prélevés a confirmé le rôle des composés nitrosés dans le déclenchement du cancer[181]. Depuis, plusieurs travaux sont venus étayer ce lien – si bien que dans son rapport de juillet 2022, l'ANSES souligne que l'utilisation d'additifs nitrés est bien associée au risque de cancer de l'estomac[182].

Chez les hommes, l'impact des additifs nitrés sur la survenue du *cancer de la prostate* est également préoccupant. L'étude NutriNet-Santé a permis d'étudier le risque de cancer de la prostate à partir d'une cohorte de plus de 21 000 hommes français suivis pendant cinq ans et demi. Les résultats indiquent que les participants ayant la plus importante consommation de produits traités au nitrite présentaient un risque nettement plus élevé de cancer de la prostate, l'augmentation pouvant aller jusqu'à +58 % chez les plus gros consommateurs[183]. Ces résultats au niveau national n'ont fait que confirmer ceux obtenus auparavant par la seule grande étude consacrée au sujet. En effet, une investigation de l'Institut national du cancer américain portant sur 175 000 hommes suivis pendant neuf ans a fait ressortir un lien très net entre la consommation de charcuteries nitratées ou nitritées et le cancer de la prostate[184]. (Le lien était surtout visible en ce qui concerne les formes de cancer les plus graves.)

Du côté des femmes, l'étude NutriNet-Santé a mis au jour une nette augmentation du *cancer du sein* chez les consommatrices de charcuterie traitée au nitrate, c'est-à-dire pour l'essentiel du jambon cru ou sec et du saucisson sec. Le risque était particulièrement prononcé en ce qui concerne les cancers du sein survenant avant la ménopause[185]. Mais l'ANSES estime que ces résultats doivent encore être confirmés par d'autres études et qu'il est trop tôt pour sonner l'alarme. *Idem* pour d'autres cancers soupçonnés d'être liés à la consommation de charcuteries traitées aux additifs nitrés, notamment le cancer de l'œsophage. Dans leur rapport de l'été 2022, les experts de l'ANSES notent qu'une étude récente indique que les apports en nitrate et en nitrite provenant de la charcuterie sont également associés au risque de cancer de la vessie[186]. Le rapport ANSES signale aussi qu'une étude récente conduite chez des femmes a indiqué une association positive entre des niveaux élevés de nitrite ingéré et le risque de cancer du pancréas, mais là aussi l'ANSES considère que ce résultat est trop isolé et ne permet pas encore de conclure[187]. Enfin, l'ANSES souligne qu'une autre enquête épidémiologique synthétise les résultats de 97 études et conclut que chez la femme, l'exposition au nitrate est « significativement associée à un risque accru de cancer de l'ovaire[188] ».

Quelles autres maladies ?

Les charcuteries sont rendues plus cancérogènes par l'utilisation du nitrite et du nitrate[189]. Pour autant, cela ne signifie pas que les charcuteries exemptes d'additifs nitrés peuvent être consommées sans tenir compte des recommandations nutritionnelles en vigueur : dans tous les cas, la dose maximale recommandée s'applique (150 grammes par semaine).

D'autant plus que le risque de cancer n'est pas le seul danger. Car les charcuteries ne font pas bon ménage avec le cœur et les artères. La consommation quotidienne d'à peine 50 grammes de charcuterie entraîne une nette augmentation du risque de maladie coronarienne (de 20 % à 40 % suivant les études)[190], susceptible d'augmenter le risque de crise cardiaque. Mais dans ces pathologies, les additifs nitrés ne semblent pas être impliqués[191]. En matière de risque cardiovasculaire, les éléments coupables dans les charcuteries sont plutôt leur teneur élevée en sel (qui augmente la pression artérielle) et leur teneur élevée en graisses saturées. Néanmoins, une étude très récente établit une association entre les additifs nitrés et l'hypertension artérielle, mais ce résultat demande à être confirmé par d'autres études de grande ampleur[192].

La consommation de charcuterie a également un impact délétère en matière de diabète de type 2. À la différence du diabète « de type 1 » (qui apparaît surtout chez les jeunes), le diabète « de type 2 » commence généralement à se manifester après l'âge de 40 ans et est une maladie de « style de vie », largement dépendante du comportement individuel. La maladie est provoquée par une incapacité des cellules à réagir de façon normale à une hormone fabriquée par le pancréas (l'insuline). La consommation élevée (plus de 120 grammes) de viande rouge fraîche (bœuf, veau, porc, mouton, le tout non traité chimiquement) est associée à une légère augmentation du diabète de type 2. Les seuls produits carnés qui sont *fortement* associés au diabète de type 2 sont les charcuteries[193]. Les chercheurs n'ont pas encore tout à fait élucidé les processus à l'origine de cet effet. Ils sont peut-être liés à la teneur en graisses saturées. L'apport en fer, qui favorise le stress oxydatif, est également susceptible d'avoir un effet nocif sur certaines cellules du pancréas. Mais comme pour le cancer, ce sont souvent aussi les additifs nitrés qui sont pointés du doigt pour expliquer le rôle des charcuteries dans le diabète[194]. Les travaux publiés fin 2022 par les équipes de l'INSERM à partir de la cohorte NutriNet-Santé ont ainsi confirmé que la consommation élevée d'aliments contenant du nitrite est nettement associée à un risque accru de diabète de type 2[195]. Les chercheurs concluent leur compte rendu en déclarant que « ces résultats plaident en faveur de nouvelles réglementations concernant l'utilisation des nitrites comme additifs alimentaires[196] ».

Grossesses et nourrissons : attention fragile !

Faut-il mettre en place un étiquetage spécifique, similaire à celui qui figure déjà sur les bouteilles d'alcool ? Si vous l'avez oublié, regardez bien les étiquettes des bouteilles de vin ou de bière, et de toutes les boissons alcoolisées titrant plus de 1,2° : elles portent obligatoirement un petit symbole représentant une femme enceinte barrée d'un trait, à la manière d'un panneau « Interdit de stationner ». Cette signalétique spécifique a été rendue obligatoire en 2006 afin de protéger le fœtus pendant la grossesse, car l'alcool traverse le placenta et nuit gravement au développement du système nerveux. Les producteurs de boissons alcoolisées ont le choix entre ce pictogramme et un message écrit indiquant que la consommation de boissons alcoolisées pendant la grossesse,

« même en faible quantité, peut avoir des conséquences graves sur la santé de l'enfant ».

Verra-t-on bientôt apparaître une signalétique du même type sur les charcuteries nitrées ? L'idée fait bondir la plupart des fabricants concernés, mais c'est une perspective qui est parfois envisagée[197]. Car de nombreux travaux de recherche pointent un rôle des additifs nitrés dans l'apparition de certains cancers pédiatriques, en particulier les cancers du cerveau[198]. On sait depuis des décennies que dans les expériences de laboratoire, les rongeurs que l'on alimente par de la viande additionnée de fortes doses de nitrite donnent naissance à des animaux dont la durée de vie est plus courte que normalement et qui développent plus de cancers que d'habitude[199]. Aux États-Unis, des enquêtes ont donc été réalisées sur des enfants dont les mères avaient mangé des hot-dogs nitrités pendant la grossesse[200]. Constatant une recrudescence des cancers cérébraux chez ces enfants, les chercheurs ont conclu à une possible exposition du fœtus à des composés issus de la transformation de l'additif[201]. Les experts de l'agence sanitaire européenne (EFSA) notent que des composés nitrosés cancérogènes peuvent parfois être détectés dans le lait maternel des femmes allaitantes lorsque leur lait est testé après consommation d'aliments à haute teneur en nitrate[202]. Dans son évaluation de l'été 2022, l'ANSES note également qu'une étude récente a montré un lien entre la quantité de nitrate absorbé par la mère pendant la période de la grossesse et la survenue de cancers du système nerveux central des enfants (c'est-à-dire le cerveau et la moelle épinière)[203]. L'étude porte non pas sur le nitrate utilisé sous forme d'additif, mais le nitrate absorbé dans l'eau de boisson. L'ANSES estime que cette étude demande d'être confirmée pour pouvoir en tirer des conclusions définitives, et recommande de procéder à des études supplémentaires[204].

Les toxicologues soulignent aussi que la période de développement *in utero* est une phase critique du développement d'un organisme.

Des expositions à des agents cancérogènes à des moments clés de la vie embryonnaire ou fœtale peuvent entraîner des conséquences catastrophiques sur le petit organisme en gestation, avec des manifestations retardées[205]. Il faut donc à tout prix que pendant la grossesse, la mère soit exposée le moins possible aux agents cancérogènes contenus dans les aliments. (Cela vaut également pour la période postnatale, identifiée par les toxicologues comme une phase décisive.) La législation interdit déjà que les additifs nitrés (nitrate ou nitrite) soient employés pour les aliments spécifiquement destinés aux nourrissons (petits pots au jambon, plats cuisinés pour bébés, etc.). Force est pourtant de constater que de nombreux parents donnent du jambon nitré aux enfants, y compris aux plus petits.

Vers un « pictogramme cancer » sur les emballages ?

Certaines charcuteries pourraient montrer la voie : celles qui bénéficient déjà d'un étiquetage spécifique destiné à protéger les enfants contre des risques d'étouffement. À la suite d'accidents graves pouvant entraîner des condamnations pour défaut de sécurité ou violation de l'obligation d'information[206], certains fabricants ont décidé d'apposer des messages d'avertissement clairement visible sur les emballages. Par exemple, sur fond noir, « Ne pas donner ni laisser à la portée d'enfants de moins de 4 ans ; ils risqueraient de s'étouffer » (« Knacki Ball » Herta) ou bien, encadré de rouge, « La consommation de ce produit est déconseillée aux jeunes enfants en raison des risques d'étouffement » (mini-saucissons secs Carrefour). Ces indications ne sont pas obligatoires, elles résultent d'une démarche individuelle et volontaire des fabricants et des distributeurs[207].

Verra-t-on bientôt apparaître des étiquettes de mise en garde sur les emballages de charcuterie traitée aux additifs nitrés, mettant en avant leur rôle avéré dans l'apparition du cancer ? De leur côté, les charcutiers estiment qu'un étiquetage sur les risques de cancer serait injustement stigmatisant. À la suite des résultats de l'évaluation ANSES de l'été 2022, l'idée commence pourtant à faire son chemin au Parlement[208]. Après tout, la réglementation impose déjà que certains additifs soient accompagnés d'un avertissement. Par exemple, il existe toute une série d'additifs – les « polyols », principalement utilisés pour donner un goût sucré – qui doivent obligatoirement être accompagnés d'une mise en garde. Les édulcorants concernés sont notamment le sorbitol, le xylitol et l'isomalt, fréquemment employés dans des chewing-gums. Le législateur européen a décidé que l'emballage des produits devait obligatoirement porter la mention : « Une consommation excessive peut avoir des effets laxatifs[209]. » Mais du point de vue du consommateur, disposer d'une information claire sur les risques de cancer apparaît au moins aussi légitime que d'en disposer sur le risque d'avoir des selles molles !

En Californie, une disposition réglementaire appelée « proposition 65 » oblige les fabricants à faire figurer une mise en garde claire sur l'emballage des produits lorsqu'il est prouvé que leur composition favorise l'apparition du cancer ou est toxique pour l'embryon. Pour l'instant, les charcuteries traitées au nitrite ne sont pas encore affublées de cet étiquetage, malgré les demandes répétées d'organisations de consommateurs[210]. Aux États-Unis, les lobbies ont su peser de tout leur poids pour faire capoter la réglementation – en tout cas pour retarder sa mise en œuvre[211]. Que va-t-il advenir en France, en Europe ? Dans nos frigos, coincés entre les pots de yaourt et le pack de jus d'orange, faut-il s'attendre à voir bientôt des paquets de saucisses et des emballages de jambon affublés d'un logo « Manger tue » ?

Charcuterie et viande transformée

La plupart des études scientifiques sur la relation charcuterie/cancer utilisent une catégorie de produits appelée « viandes transformées » (*processed meats*). L'Institut national du cancer français précise que la catégorie des *processed meats* « prend en compte toutes les viandes conservées par fumaison, séchage, salage, ou addition de conservateurs (y compris les viandes hachées si elles sont conservées chimiquement, corned-beef...). [...] Elles incluent celles qui sont consommées seules (y compris le jambon), et celles contenues dans les plats composés, les sandwichs, les tartes salées... [212] ».

Les spécialistes des « sciences de la viande » et le World Cancer Research Fund spécifient que la catégorie « *processed meats* » désigne typiquement les produits carnés conservés par salaison (*curing* en anglais)[213]. Pour l'essentiel, la catégorie « *processed meats* » recoupe ce que les Français appellent « charcuteries[214] ».

En France, 82 % des charcuteries sont fabriquées à base de porc, 13 % à base de volaille et 5 % à base d'autres espèces, principalement du bœuf[215].

Étiquetage

Sur les étiquettes listant les ingrédients d'un produit, les additifs nitrés figurent soit sous leur nom complet, soit sous la forme du « code E » : E250 pour le nitrite de sodium, E252 pour le nitrate de potassium, qui apparaît aussi sous le nom « salpêtre ».

D'après la réglementation, la mention des additifs de façon détaillée est obligatoire sur les emballages. En théorie, les emballages devraient toujours porter à la fois la fonction officielle de la substance et son nom. On devrait donc lire sur les emballages soit « conservateur : nitrite de sodium » soit « conservateur : E250 ». Mais dans les faits, la réglementation n'est pas toujours respectée. Le fabricant ou l'emballeur omet souvent d'indiquer la fonction sur les étiquettes.

Pour les produits vendus à la coupe, ou sans emballage, tout se complique ! La réglementation européenne indique que pour ces produits, « l'information du consommateur sur la présence d'additif n'est pas obligatoire[216] ». Néanmoins il faut savoir qu'au rayon à la coupe, le consommateur a le droit de demander au commerçant de lui indiquer précisément la composition – y compris le recours ou non à des additifs – car le commerçant doit tenir un registre dans lequel est indiquée la composition de tous les produits qu'il propose à la vente. Il suffit de le lui demander.

4

Nitrate, nitrite, *composés nitrosés* : où est le danger ?

Les charcuteries favorisent l'apparition du cancer colorectal, mais toutes les charcuteries ne sont pas égales en matière de risque de cancer. Certaines sont dangereuses, d'autres le sont moins. Les scientifiques disposent aujourd'hui de nombreuses connaissances sur les ingrédients qui rendent la charcuterie dangereuse. Les mécanismes qui conduisent à l'apparition du cancer ne sont pas encore totalement élucidés, les travaux de laboratoire initiés il y a plus de cinquante ans se poursuivent et personne ne peut dire si ces mécanismes seront un jour totalement éclaircis[217]. Après tout, aujourd'hui encore, les processus exacts par lesquels la consommation d'alcool ou l'inhalation de fumée de tabac provoquent le cancer restent largement mystérieux. On sait déjà, en tout cas, que l'effet cancérogène spécifique des charcuteries n'est pas dû à leur teneur en gras ou à leur teneur en sel. Il est principalement lié au fait que les charcuteries contiennent souvent des molécules que les chimistes appellent *composés nitrosés*.

Les composés nitrosés et le cancer

Absorbés seuls, le nitrate de potassium et le nitrite de sodium ne sont pas eux-mêmes cancérogènes. Quelle que soit la dose d'ingestion, le nitrate et le nitrite ne provoquent jamais *directement* le cancer, ni chez l'animal, ni chez l'homme. C'est un cas de figure courant : de nombreux produits chimiques identifiés comme cancérogènes (par exemple les hydrocarbures aromatiques polycycliques, les amines aromatiques, le benzène, le chlorure de vinyle, etc.), n'ont pas d'effet cancérogène direct. Les agents nocifs apparaissent au cours de la transformation des produits chimiques initiaux.

Attention ! Certains défenseurs des additifs nitrés jouent sur ces nuances et martèlent l'idée que « les études montrent que le fait de manger du nitrate ou du nitrite ne donne pas le cancer ». Ils font croire que les charcuteries nitrées ne présentent pas de problème, car « en lui-même, le nitrite de sodium n'est pas cancérogène ». En répétant ce genre de formules, ils profitent de la complexité scientifique du sujet pour embrouiller le grand public et pour éviter que les non-spécialistes comprennent les risques.

Ces communicants peu scrupuleux « oublient » l'essentiel car, après avoir été injectés dans la viande, le nitrate et le nitrite se décomposent et donnent naissance à des substances appelées oxydes d'azote, en particulier le monoxyde d'azote, une molécule composée d'un atome d'oxygène et d'un atome d'azote. Les chimistes désignent le monoxyde d'azote par les initiales « NO », d'après son nom anglais : *nitric oxide*. À son tour, ce monoxyde d'azote réagit avec d'autres molécules. Le biochimiste Jérôme Santolini, chercheur au CEA de Saclay et spécialiste du NO, explique : « Le nitrite n'est pas une molécule inerte, mais une molécule très réactive, précurseur de nombreux oxydes d'azote qui vont à leur tour réagir avec une large gamme de molécules biologiques[218]. » Ces réactions provoquent alors l'apparition de plusieurs types de « composés nitrosés ». Même si l'expression « composés nitrosés » est celle que l'on rencontre le plus souvent en français, il est important de noter que l'on peut aussi désigner ces composés nitrosés par l'expression « *nitroso compounds* », leur nom en anglais (*compound* veut dire

« composé »). Certains spécialistes utilisent aussi l'acronyme *NOCs* (pour « *Nitric-Oxide compounds* »).

En matière de cancer, ce sont ces composés qui posent problème, car ils peuvent agir à des doses infimes en ciblant l'ADN des cellules, et ainsi provoquer ou favoriser l'apparition et le développement des tumeurs. Autrement dit, les substances cancérogènes apparaissent dans un second temps, parce que le nitrate et le nitrite se décomposent et donnent naissance à des oxydes d'azote qui eux-mêmes s'assemblent à d'autres molécules. Pour les désigner, les spécialistes parlent souvent de composés « néoformés » afin d'indiquer que leur apparition « nouvelle » est consécutive à l'ajout de l'additif nitré.

Les composés nitrosés qui naissent de la rencontre entre les additifs nitrés et la matière carnée sont de plusieurs types. Ils peuvent apparaître pendant la fabrication du produit de charcuterie (par exemple lors de la fabrication du jambon avec un additif nitré), ou bien pendant la préparation qu'effectue le consommateur (par exemple pendant la cuisson de saucisses traitées au nitrite), ou encore pendant la digestion (au moment où, dans le tube digestif, les aliments traités au nitrate ou au nitrite se décomposent et se transforment encore)[219].

Ces composés nitrosés cancérogènes sont de plusieurs sortes : nitrosamines, nitrosamides, nitroso-thiols, et surtout le plus important, le fer nitrosylé.

Nitrosamines et nitrosamides

Les nitrosamines sont des molécules formées par l'assemblage entre des oxydes d'azote et des amines (sous forme par exemple d'acides aminés). Les spécialistes désignent cette réaction par le terme « nitrosation ».

Il existe une multitude de sortes de nitrosamines, et les travaux de laboratoire ont montré qu'elles peuvent être génotoxiques même à très faible dose[220]. C'est-à-dire que même lorsqu'elles sont présentes en quantité infime, elles ciblent l'ADN des cellules et provoquent des cassures de l'ADN et des mutations génétiques ponctuelles. À leur tour, ces mutations peuvent entraîner des tumeurs si elles ne sont pas réparées avant la réplication des cellules. C'est pourquoi la plupart des nitrosamines qui ont été testées se sont révélées être de puissants agents cancérogènes[221]. Les nitrosamines sont facilement identifiables et sont aujourd'hui très bien connues des scientifiques, car leur fort pouvoir cancérogène a fait l'objet de milliers d'études. L'agence européenne (EFSA) a conduit de 2020 à 2022 une évaluation sur la présence des nitrosamines dans l'alimentation. L'EFSA a noté que de nombreux aliments pouvaient contenir ou générer des nitrosamines, y compris le poisson et la viande cuite, les aliments fermentés, marinés au vinaigre ou épicés. Mais les principales sources se révèlent être les charcuteries et les boissons alcoolisées[222].

Les nitrosamines peuvent notamment apparaître dans les produits de charcuterie qui, après avoir été traités au nitrate ou au nitrite, sont ensuite cuits à haute température (au-dessus de 130 °C), en particulier à la poêle ou en friteuse. Les niveaux les plus élevés de présence de nitrosamines ont été trouvés d'une part en cas de cuisson à 150 °C, et d'autre part dans la graisse de bacon frit (35,6 µg kg-1) et dans du gras de porc frit (25,9 µg kg-1)[223]. Ainsi, il convient d'être prudent lorsque l'on fait cuire à haute température (à la poêle, sur le gril, au four ou sur le barbecue) des charcuteries qui ont été traitées avec des additifs nitrés, car à la poêle, au gril, au four, en friture ou au barbecue, la température de l'ustensile ou de l'huile peut dépasser 250 °C !

En 2006, à la suite d'une expertise menée par l'IFIP (Institut du porc), une publication de l'école nationale de charcuterie spécifiait que pour éviter la formation de nitrosamines cancérogènes, il fallait recommander aux consommateurs de « préférer les modes de cuisson à feu doux (vapeur, marmite) plutôt que la cuisson à feu vif (grill, barbecue, poêle) pour les produits nitrités[224] ». Au printemps 2022, le syndicat des charcutiers industriels français a mis en ligne sur son site Internet une brochure très utile afin d'aider les consommateurs à minimiser les risques de formation de composés dangereux lors de la cuisson au barbecue, notamment les nitrosamines[225]. Prudence avec les morceaux de chorizo ou de poitrine que l'on enfile sur les brochettes pour les faire griller au barbecue[226] ! Il faut éviter de cuire à feu trop vif, ne jamais cuire directement sur la flamme, et, lorsque c'est possible, préférer les grils verticaux.

En cuisine, une charcuterie nitrée cuite à feu trop vif peut également donner naissance à des nitrosamines (par exemple des tranches de bacon cuites à trop haute température ou dans une poêle à fond trop peu épais, répartissant mal la chaleur). Attention également aux lardons que l'on fait revenir dans la poêle avant de les mettre dans une salade ou dans une omelette. Des expériences de cuisson ont montré que les ingrédients nitrités utilisés comme garnitures sur les pizzas (pepperoni, chorizo, jambon, lardons...) pouvaient provoquer l'apparition d'importantes quantités de nitrosamines lorsque la pizza est cuite à trop haute température ou trop proche des résistances du four[227]. Les femmes enceintes doivent bien sûr éviter de consommer des nitrosamines[228] ; il est donc prudent qu'elles évitent de consommer les parties des charcuteries nitrées qui auraient été cuites à de trop hautes températures lors de cuisson à la poêle, au gril, au four ou au barbecue. La graisse restant dans la poêle après cuisson de bacon ou de lardons peut également receler des nitrosamines, c'est pourquoi il est prudent de ne pas la consommer, notamment de ne pas s'en servir comme assaisonnement. À l'inverse, la cuisson dans l'eau et la cuisson au micro-ondes conduisent à une apparition moindre de nitrosamines. Ces modes de cuisson sont donc souvent préférables, notamment en ce qui concerne la cuisson des saucisses nitrées et du bacon nitré[229].

L'autre grande famille de composés nitrosés regroupe les *nitrosamides*, issus de la rencontre entre des oxydes d'azote et des amides (ce sont des composants organiques proches des amines). Comme les nitrosamines, les nitrosamides naissent d'une réaction entre de l'acide nitreux (issu du nitrate ou du nitrite) et des éléments présents dans la matière carnée. Les nitrosamides sont moins étudiés que les nitrosamines, car ils sont extrêmement instables alors que les nitrosamines sont facilement identifiables et observables. Ce qui fait que les laboratoires ont traditionnellement eu tendance à se concentrer sur les nitrosamines, en délaissant les nitrosamides si complexes à « capturer[230] ». Pourtant, les nitrosamides sont aussi de puissants agents cancérogènes et retiennent toute l'attention des spécialistes des relations entre cancer et charcuteries nitrées[231]. Car dans les expériences de laboratoire, les nitrosamides se révèlent notamment capables de provoquer des tumeurs cérébrales et d'agir par voie transplacentaire[232], c'est-à-dire de traverser la séparation – étanche en théorie – qui existe entre la mère et le fœtus à partir de dix semaines postconception. À la suite de nombreux travaux expérimentaux, les experts de l'ANSES estiment que compte tenu de leur caractère instable, la présence de nitrosamides dans les aliments traités avec des additifs nitrés n'est pas à craindre. Mais qu'en revanche, la formation de nitrosamides pendant la digestion est envisageable[233].

L'ajout de vitamine C permet de réduire le risque d'apparition de nitrosamines et de nitrosamides

On connaît les nitrosamines et les nitrosamides depuis les années 1960. Heureusement, l'industrie charcutière est parvenue à fortement réduire la fréquence de leur formation – sans toutefois pouvoir les supprimer complètement. Pour réduire ce risque, les fabricants ajoutent des antioxydants dans la recette des charcuteries, notamment de la vitamine C, sous forme d'ascorbate de sodium (E301 sur les étiquettes) ou d'acide érythorbique (E315, également appelé acide isoascorbique), ou encore d'érythorbate de sodium (E316). C'est pourquoi ces numéros figurent très souvent sur les étiquettes des produits de charcuteries nitrités. La vitamine C permet de réduire le danger lié à la nitrosation[234]. L'ajout d'ascorbate, d'acide érythorbique ou d'érythorbate pendant la fabrication limite effectivement la formation des nitrosamines et nitrosamides (et en plus, cet ajout arrange les fabricants, car la vitamine C permet d'accélérer la fabrication[235] !).

Aujourd'hui, les spécialistes estiment que lorsque de la vitamine C a été ajoutée au produit de charcuterie nitrée et qu'il a été fabriqué suivant les méthodes appropriées – c'est-à-dire par un professionnel qui a appliqué les bonnes pratiques de fabrication – il y a nettement moins de risques que le produit contienne des nitrosamines[236] et encore moins qu'il contienne des nitrosamides[237].

Malheureusement, on sait maintenant que cet ajout de vitamine C présente un défaut majeur : il contribue à la formation d'un autre composé nitrosé, appelé fer nitrosylé[238]. Autrement dit, l'ajout de vitamine C au cours de la fabrication empêche la formation d'un composé indésirable... mais augmente la formation d'un autre. Comme le remarque le spécialiste des composés nitrosés Jérôme Santolini, « l'image ici est le passage de Charybde en Scylla[239] ».

Les nitroso-thiols et le fer nitrosylé

Les molécules les plus problématiques générées par les charcuteries traitées au nitrate ou au nitrite ne sont ni les nitrosamines ni les nitrosamides, mais d'autres composés nitrosés : d'une part les nitroso-thiols, mais surtout le fer nitrosylé[240].

Les nitroso-thiols sont des composés instables et réactifs. Ils sont formés principalement dans le milieu acide de l'estomac mais peuvent également être présents dans les charcuteries elles-mêmes[241]. Les nitroso-thiols constituent une source de monoxyde d'azote susceptible de former d'autres composés nitrosés[242] qui agissent alors sur les parois de l'intestin.

Quant au fer nitrosylé, il provient de la réaction entre les oxydes d'azote et le fer (dit « fer héminique ») présent dans la viande rouge utilisée pour fabriquer les charcuteries, car la charcuterie est essentiellement du muscle animal transformé, naturellement très riche en fer. Même lorsqu'il n'y a pas d'ajout d'additif nitré, l'oligoélément fer favorise la croissance des cellules cancéreuses s'il est consommé en excès, car il a un effet pro-oxydant qui stimule les cellules cancéreuses[243]. Lorsque la viande est traitée au nitrate ou au nitrite, l'impact cancérogène du fer est accru, car le fer se lie à des oxydes d'azote. Une réaction dite de nitrosylation donne alors naissance à du fer nitrosylé[244]. Le nitrite active (ou « potentialise ») l'effet cancérogène du fer naturellement contenu dans la matière carnée, et le fer nitrosylé entraîne l'apparition d'autres composés nitrosés[245].

Dans la thèse qu'elle a consacrée à l'impact des produits carnés sur l'apparition du cancer colorectal, la biochimiste Océane Martin (enseignante à l'université de Bordeaux et experte à l'ANSES) explique ainsi que « dans les charcuteries nitritées, contrairement à la viande rouge, l'hème est sous forme nitrosylée en raison de l'ajout de nitrites[246] ». On sait aujourd'hui que ce fer nitrosylé (que les biochimistes appellent aussi hème nitrosylé, nitrosylhème, ou encore nitroso-hème) joue un rôle déterminant dans l'apparition et le développement du cancer colorectal[247], en particulier parce que cette substance est génotoxique. Autrement dit, elle a la capacité d'altérer le code génétique des cellules, elle a le pouvoir de provoquer des mutations en agissant sur l'ADN, elle est « mutagène »[248].

La viande rouge fraîche (c'est-à-dire non transformée en produits de charcuterie) provoque également, à faible niveau, l'apparition de fer nitrosylé, exclusivement au cours de la digestion[249]. À l'inverse, dans la charcuterie traitée avec du nitrate ou du nitrite, l'apparition de fer nitrosylé survient dès la fabrication, et dans des volumes bien supérieurs. Les expériences réalisées dans les laboratoires français avec des digesteurs artificiels montrent que l'ajout de nitrite accroît considérablement l'apparition de fer nitrosylé[250], multipliant ainsi le risque de cancer.

Les dangers liés au fer nitrosylé représentent un problème titanesque pour l'industrie des viandes nitrées. Ce problème est longtemps resté relativement confidentiel, et c'est seulement au cours des quinze dernières années que les données scientifiques se sont accumulées au point d'obliger l'ANSES à reconnaître officiellement les risques spécifiques liés à la nitrosylation du fer[251]. En 2020, le professeur Axel Kahn, président de la Ligue contre le cancer, a résumé l'état des connaissances sur l'effet cancérogène de la charcuterie après qu'elle a subi un traitement avec un additif nitré : « Le grand phénomène chimique de la charcuterie nitritée est la formation de nitroso-hème ferreux, incroyablement stable et qui résiste à la cuisson[252]. » Au cours de la digestion, le nitrosohème « produit une cascade de produits de dégradation au contact direct de la muqueuse intestinale, et en particulier de la muqueuse colique. C'est ce qui explique le caractère très spécifique de la cancérogénicité des produits nitrités[253] ».

Le danger des charcuteries nitrées, c'est leur pigment coloré !

Dans un langage biochimique peu accessible au profane, l'ANSES indiquait à l'été 2022 que lors de la fabrication d'un produit de charcuterie mettant en œuvre un additif nitré (par exemple lors de la fabrication de jambon nitrité), « la chaîne protéique de la nitrosomyoglobine est dénaturée et transformée en nitrosylmyoglobine, pigment rouge thermostable. C'est le pigment formé dans les charcuteries cuites qui donne la couleur rose bien connue que l'on retrouve, par exemple, dans le jambon cuit[254] ». Différents termes sont utilisés pour décrire les aspects chimiques de cette coloration. Sous la plume des spécialistes du Centre technique des salaisons, on peut lire que « la couleur des produits de charcuterie cuite est due [...] à la formation d'un nitroso-pigment issu de la réaction de la myoglobine avec les dérivés du nitrate et du nitrite[255] ». De son côté, l'IFIP (Institut du porc) décrit le pigment de la charcuterie traitée aux nitrites comme étant de la « myoglobine nitrosylée par fixation d'un oxyde d'azote (NO) sur l'atome de fer[256] ».

Ces descriptions méritent d'être comprises par les consommateurs car après tout, ils sont les premiers concernés ! Alors, traduisons en clair ce que savent les scientifiques. Le fer nitrosylé, qui joue un rôle central dans l'effet cancérogène des charcuteries nitrées, est le pigment qui donne sa couleur rose au jambon nitré. Le consommateur croit que ce rose est un gage de fraîcheur. En réalité, ce pigment artificiel, dû au traitement chimique, est un facteur essentiel de la cancérogénicité du produit. C'est peut-être là l'aspect le plus problématique : les charcuteries nitrées sont cancérogènes à cause de la réaction chimique qui leur donne leur couleur.

C'est prouvé, le nitrate contenu dans les légumes n'a pas d'effet cancérogène

Le nitrate est abondant dans la nature. Certains végétaux (par exemple les épinards, la betterave, la laitue, et globalement tous les légumes à grandes feuilles) contiennent une forte concentration de nitrate, qui peut être transformé en nitrite par l'action de certains micro-organismes. Cette transformation (le terme chimique est « réduction ») survient dans la cavité buccale. (Par ailleurs, la salive que l'on avale contient en permanence d'infimes concentrations de nitrite, en solution fortement dissoute[257].)

Les spécialistes savent depuis longtemps que l'exposition au nitrate liée à l'ingestion de légumes n'est *pas* cancérogène, en particulier parce que cette ingestion est associée aux vitamines contenues dans les légumes[258]. En 2022, la dernière grande étude réalisée sur la cohorte NutriNet-Santé l'a confirmé de façon définitive[259].

Cette conclusion n'est hélas pas applicable à l'eau. L'eau peut également contenir du nitrate, notamment issue de la pollution des nappes phréatiques à cause de l'emploi de nitrate comme engrais. Pendant la digestion, l'eau à forte teneur en nitrate peut faire naître des composés nitrosés. Dans son évaluation de 2022, l'ANSES conclut qu'il existe bien un lien prouvé entre le nitrate ingéré via l'eau de boisson et le risque de cancer colorectal[260].

5

Scandale sanitaire, scandale politique

La cancérogénicité des charcuteries nitrées est connue depuis les années 1970. Pourtant, du point de vue du grand public, elle semble être sans cesse confirmée, puis oubliée, puis confirmée, puis oubliée à nouveau. Pourquoi ?

Est-ce parce que nos connaissances sur le cancer ne sont « pas suffisamment avancées », comme l'affirment certains industriels ? Ou bien parce qu'il n'est pas possible de se passer des additifs nitrés, comme d'autres le soutiennent ? Au cours des dernières années, toutes les grandes marques françaises ont lancé des gammes de charcuteries sans nitrate ni nitrite. Chacune de ces nouvelles gammes est venue confirmer que le traitement nitré n'est pas indispensable. On sait donc parfaitement produire des charcuteries plus sûres.

En parallèle de leurs nouvelles gammes, la plupart des fabricants continuent à nitrater ou à nitriter l'essentiel de leur production. Au total, la suppression des additifs nitrés ne concerne donc qu'une fraction des charcuteries produites en France. Les avancées ne profitent qu'à une petite frange de la population, parmi les consommateurs les plus éclairés, les plus pointilleux – souvent les plus aisés. De leur côté, les gros consommateurs ne bénéficient pas des améliorations de l'offre, car les charcuteries les plus consommées continuent à être traitées avec les additifs nitrés. Il semble que ce statu quo continuera tant que le recours aux additifs nitrés ne sera pas interdit.

Une interdiction urgente

En France, l'Institut national de recherche pour l'agriculture, l'alimentation et l'environnement (INRAe) est le principal organisme qui conduit des recherches sur les relations entre les aliments et la santé. Installé à Toulouse, le laboratoire Toxalim de l'INRAe a longtemps été le meilleur centre européen d'expertise sur les causes du cancer colorectal[261]. Une équipe de recherche spécialisée y a été créée il y a trente ans par Denis Corpet, professeur à l'école vétérinaire de la ville rose. Après avoir travaillé sur les bactéries intestinales, ce scientifique a consacré plusieurs décennies à l'élucidation des mécanismes qui conduisent à l'apparition du cancer (le terme consacré pour désigner cette apparition est « cancérogenèse »). L'équipe de chercheurs a examiné l'effet des charcuteries sur le côlon en testant leur impact sur les cellules intestinales des rongeurs, mais aussi chez les hommes à l'aide de modèles artificiels de digestion. Le professeur Corpet a joué un rôle déterminant dans l'histoire récente des charcuteries et du cancer, car, en 2015, il a été choisi par l'agence cancer de l'OMS pour présider le groupe d'experts chargés d'étudier les mécanismes d'apparition des tumeurs liées à la consommation de produits carnés.

Denis Corpet n'a rien d'un militant anticharcuterie, au contraire, il s'est toujours considéré comme un allié des charcutiers et des éleveurs. S'il a consacré tant d'efforts à élucider les raisons pour lesquelles les charcuteries sont cancérogènes, c'était afin de trouver comment les fabricants pourraient les rendre moins dangereuses. Aujourd'hui directeur de recherche émérite à l'INRAe, il estime qu'il est urgent de légiférer. Il s'est donc directement adressé au commissaire européen à la Santé et à l'Alimentation afin de réclamer que les connaissances scientifiques soient enfin prises en compte et que la réglementation sur les additifs nitrés soit revue[262].

Au laboratoire, lorsque Corpet et ses collaborateurs alimentent des cobayes avec deux types de jambon expérimental spécialement fabriqué par Fleury Michon pour l'étude (l'un fabriqué en employant du nitrite, l'autre sans nitrite), seule la version nitritée favorise le développement des tumeurs[263]. Pour le professeur Corpet, « l'usage d'additifs nitrés dans des aliments tels que le jambon ou le bacon occupe une place centrale dans le risque de cancer. C'est pourquoi les produits carnés qui contiennent ces additifs sont significativement plus dangereux que les autres charcuteries[264] ».

Quelques jours après avoir ainsi interpellé le chef de la politique de santé européenne, le professeur Corpet a repris la parole à la télévision pour demander aux autorités sanitaires d'agir. À Paris, devant l'Assemblée nationale, le professeur Corpet a de nouveau plaidé la cause de la science et des consommateurs et a fermement recommandé qu'il soit mis fin à l'emploi des additifs nitrés, qu'il a qualifié de « poison »[265].

Quand les fabricants d'aliments cancérogènes jouent la montre

« Après les premières études établissant un lien entre le tabac et le cancer, il a fallu attendre cinquante ans pour que de vraies politiques de santé publique soient mises en place, avec un coût énorme pour la santé humaine. Devrons-nous attendre cinq décennies pour qu'il y ait une réaction aux effets équivalents des produits des géants de l'agroalimentaire[266] ? » La question est posée par David Stuckler et Marion Nestle, deux politologues américains fins connaisseurs des problématiques qui lient les politiques de santé et l'alimentation. Comme pour l'amiante, comme pour les pesticides ou le tabac, l'importance économique de la charcuterie industrielle conduit des groupes d'intérêt à brouiller les pistes et à créer du doute là où la recherche médicale découvre des vérités gênantes. Pour continuer à avoir le droit d'utiliser les additifs nitrés, la méthode est simple. Des industriels demandent à des experts compréhensifs d'étudier toutes les possibilités de leur substituer des additifs moins dangereux – tout en leur faisant comprendre qu'il leur suffira de dire qu'en fin de compte, ils n'en voient aucune…

Les plus rétrogrades des industriels des viandes nitrées demandent de ne rien faire, d'attendre – toujours attendre, encore attendre – ou d'agir au ralenti, en préservant leurs intérêts. Pour eux, chaque année qui passe est un répit, un délai supplémentaire. À force d'audace et de roublardise, les sursis peuvent être éternellement reconduits. Chaque chargement de charcuterie nitrée qui sort de l'usine et qui rejoint les rayons des supermarchés représente des profits auxquels il serait fou de renoncer. Alors certains adeptes des nitrites jouent la montre. À tout prix, ils veulent maintenir le statu quo, contrecarrer les progrès de la science, ralentir la compréhension de plus en plus fine des mécanismes de la cancérogenèse.

Du côté de l'administration sanitaire, on ne semble pas s'être précipité pour faire évoluer la réglementation. Par le poids des lobbies et la mansuétude servile des régulateurs, l'affaire du nitrite rappelle bien d'autres scandales sanitaires, depuis l'affaire du Mediator jusqu'au scandale du chlordécone[267]. Dans les deux cas, l'inaction publique a été causée par le lobbying de certains intérêts privés qui estimaient qu'ils auraient à souffrir des mesures sanitaires qui devaient être prises pour protéger la population[268]. On se souvient aussi du scandale sanitaire et politique du sang contaminé et du sida, il y a trente ans[269]. Ne rien faire (ou en tout cas pas suffisamment) est souvent la réaction par défaut dans les administrations centrales chargées des questions qui mêlent santé et performance économique, surtout lorsque la technicité des questions abordées tient le grand public à l'écart. C'est le poids des petits arrangements, du jeu des réseaux de connivence et des renvois d'ascenseur. Comme les scandales autour des autorisations de pesticides dangereux, le scandale du nitrite illustre les conséquences d'une approche biaisée de l'administration de la santé publique lorsqu'elle touche à la production agro-industrielle.

Le dépistage est indispensable mais ne suffit pas !

Les épidémiologistes estiment qu'en France, presque la moitié des cancers colorectaux pourraient être évités par une modification des comportements individuels (notamment en diminuant la consommation de tabac, d'alcool, de charcuterie et de viande rouge, et en augmentant l'activité physique)[270]. Des spécialistes européens ont régulièrement dénoncé l'inaction des autorités de santé[271]. En effet, au lieu d'indiquer précisément les mesures qui permettraient de faire baisser le nombre de cas de cancer colorectal, les autorités se limitent trop souvent à des recommandations vagues sur une maladie toujours présentée comme « complexe », « mystérieuse », « liée à une pluralité de facteurs génétiques et environnementaux », sans communiquer clairement sur celles des causes qui sont déjà bien identifiées. Est-ce par peur de déplaire aux lobbies[272] ?

Pour lutter contre le cancer colorectal, les autorités sanitaires incitent les personnes de plus de 50 ans à subir un test par prélèvement de selles. Lorsqu'on décèle les indices d'éventuelles tumeurs, les médecins procèdent à un examen vidéo du tube digestif. C'est ce qu'on appelle une « coloscopie » (ou « colonoscopie », les deux termes désignent la même chose). Lorsque les médecins trouvent effectivement les signes avant-coureurs d'un cancer, ils opèrent.

Les campagnes de promotion répètent un slogan apparu lors des premières campagnes anticancer : « 90 % des cancers colorectaux sont soignés quand ils sont dépistés précocement ». Cette façon de voir les choses est plutôt rassurante. Les mauvais esprits insisteraient plutôt sur un chiffre moins rose : 37 % des malades meurent dans les cinq ans qui suivent le diagnostic[273].

Au-delà des statistiques, chaque malade représente une immense souffrance individuelle et familiale. Comment accepter les décès, le coût social de la maladie, et au fond l'absurdité d'une approche qui consiste à ne rien faire contre certaines *causes* des cancers... puis à surveiller le tube digestif des consommateurs pour voir s'il y apparaît des tumeurs ? Certes, plus de la moitié des cas de cancer colorectal sont soignés, mais le traitement thérapeutique est souvent très lourd, allant jusqu'à l'ablation de tout ou partie de l'intestin ou du rectum. Les effets indésirables des chimiothérapies sont sévères. Et qui peut vivre vraiment normalement avec une « poche fécale », le collecteur en plastique souple qu'on fixe sur le bassin des personnes ayant subi une colostomie, l'opération qui consiste à raccorder l'intestin à l'abdomen par une petite ouverture afin d'évacuer les selles ?

En d'autres termes, au lieu de mettre en place une véritable politique de prévention qui viserait à éviter d'exposer la population aux aliments qui accroissent le risque de cancer, on appelle « prévention » la triade dépistage-traitement-chirurgie qui prend en charge les malades une fois qu'ils sont déjà atteints. En jouant sur les mots, on fait passer pour « prévention » ce qui en fait est « dépistage[274] » ! Traçons un parallèle avec le cancer du poumon. Aujourd'hui, personne ne met en doute le lien cigarette-cancer. Imaginons cependant qu'aucune campagne antitabac ne soit menée. Pour éviter d'effrayer la population, on ne lui parlerait pas des risques. Pas de loi Évin, pas d'information, pas de message « Fumer tue » sur les paquets, etc. Suivant ce scénario, on laisserait donc tout le monde fumer.

Quelques décennies plus tard, les gens tomberaient malades. Pas grave, on organiserait un dépistage massif à partir de 50 ans. On repérerait les personnes atteintes, on soignerait les cas soignables, on enlèverait les tumeurs, on retirerait les morceaux de poumons abîmés. Certains s'en sortiraient, d'autres pas. Aussi bizarre que cela puisse paraître, c'est ce véritable « scénario catastrophe » qui vaut pour le cancer colorectal. Et tant pis si les catégories sociales les moins favorisées – grandes consommatrices de charcuteries – sont les premières victimes[275] !

Un scandale planétaire

Aujourd'hui, presque toutes les nations du globe sont exposées aux charcuteries nitrées. Même les personnes de confessions musulmane et juive qui, certes, ne mangent pas de porc, mais consomment une quantité croissante de produits de « charcuterie » nitritée à base de bœuf, de mouton ou de volaille. Cette expansion mondiale a une histoire. Comme souvent en matière de malbouffe, ce phénomène a ses racines de l'autre côté de l'Atlantique. Depuis que le lien nitrite-cancer a été compris, le lobby américain des viandes nitrées s'est battu pour brouiller les pistes, pour étouffer les résultats de l'épidémiologie de manière que le lien entre charcuteries nitrées et cancer paraisse incertain, mystérieux, devant faire l'objet d'interminables « recherches complémentaires »[276].

Grâce aux documents d'archives, on connaît aujourd'hui l'épisode fondateur de ce scandale. Lorsqu'au début des années 1970, aux États-Unis, la cancérogénicité des charcuteries nitrées a été établie, les cancérologues américains ont demandé que l'emploi du nitrate et du nitrite soit totalement interdit[277]. À cette époque, les industriels des charcuteries nitrées ont réussi à éviter l'interdiction en annonçant qu'ils lançaient de grands programmes de recherche pour, disaient-ils, « en savoir plus ». Alors que les cancérologues estimaient que le niveau de connaissance était suffisant pour justifier une interdiction immédiate, les industriels ont fait valoir qu'il existait encore des zones d'ombre concernant les mécanismes d'apparition des tumeurs.

Avant eux, les industriels du tabac avaient déjà utilisé ce stratagème. Car en science, aucune vérité n'est jamais définitivement acquise[278]. Les fabricants de viandes nitrées les plus acharnés jouent la même carte, celle du doute artificiellement entretenu.

Comme l'a bien énoncé l'historien Robert Proctor, spécialiste des techniques utilisées pour retarder indéfiniment l'action contre les agents cancérogènes, « en recherche scientifique, il est toujours possible d'approfondir : il est toujours possible d'étudier plus précisément les mécanismes pharmacocinétiques, d'élucider tel ou tel risque avec *encore plus* de précision, de demander des études animales *encore plus* grandes, des études épidémiologiques *encore plus* vastes. En demandant "plus de recherches", les industriels obtiennent surtout "pas d'action[279]" ». Demander plus de recherche permet de gagner du temps. Avantage supplémentaire : cela sous-entend que l'opinion scientifique n'est pas fixée, que des questions importantes n'ont pas encore été résolues. Épidémiologiste à l'INSERM et professeur invité au Collège de France, le Dr Rémy Slama estime pourtant qu'« on ne peut plus se servir de l'excuse qu'on ne sait pas tout avec certitude pour retarder l'action face à un risque potentiellement important[280] ». Il note laconiquement : « Une absence de réaction n'est pas une absence de décision, c'est la décision de ne pas agir[281]. »

Experts ou consultants ?

En France, un nombre croissant de fabricants produisent déjà de la charcuterie en appliquant des règles d'hygiène strictes, sans recourir aux additifs nitrés. Ce mouvement doit être généralisé. Mais au niveau mondial, l'industrie des viandes nitrées est puissante et oppose une résistance considérable. Car les réformes qu'il faut mettre en œuvre coûtent cher. Les additifs nitrés ne peuvent pas être simplement retirés des recettes. Les procédés de production des charcuteries nitrées ne peuvent être réformés qu'au prix d'une véritable transformation de la technologie de fabrication. Le drame des charcuteries et du cancer est que le « salage chimique » est tellement avantageux qu'il est partout devenu la norme. Plutôt que de modifier les recettes pour supprimer les additifs nitrés, une bonne partie des charcutiers industriels de la planète préfèrent se battre pour éviter qu'ils soient interdits. Ils ne changent les recettes que marginalement – juste suffisamment pour traverser les alertes médiatiques qui surgissent régulièrement[282]. Parallèlement, l'impact sanitaire des charcuteries fait l'objet d'une véritable guerre de l'information. Sur des sites dédiés, des organisations de fabricants diffusent des informations sinon rassurantes, au moins singulièrement confuses, qui contribuent à semer le doute sur la cancérogénicité des additifs nitrés.

Aux résultats des cancérologues spécialisés, certains industriels voudraient que l'on préfère les résultats de quelques scientifiques travaillant pour eux[283]. On voit aujourd'hui certains chercheurs, pourtant payés sur les deniers publics, signer en parallèle des contrats de collaboration avec l'industrie des viandes nitrées. Pour quelques millions d'euros attribués à leurs laboratoires, ces scientifiques en apparence bien sous tous rapports mais à la déontologie suspecte se font eux aussi les serviteurs du « il est trop tôt pour agir ».

L'inertie est entretenue par des groupes de distribution alimentaire qui abdiquent leur responsabilité et tiennent collectivement, sur le mode du consensus, un discours fataliste et désinvolte : « le tabac/l'alcool c'est pire », « il est trop tard pour changer le système »,

« c'est le public qui veut des charcuteries roses », etc. Lors d'une intervention à l'Assemblée nationale, Cédric Villani, alors député et président de l'influent Office parlementaire d'évaluation des choix scientifiques et technologiques (OPECST[a]), a souligné les difficultés que pouvaient rencontrer les décideurs politiques à y voir clair sur les dangers des additifs nitrés, « sujet hautement technique et biaisé par de multiples conflits d'intérêts[284] ». Si les additifs nitrés restent en usage, c'est effectivement parce que certains « experts » se sont convaincus qu'il faut subir, que la pollution des assiettes est sans remède. Il ne faut pas compter sur eux pour dénoncer l'inertie. Asservis par des contrats de recherche ou par des habitudes d'appareils, certains scientifiques deviennent les alibis et les alliés des intérêts privés. Drapés dans un discours d'apparence scientifique et technique qui fait illusion auprès des moins informés, on les voit fournir les éléments qui, discrètement, justifient l'inaction.

Au cours des dernières années, un nouvel « argument » est même apparu, visiblement destiné à semer le doute. Après avoir signé un contrat de recherche avec l'industrie des viandes nitrées, certains chercheurs avancent à présent l'idée que le nitrite serait, d'une certaine façon, « protecteur » contre le cancer ! Des chercheurs liés au lobby alimentent ainsi en « résultats » et en argumentaires les agents de la propagande charcutière, puissamment relayée en Europe. Jusqu'à Bruxelles, des experts liés à des fabricants soutiennent que les niveaux de risque sont négligeables, quitte à manipuler et falsifier les travaux des cancérologues[285].

a. Composé de 18 députés et de 18 sénateurs accompagnés par un conseil scientifique de 24 personnalités de haut niveau, l'Office parlementaire d'évaluation des choix scientifiques et technologiques (OPECST) a pour mission d'informer le parlement français des conséquences des choix à caractère scientifique et technologique. C'est un organe essentiel de l'articulation entre science et vie démocratique.

Le cancer colorectal, un problème politique ?

Presque trois quarts de la viande de porc française sont vendus sous forme de charcuterie, dont la majorité est nitrée. Les représentants de la filière jouissent donc d'une influence redoutable auprès de certains décideurs politiques. Aux yeux de ces derniers, ils représentent l'emploi, le développement économique, la productivité. Comme ce fut jadis le cas avec le tabac, comme c'est encore le cas avec l'alcool, l'impact cancérogène des charcuteries nitrées pèse peu au regard des promesses de croissance économique. Pendant longtemps, il a semblé que personne ne s'offusquait que les consommateurs sacrifiés proviennent bien plus souvent des couches populaires[286].

En 2019, le député Richard Ramos s'est emparé du problème. Élu centriste du Loiret, cet ancien critique gastronomique s'est fait une spécialité des questions alimentaires. Son premier angle d'attaque sur le dossier nitrite : l'accès inégal des consommateurs à une alimentation de meilleure qualité. Richard Ramos a souligné que « la consommation de charcuterie varie en fonction des catégories socio-économiques : une famille modeste achète en un an deux fois plus de charcuterie en libre-service qu'une famille aisée (26 kg contre 12 kg)[287] ». L'élu a noté qu'en fonction des catégories sociales, les différences de consommation « se révèlent particulièrement marquées pour le jambon cuit, les lardons, les pâtés et le saucisson sec, soit des produits contenant presque systématiquement des additifs nitrés[288] ». Autrement dit, plus les consommateurs sont modestes, plus ils mangent de charcuteries... et plus les charcuteries qu'ils mangent sont nitritées !

Cherchant à pénaliser les fabricants qui utilisent des additifs nitrés, le député (alors soutenu par Olivier Véran, futur ministre de la Santé) a d'abord proposé la mise en place d'une taxe de

10 centimes par kilo de charcuterie traitée, destinée à abonder la Caisse nationale d'assurance maladie[289]. Inspirée de la « taxe soda » instituée en 2012 sur les boissons contenant du sucre ajouté ou des édulcorants de synthèse, cette pénalité visait à inciter les fabricants de charcuteries à adopter des techniques de fabrication plus vertueuses et, d'après le texte, « à dissuader le consommateur et à l'orienter vers des produits similaires mais exempts d'additifs nitrés[290] ». D'abord adopté en commission, l'amendement a finalement été rejeté dans l'hémicycle, conduisant le député à dénoncer alors « un massif effort de lobbying de la Fédération française des industriels charcutiers-traiteurs (FICT)[291] ». Dans la foulée, le député Ramos a déposé un autre amendement, cette fois-ci dans le cadre d'une proposition de loi « relative à la transparence de l'information sur les produits agricoles et alimentaires ». Il s'agissait de compléter le Code de la santé publique par un nouvel article intitulé « Lutte contre les aliments cancérigènes » imposant de faire apparaître la mention spécifique « contient du sel nitrité » sur les emballages, afin de garantir une information plus claire pour les consommateurs[292]. Mais là encore, échec devant l'influence des intérêts agro-industriels[293].

Au même moment, des organisations de la société civile se lançaient dans la bataille. En novembre 2019, une grande campagne nationale a été déployée par l'application antimalbouffe Yuka, appuyée par la Ligue contre le cancer et par l'association Foodwatch. Les trois organisations réclamaient l'interdiction des additifs nitrés. « C'est simple, il faut en finir avec le nitrite[294] », déclarait le généticien Axel Kahn, alors président de la Ligue contre le cancer et de son réseau de 100 comités départementaux. Multipliant les prises de position dans les médias, interpellant les responsables politiques, le professeur Kahn regrettait que l'engagement de la Ligue contre le cancer se soit rapidement trouvé confronté « à une pression intense de la FICT, Fédération française des industriels charcutiers-traiteurs, associée à un actif lobbying et à une active “contre-campagne” de presse[295] ».

Yuka et mission parlementaire : pour une charcuterie moins dangereuse

Créé en 2017, Yuka est l'application de notation alimentaire la plus utilisée en France. Elle permet de scanner le code-barre d'un produit afin d'en connaître la composition ainsi qu'une note, de 0 à 100, attribuée par l'appli en fonction des qualités nutritionnelles et de la présence d'additifs. À cause des risques de cancer, l'algorithme de Yuka attribuait automatiquement une note rédhibitoire aux charcuteries nitratées ou nitritées. Lorsqu'un utilisateur de Yuka scannait un produit qui avait été traité au nitrate ou au nitrite, l'application proposait de cliquer sur un lien permettant d'aller signer une pétition qui demandait l'interdiction de ces substances.

Yuka a été attaquée en justice par des charcutiers industriels qui l'accusaient notamment d'appel au boycott et de dénigrement[296]. L'appli a été condamnée en première instance. Heureusement, en décembre 2022, la Cour d'appel d'Aix-en-Provence a donné raison à Yuka contre un industriel qui souhaitait, entre autres, interdire à Yuka d'utiliser, à propos du nitrite de sodium et du jambon nitrité, « toute mention portant sur le caractère dangereux, risqué, cancérigène, cancérogène, génotoxique, promoteur du cancer ou de maladies du sang[297] ». Les magistrats ont jugé qu'au vu des travaux scientifiques, « il est possible, sans excéder le droit à la libre expression, de divulguer sur une base documentaire réelle l'information selon laquelle l'ajout d'additifs nitrés dans l'alimentation peut être considéré comme dangereux pour la santé[298] ». Le fabricant de jambon nitrité s'est pourvu en cassation et, au moment où cet ouvrage part à l'impression, plusieurs autres procédures sont en cours. La pétition, elle, est toujours en ligne, et continue d'accumuler des signataires[a]. En outre, pour couvrir ses frais de justice, Yuka a dû mettre en place une cagnotte. Les consommateurs ont répondu en masse : presque 400 000 euros ont été collectés. De quoi soutenir longtemps la bataille dans les prétoires... En octobre 2022, le magazine spécialisé *L'Usine nouvelle* estimait à juste titre qu'en s'attaquant à Yuka, les charcutiers industriels « ont perdu la bataille de l'opinion » et que « sous la pression des consommateurs », la filière se retrouve aujourd'hui contrainte d'évoluer[299].

Mieux encore, à l'Assemblée nationale, la commission des affaires économiques a mis sur pied une mission parlementaire afin d'examiner précisément l'état des connaissances sur la dangerosité des additifs nitrés. Présidée par Richard Ramos[b], cette mission d'information « sur les sels nitrités dans l'industrie agroalimentaire » a auditionné soixante-dix intervenants : experts scientifiques, distributeurs, industriels petits et gros, artisans charcutiers, autorités réglementaires, organisations de défense des consommateurs. Les dirigeants des plus grands groupes de charcuterie français sont donc venus s'expliquer devant les parlementaires. Le rapport officiel a été adopté en janvier 2021, à l'unanimité de la commission des affaires économiques[300]. Le député Cédric Villani, président de l'Office parlementaire d'évaluation des choix scientifiques et

a. Lien de la pétition : https ://www.foodwatch.org/fr/sinformer/nos-campagnes/alimentation-et-sante/additifs/petition-stop-aux-nitrites-ajoutes-dans-notre-alimentation/

b. Richard Ramos était accompagné de deux autres députées, elles aussi habituées aux questions alimentaires : Barbara Bessot-Ballot (Haute-Saône) et Michèle Crouzet (Yonne), déjà autrice (avec Loïc Prud'homme) d'un *Rapport d'enquête sur l'alimentation industrielle : qualité nutritionnelle, rôle dans l'émergence de pathologies chroniques, impact social et environnemental de sa provenance* (Assemblée nationale, septembre 2018).

technologiques (OPECST) et lui-même scientifique de très haut niveau, a alors salué le rapport « pour sa rigueur dans le maniement des probabilités et des risques, pour sa prise en compte de résultats récents en recherche biomédicale, pour sa façon d'interroger sans complaisance les pratiques économiques et de concilier les préoccupations sanitaires, sociales et gastronomiques[301] ».

D'après le rapport officiel de la mission parlementaire, « l'équation peut être ainsi résumée : il est certain que les charcuteries sont cancérogènes et que les nitrites et nitrates ajoutés causent, ou à tout le moins, renforcent cette cancérogénicité. Or, il est parfaitement possible de produire une charcuterie de qualité sans nitrites ni nitrates ajoutés, et parfaitement sûre d'un point de vue bactériologique. Par exemple, les artisans formés au sein de l'École nationale des industries du lait et de la viande (ENILV) d'Aurillac apprennent et diffusent sur le territoire depuis plus de vingt ans des méthodes de production sans nitrite, tandis que depuis 2016 l'offre de produits sans nitrite par de grandes marques nationales ne cesse de croître dans les supermarchés[302] ».

Pour les députés, « l'enjeu est donc de favoriser non le développement d'une gamme de produits sans nitrite destinée à satisfaire une certaine clientèle, informée et disposée à payer plus cher pour une alimentation de qualité, mais bien d'initier et d'accompagner un changement de norme en la matière afin que tous, y compris les plus humbles, puissent accéder à une charcuterie qui ne mette pas leur santé en danger[303] ». Selon le rapport parlementaire, les produits sans nitrite doivent devenir le standard de fabrication. Le rapport a conclu : « C'est un impératif de santé publique[304]. » Un des bénéfices essentiels de la mission parlementaire fut d'obliger le gouvernement à saisir l'agence sanitaire nationale (ANSES), puis d'exercer une pression politique très vigoureuse pour que la saisine tienne compte du fer nitrosylé. Alors qu'en sous-main, des relais de l'industrie pesaient de toutes leurs forces auprès du gouvernement pour que l'expertise de l'ANSES ne tienne pas compte du problème du fer nitrosylé et porte, au contraire, sur des considérations générales qui permettraient de prolonger l'inaction[305].

Bataille de chiffres

L'apparition d'une tumeur a rarement une cause unique. Le cancer résulte d'une combinaison de déterminants génétiques et de déclencheurs liés au comportement de l'individu et à son environnement. Les variations génétiques entraînent des sensibilités inégales aux agents cancérogènes, rendant les individus inégalement vulnérables. Heureusement, tous les cas de cancer colorectal ne sont donc pas liés à la charcuterie, loin de là ! Mais c'est un des premiers facteurs évitables. Pour la population nationale, la dernière estimation réalisée par l'OMS et l'Institut national du cancer évalue le nombre de nouveaux cas liés à la charcuterie à 4 380 par an[306].

Au printemps 2020, lors d'une audition officielle à l'Assemblée nationale, le président de la fédération des charcutiers industriels a admis que la consommation excessive de charcuterie nitrée était bien responsable de décès par cancer[307]. Le député Richard Ramos a raconté cet épisode lorsqu'il a présenté les conclusions de la mission d'information devant le ministre de l'Agriculture, lors d'une réunion plénière de la commission des affaires économiques : « Nous avons acquis la conviction que les additifs nitrés associés à la charcuterie tuent. Oui, ils tuent les Français, et nous ne sommes pas les seuls à l'affirmer ! En effet, lors de son audition le 3 mars 2020, Bernard Vallat, président des industriels de la charcuterie, a avoué ici que les nitrites dans la charcuterie étaient responsables d'au moins 1 200 décès par an en France. Le représentant des charcutiers avouait ce jour-là, devant la représentation nationale, que les produits nitrés qu'il défend donnent la mort. Nous en étions nous-mêmes sidérés[308]. »

Le scandale des additifs nitrés est donc enfin devenu un enjeu de santé publique. Le lobby des charcutiers industriels paraît anxieux, car la France pourrait devenir le premier pays à interdire les additifs nitrés, comme elle a pu le faire avec le dioxyde de titane (E171), entraînant toute l'Union européenne dans son sillage.

Le nitrite ne veut pas mourir

L'interdiction totale de l'emploi des additifs nitrés dans les charcuteries industrielles est à présent possible, elle est souhaitable. La voie est maintenant ouverte pour que soient enfin prises des mesures significatives, parmi lesquelles on peut envisager : la mise en place d'un étiquetage spécifique sur les aliments traités aux additifs nitrés (sur le modèle du logo destiné aux femmes enceintes sur les bouteilles de vin) ; l'interdiction totale de l'utilisation des additifs nitrés dans les produits destinés aux cantines scolaires, aux crèches et à la restauration des étudiants (CROUS) ; l'interdiction totale de l'utilisation des additifs nitrés dans les produits destinés à la restauration collective hospitalière et aux EHPAD ; une interdiction similaire pour les produits destinés à la restauration collective des fonctionnaires tributaires des choix d'approvisionnement de l'Administration (armée, gendarmerie, police, pompiers...) ; l'interdiction totale des additifs nitrés dans les charcuteries mises en œuvre dans les plats surgelés ; une interdiction totale des additifs nitrés en bio (voir chapitre 11). Et pourquoi pas une interdiction de la publicité TV pour les produits traités aux additifs nitrés, au moins aux heures d'écoute des enfants ? Car, à défaut d'interdire l'emploi des additifs qui donnent naissance à des composés cancérogènes, pourquoi ne pas interdire qu'ils soient vantés sur les écrans ?

De nombreux maires (dont ceux de villes importantes telles Saint-Étienne et Grenoble) se sont d'ores et déjà engagés à ne plus servir de charcuteries nitrées dans les cantines municipales[309]. La Ville de Paris, capitale du jambon éponyme, a annoncé en 2022 qu'elle allait également bannir les additifs nitrés de toutes ses cantines[310]. L'horizon est clair : l'objectif doit être de passer rapidement du modèle actuel – dans lequel l'emploi des additifs nitrés est la règle – à un modèle dans lequel, au contraire, le nitratage et le nitritage seront l'exception. Idéalement, il faudrait qu'à l'avenir, les transformateurs de viande aient besoin de solliciter une dérogation spéciale afin d'avoir le droit d'utiliser un additif nitré. Il faut que la règle commune soit l'interdiction.

Pour l'instant, les résistances de la filière industrielle sont encore considérables[311]. Les fabricants et les distributeurs qui sont habitués à produire et vendre de la charcuterie nitrée traînent des pieds devant la nécessaire transformation des pratiques. Mais une dynamique est engagée. « Le NutriScore et le sans-nitrite sont entrés dans les mœurs », constatait Michel-Édouard Leclerc en octobre 2022. Il prédisait : « Nous ne reviendrons pas en arrière[312]. »

Grâce à l'action des parlementaires, de Yuka, de Foodwatch et de la Ligue contre le cancer, une coalition scientifique et citoyenne s'est mise en place. Ce mouvement va-t-il continuer à grandir ou bien être étouffé ? Faisons le pari qu'au cours des prochaines années, le problème des additifs nitrés prendra un poids de plus en plus considérable dans le débat public sur l'alimentation, l'environnement et la santé – au même titre que les pesticides, les nanoparticules ou les perturbateurs endocriniens. Mais pour cela, il faut que le public comprenne vraiment ce qu'on lui fait avaler, dans tous les sens du terme.

Principe de précaution/principe de prévention

Les juristes spécialisés en droit de l'alimentation expliquent que lorsqu'un aliment est *suspecté* d'être cancérogène, le droit européen prévoit que ce soit le principe dit *de précaution* qui s'applique[313]. Plus précisément, ce principe concerne les cas « où une évaluation des informations disponibles révèle la possibilité d'effets nocifs sur la santé, mais où il subsiste une incertitude scientifique[314] ». Les autorités sanitaires peuvent alors adopter des mesures de protection provisoires. Le principe de précaution est spécifiquement cité dans le texte qui constitue le socle de la réglementation européenne sur les additifs alimentaires[315].

Force est de constater que jusqu'à maintenant, les autorités françaises et européennes n'ont pas suffisamment mis en œuvre le principe de précaution et ont laissé les consommateurs s'exposer aux risques de cancer liés aux additifs nitrés. Cette indifférence s'explique peut-être tout simplement par une impuissance organisée : l'Europe est liée par des traités de commerce internationaux qui ne reconnaissent pas la même définition du principe de précaution en matière d'additifs alimentaires[316] !

Heureusement, à l'été 2022, grâce à la reconnaissance par l'ANSES de la cancérogénicité spécifique des dérivés des additifs nitrés, nous sommes entrés dans une nouvelle phase. D'un point de vue juridique, la situation a changé. Puisque même l'agence sanitaire nationale reconnaît la cancérogénicité des charcuteries nitrées, ce n'est plus le principe de précaution qui s'applique : c'est le principe dit de prévention[317]. Il oblige les autorités sanitaires à prendre des mesures fermes et restrictives.

Jusqu'à 2023, la seule mesure a consisté à rappeler aux consommateurs de ne pas consommer plus de 150 grammes de charcuterie par semaine. Cette absence de réaction ferme paraît correspondre aux attentes du lobby agroalimentaire[318]. Le gouvernement a réuni un « groupe de travail » piloté par le ministère de l'Agriculture. Les industriels et les chercheurs qu'ils financent sont bien représentés[319], même les fabricants d'additifs ont été conviés aux réunions[320]... mais comme d'habitude la Ligue contre le cancer et les organisations de consommateurs en sont exclues !

6

Pourquoi les additifs nitrés ne sont-ils pas encore interdits ?

Dans les affaires qui concernent les additifs alimentaires et le cancer, « le diable est dans les détails[321] ». Rappelons-le, ce n'est ni le nitrate ni le nitrite qui sont *directement* cancérogènes. Les agents dangereux apparaissent parce que le nitrate et le nitrite réagissent avec des composants de la viande, notamment le fer. Leur rencontre *donne alors naissance* à des molécules capables d'agir directement sur la muqueuse du système digestif. Ces nuances pourraient paraître anecdotiques. En réalité, elles sont décisives. Car elles permettent de comprendre pourquoi les additifs nitrés ne sont pas encore interdits.

Les composés nitrosés, des composés « oubliés » ?

Il y a déjà quarante ans que des cancérologues américains dénoncent les campagnes du lobby des viandes nitrées. En 1982, dans un éditorial du *Washington Post* intitulé « L'alimentation, le cancer et l'Institut américain des viandes », le Dr Alvin Lazen, directeur du Conseil national de la recherche, avait détaillé les stratégies de désinformation mises en place par le lobby nord-américain des viandes nitrées. Le Dr Lazen expliquait comment cette organisation manipulait les résultats scientifiques pour faire croire que la viande traitée au nitrate ou au nitrite ne présentait pas de risque, sous prétexte que le nitrate et le nitrite ne provoquent pas directement de cancer[322].

Un peu de la même manière, l'Autorité européenne pour la sécurité des aliments (EFSA) scande depuis des années que le nitrate et le nitrite ne représentent pas de risque de cancer pour les consommateurs, car ils « n'ont pas d'effet toxique direct[323] ». L'EFSA a été créée en 2002 dans le but d'être une source impartiale d'avis qualifiés pour guider les décideurs européens. On pourrait s'attendre à ce que sur le thème du cancer, l'agence tienne compte des dernières connaissances scientifiques. Mais dans son évaluation spécifiquement consacrée aux additifs nitrés de 2017, l'agence écrit que « sur la base des éléments de preuve disponibles, les experts de l'EFSA ont conclu que les niveaux de sécurité existants pour les nitrites et les nitrates [constituent] une protection adéquate pour les consommateurs[324] ». Pour arriver à cette conclusion, la technique de l'EFSA est simple : elle omet tout simplement de prendre en compte le fer nitrosylé !

Certes, les rapports d'évaluation de l'EFSA sur le nitrate et le nitrite mentionnent bien la réaction du fer avec l'oxyde nitrique[325], mais ils ne disent pas un mot de l'impact de cette réaction sur la santé. Pourtant, les rapports totalisent 280 pages très denses, qui présentent tous les attributs extérieurs de scientificité. Pour le lecteur qui n'est pas versé en biochimie ou en toxicologie (c'est le cas de la plupart des consommateurs, mais aussi des députés européens et des fonctionnaires que ces travaux sont censés renseigner), ces rapports « font sérieux[326] ». Sur des centaines de pages, des considérations techniques, des calculs, de longs développements qui paraissent souvent viser à faire croire que l'agence a analysé tous les détails de ce dossier. Le texte veut donner l'impression de passer impitoyablement au crible l'ensemble des connaissances scientifiques disponibles. C'est un simulacre, un exercice d'équilibriste qui contourne méticuleusement les points les plus problématiques, ceux qui forceraient l'EFSA à écrire, noir sur blanc, que les charcuteries nitrées sont bel et bien responsables de dizaines de milliers de cas de cancer chaque année dans la population européenne.

D'après les textes[327], l'évaluation des risques sanitaires doit être conçue de façon à dissiper les incertitudes, mais l'EFSA déploie des efforts remarqués pour entretenir l'incertitude, voire la créer de toutes pièces. Car ces « rapports d'expertise » s'illustrent surtout par leurs oublis. En reprenant des arguments fournis par des industriels, l'EFSA part systématiquement du principe que l'emploi de nitrate et de nitrite est toujours « nécessaire[328] » dans la fabrication des charcuteries. Comble de la tartufferie : l'EFSA est installée à Parme, en Italie. Or le célèbre « jambon de Parme » est fabriqué sans aucun additif. Pendant plusieurs décennies, au milieu du xxe siècle, les fabricants de jambon installés dans la province de Parme ont d'abord voulu augmenter les volumes de production en recourant aux additifs nitrés. Alertés par les cancérologues, les fabricants ont abandonné cette pratique en 1993. Ils sont alors retournés aux procédés traditionnels et ont modernisé leur équipement en investissant pour systématiser la maturation longue[329]. De nombreux autres salaisonniers italiens ont banni les additifs nitrés, notamment les fabricants de jambon dit « de San Daniele », largement commercialisé en France.

Aujourd'hui, les 140 producteurs de jambon de Parme font abattre annuellement 4 millions de cochons et ils livrent plus de 8 millions de jambons secs sans nitrate ni nitrite. Dans ses échanges avec la mission d'information sur les additifs nitrés de l'Assemblée nationale, le responsable des expertises de l'EFSA a pourtant indiqué qu'il ignorait que le jambon de Parme était fabriqué sans additifs[330], et l'agence a construit ses évaluations en partant du principe que les charcuteries sans additif nitré n'existaient pas[331].

L'agence sanitaire européenne EFSA, ou comment endormir le consommateur

En théorie, la réglementation européenne protège les consommateurs. Car le règlement européen sur les additifs pose plusieurs principes essentiels pour qu'un additif soit autorisé[332]. L'utilisation doit être sûre ; il faut que son autorisation respecte le principe de précaution ; son emploi doit être loyal (autrement dit : l'emploi de l'additif ne doit pas induire le consommateur en erreur) ; il doit répondre à un *besoin technologique impératif*, que le texte appelle aussi nécessité technologique (la Commission européenne précise qu'il faut que l'additif réponde à « un besoin technologique valable qui ne peut pas être satisfait par d'autres moyens[333] »). Le règlement européen indique également que les additifs alimentaires doivent être « maintenus sous observation permanente » et réévalués aussi souvent que nécessaire afin que l'exécutif européen puisse, s'il y en avait besoin, prendre les mesures appropriées, avec les États membres.

Les textes expliquent clairement qu'un aliment est dit « dangereux » s'il est préjudiciable à la santé humaine, et qu'aucun aliment ne peut être mis sur le marché s'il est dangereux[334]. La réglementation précise qu'il doit être tenu compte de l'effet immédiat, de l'effet probable à court terme et de l'effet probable à long terme. Le règlement souligne qu'il faut également prendre en considération les effets cumulatifs. Mieux, les textes européens spécifient que l'évaluation des additifs doit tenir compte des éventuels composés auxquels les additifs donnent naissance car le règlement indique que les dérivés doivent être considérés comme des composants de la denrée obtenue[335].

Les règles européennes obligent l'EFSA à rechercher l'effet cancérogène non de l'additif lui-même – comme s'il s'agissait d'une entité séparée, inerte et immuable – mais de l'additif et des substances auxquelles il donne naissance. Pourtant, dans ses derniers rapports d'évaluation, l'EFSA n'a pas évalué les charcuteries au nitrite. Elle a tout simplement fait semblant. À la place, l'agence a évalué le nitrate et le nitrite en eux-mêmes, sans tenir compte de leurs transformations les plus problématiques[a]. Comme le notait le chercheur Jérôme Santolini devant la mission d'information sur les additifs nitrés de l'Assemblée nationale, « il semble qu'il y ait en ce sens une forte confusion pour certains toxicologues entre la toxicité de la charcuterie nitrée et celle, directe, du nitrite, confusion entretenue dans les deux rapports de l'EFSA de 2017, alors qu'il est clair et établi qu'elles n'ont rien à voir[336] ». Mais naturellement, cette confusion plaît à certains industriels des viandes nitrées. Puisque l'on sait que, considérés seuls, le nitrate et le nitrite ne sont pas cancérogènes, les lobbyistes pèsent de tout leur poids pour que l'évaluation sanitaire porte sur ces substances prises isolément plutôt que sur les viandes nitrées.

a. Sous la pression médiatique, il faudra cinq ans pour que l'EFSA reconnaisse publiquement que l'évaluation de 2017 avait occulté l'essentiel : en octobre 2022, la version préliminaire d'un nouveau rapport d'expertise a reconnu que l'expertise de 2017 n'avait pas pris en compte les composés nitrosés présents dans les charcuteries nitrées. Voir : EFSA Panel on Contaminants in the Food Chain (CONTAM), « Draft scientific opinion on the human health risks related to the presence of N-nitrosamines (N-NAs) in food », octobre 2022, p.13.

Verdict des deux rapports d'évaluation de l'EFSA parus en 2017 : puisque le nitrate et le nitrite *en eux-mêmes* ne provoquent pas de cancer, l'agence estime qu'il n'y a pas de raison d'en interdire l'usage. Grâce à cette astuce digne du Dr Knock, l'EFSA ignore soigneusement l'impact sanitaire des viandes nitrées. Dans son avis officiel, l'EFSA mentionne bien le fait que les additifs nitrés sont une source de composés nitrosés cancérogènes… mais recommande seulement de conduire « d'autres études observationnelles prospectives de grande échelle[337] », sans pour autant tenir compte des études déjà existantes. En attendant, l'agence assure que l'utilisation des additifs nitrés est « sans danger pour les consommateurs en Europe[338] », malgré les alertes des cancérologues[339].

Que dirait-on si, pour estimer l'effet nocif de la fumée de tabac, une autorité sanitaire s'obstinait à ne pas tenir compte des molécules qui naissent de la combustion des feuilles de tabac, pour s'occuper, à la place, d'estimer l'impact des cigarettes qui n'ont pas encore été allumées ? Ce type de procédés paraît grotesque… Mais l'histoire de la santé publique est riche d'épisodes au cours desquels l'évaluation d'un effet délétère a été faussée en faisant porter le regard sur des phénomènes qui, en apparence, étaient liés à ceux qu'il aurait fallu étudier[340] ! Bisphénol A, chlorure de vinyle, perturbateurs endocriniens, Distilbène, dioxine, PCB, amiante… la liste des substances est longue, à propos desquelles on a vu des fonctionnaires et des experts lâches ou malhonnêtes se servir d'évaluations partielles pour donner l'illusion qu'il n'était pas justifié de prendre des mesures de prévention contre des produits défendus par des lobbies[341].

Quel était l'objectif de l'EFSA en réalisant en 2017 cette simili-évaluation, bavarde et tricheuse ? Pouvoir conclure que le consommateur peut consommer tranquillement, qu'il lui suffit de faire confiance aux fabricants, qui bien sûr « savent ce qu'ils font ». Cela permet de ne pas revoir les normes en vigueur, estimées « suffisamment protectrices[342] ». Autrement dit, ne rien changer à la petite musique en vogue chez les lobbyistes de Bruxelles depuis des décennies. En 1990 déjà, des rapports remis à la Commission européenne indiquaient que la charcuterie contenait bien des composés nitrosés cancérogènes, mais estimaient que « leur possible effet nocif [était] probablement minime[343] ».

Quand l'expertise sert à justifier l'inaction

L'EFSA défend systématiquement le statu quo en matière d'additifs nitrés, et se contente de conseiller des baisses symboliques des taux de « nitrite résiduel », sans incidence réelle sur la cancérogénicité des charcuteries. L'EFSA fixe également des « taux maximums » de nitrite tout en reconnaissant qu'ils ne tiennent pas compte des effets cancérogènes des composés nitrosés[344].

Ce point capital a déjà été souligné à de multiples reprises, en particulier au cours d'une longue bataille judiciaire qui, de 1999 à 2015, a opposé le Danemark à la Commission européenne[345]. Les autorités sanitaires danoises ont fait valoir, à juste titre, qu'une norme sanitaire fondée sur l'évaluation des viandes nitrées en fonction de l'absorption de nitrate ou de nitrite « ne permet pas une protection appropriée de la santé humaine[346] », car elle omet de tenir compte des composés nitrosés.

Contrainte par la décision de la Cour de justice de l'Union européenne qui a reconnu que le Danemark pouvait appliquer le principe de précaution[347], la Commission européenne a confirmé en 2021 que le gouvernement danois avait le droit de ne pas suivre les évaluations de l'EFSA[348]. Car l'EFSA continue à s'accrocher à un postulat erroné, posé au cours des années 1990 par un groupe de consultants spécialisés. En 1995, le président de ce petit groupe d'experts, le français Gérard Pascal, était alors en même temps haut responsable du principal lobby de l'agroalimentaire, l'ILSI (International Life Sciences Institute[349]). Le groupe présidé par M. Pascal a bien noté que les composés nitrosés étaient cancérogènes[350], mais il a estimé qu'il n'y avait « pas de preuves irréfutables[351] » de la cancérogénicité des charcuteries traitées au nitrate ou au nitrite et qu'en conséquence, les risques liés à la formation de composés nitrosés « n'étaient pas suffisamment pertinents pour être pris en compte dans l'évaluation du risque[352] ». Le groupe a considéré que « dans l'Union Européenne, il n'y a pas de preuve épidémiologique directe que les composés nitrosés préformés sont présents dans les aliments à un niveau représentant un risque pour la santé humaine[353] ». L'EFSA reconnaît maintenant que « le niveau de sécurité des nitrosamines est probablement dépassé[354] » et l'agence annonce qu'« il va falloir agir[355] ». Les postulats erronés des années 1990 ont conduit à sous-estimer le danger pendant plus de trois décennies.

Dans le même ordre d'idées, l'agence européenne a fait valoir que les composés nitrosés étaient des *contaminants*, et que leur effet délétère ne concernait donc pas directement les additifs eux-mêmes. La notion de « contaminants » constitue une catégorie très souple[356] qui permet aux responsables de décréter que telle ou telle substance peut ne pas être prise en compte dans l'évaluation des risques[357]. L'historienne Nathalie Jas a consacré des investigations minutieuses à cette faille dramatique dans la réglementation des additifs alimentaires. Elle a découvert que lorsque les règles d'évaluation des additifs ont été définies au niveau international, il a été décidé que la prise en compte de l'évolution des molécules n'était pas toujours nécessaire[358]. Pourtant, en matière d'additifs nitrés, on passe complètement à côté des risques de cancer si l'on ne prend pas en compte la façon dont ils se transforment. Deux grands spécialistes canadiens du nitrite alertaient déjà il y a vingt-cinq ans : « La connaissance des produits de la réaction entre le nitrite et les différents constituants de la viande est au moins aussi importante, sinon plus, que l'information concernant la quantité de nitrite ajouté pendant la fabrication ou la quantité qui reste présente en fin de fabrication[359]. »

Aujourd'hui, le biochimiste français Jérôme Santolini ne cesse de marteler que l'évaluation des additifs nitrés doit prendre en compte les composés nitrosés : « Lorsqu'on parle de toxicité, il ne faut pas se focaliser sur le nitrite, mais bien comprendre que la toxicité induite est liée aux multiples effets des oxydes d'azote sur de nombreuses cibles biologiques[360]. » Puisque le nitrate et le nitrite se transforment en de nouvelles molécules, ce sont bien sûr ces molécules-là qui devraient être évaluées[a]. Car ce sont bien ces molécules-là que le consommateur ingère ! Tout le reste relève d'un véritable bonneteau scientifique, c'est un jeu de dupes.

Une agence sanitaire européenne coutumière des analyses biaisées et incomplètes

Comment expliquer que notre « Agence européenne de sécurité des aliments » ne protège pas suffisamment les consommateurs ? Comment interpréter cette négligence ? Malheureusement,

a. À l'été 2022, l'ANSES a noté que les composés nitrosés n'étaient pas correctement pris en compte par les évaluations existantes, car les doses journalières admissibles (DJA) « sont aujourd'hui définies séparément pour chacune de ces substances, alors que les mécanismes biochimiques en jeu constituent une suite de transformations vers des composés nitrosés », ANSES, *Évaluation des risques liés à la consommation de nitrates et nitrites. Avis révisé de l'ANSES et rapport d'expertise collective*, juillet 2022, p. 25.

l'aveuglement de l'EFSA sur les additifs nitrés n'est pas une exception en matière d'additifs alimentaires. Le professeur Erik Millstone (université de Sussex en Grande-Bretagne) a publié une série d'articles scientifiques qui indiquent que l'EFSA a choisi de biaiser les modalités de l'évaluation de certains édulcorants de synthèse[361]. L'EFSA a également plusieurs fois défrayé la chronique pour sa défense servile de pesticides controversés, en particulier du glyphosate de la firme Monsanto puis de Bayer[362].

On croit voir se répéter à propos du nitrate et du nitrite la même sinistre comédie que celle que l'EFSA a mise en scène il y a dix ans en biaisant l'évaluation des perturbateurs endocriniens[363]. Dans une étude très documentée sur la façon dont est entretenue l'inaction en matière de prévention des risques sanitaires, le journaliste scientifique Stéphane Foucart (*Le Monde*) constatait alors que « l'EFSA, de manière strictement identique à l'industrie du tabac, met systématiquement en avant les incertitudes, invente une absence de consensus scientifique, souligne la nécessité de faire toujours plus de recherche avant de se décider à agir[364] ». Il remarquait qu'« à l'inverse de ce qui est théoriquement leur mission, les agences de sécurité sanitaire sont devenues, sur certains sujets où les enjeux économiques sont importants, des machines à produire de la confusion et de l'ignorance. Au lieu d'éclairer, elles utilisent parfois la science – ou se revendiquent d'elle – pour créer des situations de doute artificiellement entretenues. Des situations où le pouvoir politique peut, s'il le trouve commode, décider de ne rien décider[365] ». Le cas des additifs nitrés présente malheureusement une parfaite illustration – une illustration chimiquement pure… – de ce dévoiement de la science et de l'éthique.

Écoutons la juriste Christine Noiville, spécialiste du droit des risques sanitaires, quand elle explique que les agences comme l'EFSA ont été créées afin de les abriter du lobbying : « Indépendantes, externes au pouvoir politique et composées d'experts spécialisés, elles expriment le souci de mettre définitivement fin au phénomène d'"expertises maison" réalisées au sein même des administrations et, du même coup, au mélange des genres entre politique et expertise scientifique[366]. » Et pourtant, les liens d'intérêts entre certains membres influents des comités d'experts de l'EFSA et les secteurs de l'agroalimentaire et de l'agrochimie ont été dénoncés à de multiples reprises par les organisations de consommateurs, en particulier par le magazine *Que choisir*[367]. L'organisation bruxelloise Corporate Europe Observatory a ainsi montré que sur la période 2012-2018, plus de la moitié des membres du panel d'expertise sur les additifs alimentaires de l'EFSA s'étaient trouvés en situation de conflit d'intérêts financier[368]. Stéphane Horel, également journaliste au quotidien *Le Monde*, a mené de longues enquêtes pour décortiquer le fonctionnement de l'EFSA afin d'élucider pourquoi et comment, malgré les scandales à répétition[369], l'agence choisit si facilement de se ranger du côté des lobbies[370]. Par toutes sortes de tergiversations, de marchandages et d'arrangements avec l'honnêteté scientifique, l'objectif prioritaire de l'EFSA est trop souvent d'empêcher que des normes sanitaires restrictives nuisent à la libre circulation des denrées et fassent obstacle à la construction des marchés[371]. L'agence paraît favoriser les intérêts du développement industriel au lieu de protéger la santé des consommateurs. Usant d'une indulgence qui confine à la complicité, l'EFSA est une fidèle alliée des affaires, avant tout soucieuse de ne pas contraindre l'industrie européenne des viandes à se réformer.

L'EFSA, ou comment regarder à côté des problèmes

En 2020, sous l'effet de la pression politique et médiatique, la Commission européenne a demandé à l'EFSA de réaliser une nouvelle évaluation, avec un nouveau panel d'experts. La nouvelle évaluation a été rendue publique en octobre 2022. Dans son évaluation précédente (2017), l'agence affirmait que l'apparition de nitrosamines liée aux charcuteries était « peu préoccupante pour la santé humaine[372] ». Cinq ans plus tard, l'agence indique à présent que la quantité de nitrosamine liée à la charcuterie nitrée pose un sérieux problème en matière de cancer[373]. En novembre 2022, interrogé au Parlement européen, le directeur de l'EFSA a dû reconnaître, tout piteux, que la nouvelle évaluation avait donné « un résultat inquiétant[374] ». Mais, comme à son habitude, l'agence ne fait que recommander des études supplémentaires[375]. Pendant ce temps, les Européens continueront donc à manger des charcuteries cancérogènes.

Pourtant le pire n'est pas là. Alors que les spécialistes en cancérologie ne cessent d'expliquer que l'effet cancérogène des charcuteries nitrées est fondamentalement lié à la présence de fer nitrosylé, la nouvelle expertise de l'EFSA passe entièrement sous silence l'effet de ce composé[376] ! Des membres du nouveau panel d'experts ont spécifiquement demandé que l'évaluation prenne en compte les composés nitrosés dans leur ensemble, c'est-à-dire qu'elle ne se limite pas aux nitrosamines[377]. Au même moment, dans ses échanges avec l'Assemblée nationale, la responsable de l'expertise à l'EFSA indiquait que le fer nitrosylé était bien pris en compte par les évaluations que l'agence effectuait[378]. À l'été 2022, les autorités sanitaires françaises espéraient encore que la nouvelle évaluation de l'EFSA serait « une évaluation spécifique de la toxicité des différents composés nitrosés[379] ».

Et pourtant, finalement, la nouvelle évaluation de l'EFSA n'a pas étudié le fer nitrosylé ! L'EFSA explique cette absence par une charge de travail excessive qui ne leur a pas permis de prendre en compte les composés nitrosés dans leur ensemble[380], et se justifie en indiquant que la saisine initiale de la Commission européenne ne mentionnait pas le fer nitrosylé. Pourtant, les règles de l'évaluation sanitaire obligent les agences à lever les ambiguïtés d'une saisine – en reformulant les questions initiales si cela s'avère nécessaire[381]. En octobre 2022, l'EFSA a également rendu public le compte rendu d'une analyse prétendument exhaustive afin d'identifier toutes les publications sur les « composés nitrosés » qui auraient échappé à l'évaluation[382]. Mais là encore, une définition incomplète a été choisie, et de nouveau, le fer nitrosylé a tout simplement été oublié de la liste des composés nitrosés[383].

Poker menteur : répondre à des questions mal posées

Dans son évaluation de 2022, l'agence ne s'est occupée que des nitrosamines. On pourrait dire que c'est mieux que rien, mais on sait depuis longtemps que les nitrosamines ne sont pas les composés les plus problématiques présents dans les charcuteries. Alors, comment expliquer que l'EFSA omette de prendre en considération les molécules les plus dangereuses ? Faut-il mettre cette absence sur le compte d'un « oubli » ? D'une erreur de la Commission européenne qui a délivré la saisine initiale ? D'une confusion de quelques responsables, qui auraient tout bonnement cru que les termes « nitrosamines » et « composés nitrosés » étaient synonymes ? Les deux mots sont en effet fréquemment confondus chez les non-spécialistes. Difficile pourtant d'imaginer une « bourde » à ce niveau de responsabilité. D'autant que dans le passé, afin de satisfaire les lobbies de l'agro-industrie, l'EFSA s'est déjà plusieurs fois illustrée par des choix tactiques qui lui ont permis d'éviter d'avoir à statuer sur des molécules controversées. Les politiques publiques européennes ont ainsi été vidées de leur sens grâce à l'adoption d'une définition des perturbateurs endocriniens qui exclut une bonne part des substances concernées[384]. Et les enquêtes récentes du *Monde* ont montré que malgré les promesses de l'agence et malgré quelques changements dans son management, l'attitude de l'EFSA ne plaide guère en faveur de la confiance[385].

Dans tous les cas, pour l'instant, c'est le consommateur qui perd. Car la science politique nous a appris que les évaluations biaisées servent surtout à entretenir l'inaction publique[386]. La non-prise en compte du fer nitrosylé rend l'évaluation de l'EFSA honteusement tronquée – ou faut-il écrire truquée ? Ce scandale se perpétuera tant que l'agence européenne pourra, en toute impunité, ne pas tenir compte des composés nitrosés les plus problématiques.

Dans le domaine des médicaments, l'Agence nationale de sécurité des médicaments (ANSM) a été accusée d'avoir failli dans son rôle de police sanitaire ; la justice a considéré que l'agence était coupable d'avoir tardé à interdire la commercialisation du Mediator, médicament accusé d'avoir entraîné plusieurs milliers d'hospitalisations et de 1500 à 2100 décès[387]. L'agence a été condamnée pour homicides et blessures involontaires par négligence. Faudra-t-il que les organisations de consommateurs saisissent la justice pour que cesse enfin le scandale des charcuteries nitrées ? Dans le passé, la direction de l'EFSA a parfois pu tricher en jouissant d'une relative impunité[388]. Mais les spécialistes du droit remarquent une appétence croissante des magistrats à sanctionner les agences sanitaires lorsqu'elles abusent de leur statut d'autorité pour biaiser une expertise. Le professeur François-Guy Trébulle, spécialiste du droit de la sécurité sanitaire et alimentaire à la Sorbonne, remarquait récemment : « On voit les juridictions administratives disposées à se saisir de ces questions complexes de rapports aux risques environnementaux et sanitaires et à ne pas céder à la facilité de s'en remettre à une autorité que l'on découvre faillible si ce n'est en faillite[389]. »

Agence française versus agence européenne ?

Les évaluations de l'EFSA déterminent les caractéristiques sanitaires de ce que mangent presque 450 millions d'Européens. Dès lors, tout soupçon d'aveuglement volontaire ou d'incompétence dans l'exercice de la mission de l'agence revêt une extraordinaire gravité[390]. Faire croire qu'il est juste d'évaluer la cancérogénicité des viandes nitrées sans complètement tenir compte de ce qu'il arrive au nitrate et au nitrite une fois que ces substances ont été incorporées à la matière carnée, c'est construire une fiction. Comment ne pas frémir en voyant ces tours de passe-passe ? En janvier 2021, le député Richard Ramos a fustigé cette manipulation du processus d'expertise. Il a déclaré que l'idée d'évaluer l'effet de la consommation des charcuteries nitrées en évaluant, à la place, l'effet de la consommation de nitrate ou de nitrite revenait à « gruger le consommateur[391] ». Il n'est pas anodin qu'un élu centriste, fervent Européen, utilise ce type de langage à propos d'une institution européenne. Quelques mois plus tard, l'élu du MoDem a enfoncé le clou en s'exclamant devant la presse : « L'avis de l'EFSA est une escroquerie[392] ! »

À la suite des interpellations vigoureuses du député Ramos, le gouvernement français a saisi l'agence nationale (ANSES) pour une demande d'évaluation du nitrate et du nitrite, en précisant que l'expertise devrait spécifiquement tenir compte des effets du fer nitrosylé. Prévu pour avril 2021, puis annoncé pour juillet 2021, puis encore reporté à septembre 2021, le rapport a été retardé par des tensions qui ont même conduit un des experts à claquer la porte[393]. Il apparaît que certains cadres de l'agence cherchaient à biaiser l'expertise en faveur des points de vue des industriels[394].

Deux ans après la saisine, l'épais rapport d'évaluation a enfin été remis en juillet 2022. Les experts ont conclu que l'usage de nitrate et de nitrite conduisait bien à la formation de composés nitrosés cancérogènes, en particulier le fer nitrosylé[395]. Le rapport a souligné que pour effectuer une évaluation sérieuse, il était évidemment nécessaire de considérer « toutes les voies de transformation des ions nitrate et nitrite en composés nitrosés néoformés et d'en considérer les effets sur la santé humaine[396] ». En clair : évaluer l'impact des charcuteries nitrées en laissant de côté certains composés nitrosés, comme le fait l'EFSA, c'est tout bonnement se moquer du monde ! À fleurets mouchetés et dans le style très civil des hauts fonctionnaires, le directeur de l'ANSES a indiqué que les modalités d'évaluation actuellement en vigueur au niveau européen n'étaient pas satisfaisantes. Pour produire une expertise pertinente, impossible de passer sous silence le fait que le nitrate et le nitrite se transforment en composés nitrosés dans les denrées et dans le tube digestif[397]. Pour la première fois, l'ANSES a écrit, noir sur blanc, que ces composés nitrosés sont bel et bien « génotoxiques et cancérogènes[398] ».

Le rapport de l'ANSES marque un palier historique vers l'amélioration de la qualité nutritionnelle des charcuteries. Le problème est que l'autorisation – ou l'interdiction – des additifs relève des compétences de la Commission européenne. Ce n'est donc pas une prérogative de l'ANSES ou du gouvernement français. Les règlements européens s'imposent, or ils sont décidés en fonction des conclusions de l'EFSA, pas de l'ANSES.

Ce n'est pas la première fois qu'une expertise de l'agence française désavoue les expertises de l'agence européenne. Sur les perturbateurs endocriniens et plus encore sur les nanoparticules (dioxine de titane-E171), il est parfois arrivé que les évaluations de l'ANSES divergent de celles de l'EFSA et conduisent à des mesures restrictives que finalement, l'agence européenne a décidé de suivre. Mais pour l'instant, concernant les additifs nitrés, le gouvernement français s'abrite derrière sa supposée impuissance. Dès la publication du rapport de l'ANSES confirmant le risque de cancer, le gouvernement a diffusé un communiqué de presse indiquant qu'il prenait acte de ces conclusions... mais que la marge de manœuvre gouvernementale était limitée, car « la réglementation sur les additifs alimentaires est déterminée au niveau européen[399] ». A contrario, au cours des dernières années, le gouvernement du Danemark a franchement affronté les autorités européennes et a pu imposer des normes sur les additifs nitrés nettement plus protectrices pour la population danoise[400].

Il y a encore beaucoup de chemin à parcourir pour libérer les consommateurs français des additifs qui donnent naissance à des composés cancérogènes. Il faut mobiliser les moyens politiques et juridiques capables de contraindre l'EFSA à tenir compte des connaissances scientifiques. Tant que l'agence européenne continuera de fermer les yeux sur le fer nitrosylé, il y a malheureusement peu de chances que la situation change fondamentalement. Face à l'irresponsabilité coupable de l'agence, le consommateur n'a plus qu'à se fier à lui-même, et choisir avec prudence les produits qu'il met sur sa table et dans l'assiette de ses enfants. À chacun de scruter les étiquettes !

7

À quoi servent (vraiment) les additifs nitrés ?

Selon certains industriels de la charcuterie, l'emploi du nitrate et du nitrite serait une pratique aussi vieille que l'invention des jambons. Les recettes anciennes montrent au contraire que les charcuteries furent d'abord fabriquées sans recourir aux substances nitrées. Le journal professionnel de la charcuterie européenne le plus influent reconnaissait d'ailleurs en 1991 que « le procédé classique de fabrication de charcuterie repose sur l'utilisation du sel de cuisine, sans additif nitré. C'est le procédé original. Dans les anciens écrits des auteurs grecs et romains, les recettes de *jambon cru* et de *saucisses à cuire* indiquent que ces produits étaient fabriqués avec du sel. Les additifs nitrés n'apparurent que tardivement, dans des régions limitées et de manière isolée[401] ». Les Gaulois étaient particulièrement réputés pour leurs salaisons, elles étaient exportées dans tout l'Empire romain[402]. Les recettes de cette époque sont restées ; on y lit par exemple que pour fabriquer du jambon, il n'y a besoin que de deux ingrédients : la cuisse d'un cochon et du sel[403]. Cette tradition s'est maintenue pendant deux millénaires, et aujourd'hui encore de nombreux fabricants continuent à travailler sans nitrate ni nitrite.

La charcuterie au nitrite, technologie de l'âge industriel

L'emploi moderne des additifs nitrés est étroitement lié au développement de techniques de fabrication qui se sont propagées à partir des États-Unis. À la fin du XIXe siècle, une industrie gigantesque s'est développée autour de Chicago, dans la région des Grands Lacs. C'est là que s'est généralisé le nitratage du bacon et du jambon, c'est là que sont véritablement nées les salaisons industrielles modernes. Elles s'inspirent des recettes anciennes qui reposaient sur la maturation naturelle, en les adaptant aux impératifs de vitesse de l'Amérique industrielle naissante. La généralisation des additifs nitrés a permis de construire un marché mondial de charcuteries standardisées, à longue conservation, qui ont partout rivalisé avec les denrées locales. Ainsi sont nés les saucisses au nitrate, les jambons au nitrate, le lard nitraté, le corned-beef, et toute une gamme de produits « modernisés » qui nous sont aujourd'hui tellement familiers et paraissent naturels.

Depuis, ils n'ont jamais quitté nos assiettes, au grand dam des défenseurs des traditions. En 1964, l'expert du centre technique français mis en place par les pouvoirs publics pour conseiller la filière charcutière notait ainsi que la recette traditionnelle du vrai « jambon de Bayonne » ne doit faire appel qu'à du sel pur, sans aucun additif[404]. De même, pour les saucissons secs, « seuls le sel et le poivre sont indispensables[405] ». Il spécifiait que le nitrate et le nitrite, lorsqu'ils sont utilisés, servent à simplifier le travail du fabricant et à améliorer l'aspect du produit final : ces produits chimiques « doivent être considérés comme des adjuvants, destinés à améliorer la présentation et à faciliter ou abréger les opérations[406] ». À la même époque, le *Manuel de l'apprenti charcutier* publié par la Confédération de la charcuterie de France précisait que les additifs nitrés ne sont « pas nécessaires[407] » : le traitement nitré est

« facultatif[408] » et n'est indispensable que si le fabricant souhaite « donner à la viande la belle coloration rose, si appétissante, que le charcutier recherche toujours pour ses jambons et toutes ses salaisons[409] ».

Le consommateur d'aujourd'hui aurait bien du mal à trouver une explication aussi franche sur le site de certains fabricants. Essayons d'y voir clair.

Le « jambon blanc » se vend mieux en rose !

Les études marketing montrent qu'au rayon charcuteries, le choix d'achat est guidé par le prix et par l'aspect visuel[410]. Lorsque l'on achète des produits à base de viande, leur teinte est perçue comme un indice de leur état de fraîcheur. Comme l'écrivait l'ancien conseiller scientifique du lobby européen des viandes nitrées, « la couleur est la caractéristique visuelle essentielle, celle qui donne la première sensation, l'impression déterminante[411] ». Au supermarché, l'organe du goût n'est pas la langue ni le nez, ce sont les yeux. Les pupilles commandent les papilles !

Les charcutiers industriels consacrent donc à la couleur des produits une attention qu'on a peine à imaginer avant d'avoir plongé dans les publications de *meat science*, la « science de la viande », vaste discipline où se croisent biologistes, chimistes, vétérinaires et spécialistes du marketing. Les critères de couleur varient en fonction des marchés. Selon les pays, selon les régions, telle ou telle nuance de rose ou de rouge est souvent préférée[412]. De l'éleveur jusqu'aux présentoirs des magasins, toute la filière a les yeux rivés sur la couleur du produit final telle qu'elle apparaîtra au moment où le consommateur devra choisir entre le produit « X » et le produit « Y »[413].

La viande qui sert à faire de la charcuterie est avant tout du muscle. Pour évaluer la couleur des muscles, les spécialistes utilisent des graduations standardisées dont la plus connue est l'« échelle japonaise », un index de six teintes allant du rose très pâle au rouge foncé. Dans l'étude des formulations de chair à saucisse, les spécialistes distinguent par exemple trois types de viande d'épaule : des muscles rouge foncé, d'autres rouge rosé, d'autres blanc rosé[414]. En les dosant, le fabricant peut influencer la teinte du mélange. La couleur de la viande provient du fait que les muscles contiennent un pigment coloré qu'on appelle la myoglobine (du grec *myo*, « muscle »). Certains muscles contiennent beaucoup de myoglobine, d'autres moins, c'est pourquoi les muscles n'ont pas la même couleur. Plus l'animal est âgé, plus sa chair est colorée. Mais son alimentation, ses conditions d'élevage, le moment et le mode d'abattage sont également déterminants. Au fil du temps, toutes sortes de méthodes ont été mises au point pour influer sur la couleur de la viande. Les techniques vont de la plus naturelle (modulation de l'alimentation de l'animal, supplémentation en magnésium…) aux procédés les plus bizarroïdes (certains brevets proposent par exemple d'injecter une substance colorante aux animaux lorsqu'on les prépare à être abattus[415]).

Les chimistes en cuisine

Dans le muscle de l'animal, la myoglobine sert à stocker l'oxygène, si bien que la couleur des muscles change suivant leur état d'oxygénation. Chargée d'oxygène, la chair est rouge ou rose. Mais lors de la fabrication des charcuteries dites « cuites » (jambon cuit, pâté, knacks, etc.), la couleur change : dès qu'elle est cuite, la matière carnée devient marron-gris. D'un point de vue technique, le pigment rouge de la viande oxygénée – appelé oxymyoglobine – se transforme en un pigment marron qu'on appelle metmyoglobine. C'est pourquoi la vraie couleur du porc transformé en « charcuterie cuite » n'est pas le rose : à l'état naturel, le jambon est plutôt gris ou marron, comme la couleur des rillettes. Ou comme la teinte du rôti de porc lorsqu'après l'avoir acheté frais, on le fait cuire soi-même à la maison. C'est d'ailleurs cette couleur pâle qui a donné son nom au fameux jambon « blanc », spécialité française.

Les additifs nitrés constituent un moyen rapide et peu onéreux de donner aux charcuteries une teinte appétissante en modifiant l'évolution naturelle de la couleur de la myoglobine. Car ces additifs ont un pouvoir extraordinaire : lorsqu'ils rencontrent la matière carnée, le nitrate et le nitrite dégagent un gaz appelé monoxyde d'azote (le gaz que les anglophones appellent *nitric oxyde* ou NO). À son tour, le monoxyde d'azote réagit avec le fer contenu dans la viande[416]. La réaction chimique fait alors apparaître un pigment qui, après avoir été cuit, devient rose. Ce pigment s'appelle nitroso-hémochrome. L'ajout de produits nitrés permet donc d'obtenir une teinte qui rappelle la couleur de la viande fraîche et dont les professionnels savent qu'elle est particulièrement vendeuse[417].

Les additifs nitrés présentent l'avantage de donner systématiquement une coloration homogène et uniforme, qui n'affecte pas le gras et qui ne laisse donc aucun résidu sur la couenne. Cette coloration a un rendu parfait parce qu'elle suit exactement les variations du taux de myoglobine qu'il y a dans les muscles[418]. « Pas étonnant que les professionnels de la filière cochon fassent grise mine à l'annonce de l'interdiction à terme des additifs nitrés[419] ! » s'amuse le professeur Bernard Valeur, physico-chimiste au Conservatoire national des arts et métiers et spécialiste de la couleur. Généralement, les fabricants ne connaissent pas exactement les détails à l'échelle moléculaire du fonctionnement des traitements nitrés. Par expérience, ils savent en revanche qu'il n'existe aucun produit chimique dont l'effet rosisseur sur la matière carnée est aussi complet et aussi rapide que l'effet du nitrite. Dans la coloration du jambon cru et du jambon sec, l'effet accélérateur des additifs nitrés est particulièrement intéressant : alors que la chair d'un jambon sec fabriqué sans additif demande plus de neuf mois pour acquérir sa coloration naturelle, un jambon nitraté peut être commercialisé au bout de seulement trois mois[420] !

Effet colorant, effet tabou ?

Les additifs nitrés sont dits « multifonctionnels » car en plus de leur fonction colorante, ils ont une fonction conservatrice et antioxydante[421]. En Suisse, les charcuteries traitées au nitrate ou au nitrite sont parfois officiellement qualifiées de produits « rubéfiés » ou ayant subi une « rubéfaction[422] », du verbe rubéfier, « rendre rouge ». Mais l'Administration européenne n'a pas de terminologie spécifique pour ces viandes artificiellement teintées. Dans l'Union européenne, la fonction colorante des additifs nitrés est à la fois un secret de polichinelle et un tabou.

De nombreux fabricants nient l'utilisation des additifs nitrés pour leur fonction colorante. Face aux dénégations, il est utile de se plonger dans les archives. Lorsque l'emploi du nitrite de sodium a été autorisé pour la première fois – d'abord aux États-Unis, avant de contaminer toute la planète –, c'était exclusivement en tant que colorant. Certains documents d'origine stipulent de façon explicite que la fonction des additifs nitrés est de « fixer la couleur rouge de la viande[423] ». Ils précisent même : « Aux quantités utilisées, nitrate et nitrite n'ont aucun intérêt particulier en tant que conservateur[424]. »

Depuis que les scientifiques ont commencé à montrer que les additifs nitrés provoquent l'apparition de composés cancérogènes – soit depuis le milieu des années 1960 – les additifs nitrés ne sont plus présentés comme colorants. Qui voudrait risquer un cancer pour le plaisir de croquer toute sa vie dans des saucisses roses plutôt que grises ? Qui accepterait de donner un aliment cancérogène à ses enfants simplement parce que sa couleur est appétissante ? Quoi que puissent soutenir aujourd'hui certains promoteurs du nitritage, les documents qui dorment dans les archives sont sans ambiguïté : à l'origine, le critère pris en compte pour déterminer la dose admissible de nitrite fut l'obtention de la couleur rosée[425]. Ces normes initiales constituent le socle historique de la réglementation sur l'utilisation des additifs nitrés, aussi bien en Amérique du Nord que dans l'Union européenne[426].

Au cours des années 1950, la réglementation américaine sur les additifs alimentaires est devenue plus contraignante et les autorités sanitaires ont mis en place une législation plus rigoureuse pour les substances identifiées comme « colorantes » que pour celles identifiées comme « conservateurs[a] ». Nitrate et nitrite ont alors cessé d'être présentés comme des substances à visée essentiellement colorante, et le syndicat des charcutiers industriels américains a réussi à imposer l'idée que la coloration n'était pas intentionnelle, que l'apparition de la couleur appétissante serait une « conséquence inattendue » du processus de conservation[427].

Les réglementations française et européenne ont suivi la même ligne. Dans la nomenclature européenne des additifs, la série « E200 » regroupe les conservateurs, c'est-à-dire les substances qui prolongent

a. À la différence des « conservateurs », qui relevaient de la législation sur les « additifs alimentaires » (Food Additives Amendment de 1958), les colorants relevaient de la législation sur les « additifs colorants » (Color Additive Amendment de 1960). La différence essentielle est que cette catégorie n'autorise pas certaines exemptions appelées GRAS (pour « généralement reconnues comme sûres »). Concernant la régulation complexe des additifs alimentaires aux États-Unis, voir notamment Maricel Maffini et Sarah Vogel, « Defining food additives. Origins and shortfalls of the US Regulatory framework », dans Angela Creager et Jean-Paul Gaudillière (dir.), *Risk on the table. Food Production, Health, and the Environment*, Berghahn, 2021.

la durée de conservation. La catégorie « E100 » concerne les colorants, c'est-à-dire les substances qui confèrent une coloration ou bien qui renforcent une couleur existante. Encore aujourd'hui, le nitrate de potassium (E252) et le nitrite de sodium (E250) sont (officiellement) autorisés au titre de « conservateur ». C'est pourquoi le microbiologiste allemand Friedrich-Karl Lücke, spécialiste en technologie charcutière, s'est publiquement étonné que le nitrate puisse être toujours identifié comme « conservateur » alors qu'en réalité il est parfois uniquement utilisé à des fins de coloration[428]. En France, on trouve ainsi des emballages de charcuteries nitrées qui portent (tout à fait légalement) la mention « sans colorants », même si d'un point de vue physico-chimique, ces produits ont bel et bien été colorés par l'additif ! La commission sur les additifs mise en place par l'Organisation des Nations Unies (commission du *Codex Alimentarius*) a elle-même souligné que l'objectif fondamental des additifs nitrés était parfois équivoque, voire suspect : s'agit-il de « conserver » ou de « colorer[429] » ? Cette commission d'experts a notamment relevé qu'un document récent de la FAO (l'organisation pour l'alimentation et l'agriculture des Nations Unies) indiquait clairement que « l'objectif primaire du nitrite est de créer une couleur rouge thermorésistante grâce à la réaction chimique avec le pigment du muscle. Cela rend les produits attrayants pour les consommateurs[430] ». Le *Codex Alimentarius* a estimé qu'« étant donné les risques sanitaires potentiels associés au nitrate et au nitrite[431] », leur emploi pour leur effet colorant devait être sérieusement reconsidéré. Les experts du *Codex* en ont profité pour souligner que des produits de substitution inoffensifs permettent d'obtenir une coloration satisfaisante, par exemple le riz rouge fermenté, ou la pâte de tomate, ou encore le lycopène (un pigment rouge présent notamment dans la tomate et la pastèque et déjà autorisé en Europe comme colorant naturel)[432]. De même, les services de la Commission européenne reconnaissent « que parfois l'effet de conservation n'est pas la véritable raison de l'utilisation des nitrites[433] », comme il est indiqué dans un récent document de travail de la Direction générale de la santé et de la sécurité alimentaire (DG SANTE).

Petits pois colorés au sulfate de cuivre[434], beurre rendu jaune par l'ajout de dérivés pétroliers[435], boissons teintées par des molécules de synthèse... à bien des égards, l'histoire de l'alimentation pourrait être racontée comme la quête permanente de nouveaux procédés cosmétiques. La plupart des colorants dangereux ont été interdits mais, curieusement, les additifs nitrés demeurent. Pourquoi ? Parce qu'en plus de leur effet colorant, le nitrate et le nitrite ont bien d'autres pouvoirs.

Des poudres miracles pour les fabricants

Les additifs nitrés présentent un avantage qui fait d'eux des produits plus performants que tous les autres colorants : une fois que le pigment nitroso-hémochrome se forme dans la viande, il est stable. Il résiste au temps et à la lumière. Le nitroso-hémochrome ne craint pas les éclairages des présentoirs, il ne pâlit pas, il ne s'affadit pas, il ne vire pas au brun ni au vert[436]. Avantage supplémentaire : le traitement nitré ralentit l'oxydation, les tranches de charcuterie peuvent patienter en rayon pendant des semaines, voire des mois. (Examinez les dates limites de consommation des charcuteries vendues en supermarché : certains jambons secs espagnols prétranchés se conservent hors froid pendant des mois ! Cette stabilité des protéines rendues inoxydables, cette couleur fixée[437], c'est le miracle du nitrate.) Même après des semaines passées en rayon, le nitroso-pigment conserve sa « bonne » couleur, presque comme au premier jour. La tranche de jambon, de salami ou de rosette reste impeccable sous son blister. *Idem* au rayon charcuterie

« à la coupe » : même si une heure s'écoule entre chaque client, le jambon au nitrite reste bien rosé, éclatant, alléchant, légèrement humide, intact.

Du point de vue de la production de masse, les additifs nitrés sont extrêmement profitables, car en plus de leur action sur l'aspect du produit, ils ont un effet antioxygène qui retarde le rancissement des graisses et qui repousse le moment où apparaît l'âcreté naturelle[438]. Ainsi, les additifs nitrés permettent de prolonger artificiellement la vie du produit et ils lui assurent une durée de conservation encore plus longue[439].

Sur le plan économique, une date limite de conservation (DLC) prolongée, c'est le Graal ! Le rapport de la mission parlementaire de 2020-2021 indique que les distributeurs (c'est-à-dire les réseaux commerciaux du type Leclerc, Casino, Intermarché, Carrefour, etc.) trouvent un avantage à l'utilisation des additifs nitrés, car « les longues DLC permettent de conserver longtemps les produits nitrés en rayon, sans avoir besoin de recourir à des réassorts aussi fréquents que pour d'autres produits frais (tels les salades en sachet ou les produits laitiers)[440] ». À titre d'exemple, le rapport parlementaire relève que le jambon sans nitrite produit par la société Fleury Michon présente « une DLC limitée généralement à huit jours à son arrivée en magasin – quatorze jours en sortie usine – tandis que la DLC dépasse la vingtaine de jours pour le jambon nitré[441] ». Dans son rapport de 2022, l'ANSES a confirmé que la suppression des additifs nitrés n'entraîne pas de risque microbien si la température de conservation est respectée et si la durée de vie est écourtée. Seul désavantage pour le consommateur et pour le distributeur : la date limite de consommation doit être diminuée de sept jours[442]. Les experts de l'ANSES soulignent que si les consommateurs baissaient d'à peine un degré la température de leur réfrigérateur, les conditions de conservation seraient encore améliorées[443]. L'ANSES propose d'ailleurs, sur son site, plusieurs pages décrivant de façon pédagogique l'importance de la température du frigo[444].

Est-il juste qu'une fraction de consommateurs risque de développer un cancer afin de permettre à tous les autres amateurs de charcuterie de garder leurs produits plus longtemps au frigo ? La formulation de cette question n'est pas aussi absurde qu'elle paraît : elle correspond aux arguments présentés par certains promoteurs des additifs nitrés[445]. Est-ce là un « rapport bénéfice-risque » acceptable ? Si les autorités sanitaires persistent à accorder ce privilège au secteur de la charcuterie, il faudrait alors pouvoir l'étendre à d'autres aliments industriels. Pourquoi un fabricant de surimi ou de saumon fumé n'aurait-il pas le droit d'assaisonner sa production d'un additif dangereux qui présenterait l'avantage d'en étendre la durée de commercialisation ? Certes, les cancers se multiplieraient ; mais cela ne semble guère préoccuper les autorités sanitaires concernant les produits de charcuterie. Pourquoi des fabricants et des distributeurs de charcuterie seraient-ils les seuls à bénéficier du « privilège » de maximiser leurs profits grâce à l'emploi d'un additif qui donne naissance à des composés cancérogènes ? D'autant plus que l'on a maintenant la preuve que la plupart des fabricants sont d'ores et déjà en mesure de se passer de ces additifs.

Les fabricants français, déjà champions du jambon sans nitrite

La situation du jambon cuit (type « jambon de Paris » ou « jambon au torchon ») est emblématique, car il s'agit du produit de charcuterie le plus consommé en France. Il représente environ le quart du volume de toute la charcuterie vendue en grandes et en moyennes surfaces[446]. Or aujourd'hui, la plupart des industriels français proposent à la fois des versions nitritées et des versions non nitritées. Ces deux gammes sont généralement fabriquées sur les mêmes chaînes de production, par le même personnel, sur les mêmes machines. Concrètement, à l'usine, la journée commence le matin avec la production des gammes sans nitrite, puis les employés enchaînent sur la production des gammes avec nitrite.

Depuis longtemps, certains fabricants commercialisent des produits sans nitrite en circuit court, généralement au niveau local ou régional. À partir de 2017, plusieurs marques nationales s'y sont mises : l'une des premières fut le réseau Biocoop, avec la société Bignon Viandes/Le Petit Brevelay. À l'automne 2017, cette PME a lancé du jambon de Paris sans additif nitré, fabriqué en Bretagne près de Rennes, à partir de cochon breton. Ce jambon a rapidement remporté un beau succès dans les magasins Biocoop. C'est un jambon blanc vraiment « blanc », proche du gris, qui a donc sa vraie couleur naturelle. Sur les emballages, le distributeur a fait de la pédagogie : « Un jambon pâle, c'est normal ? Oui, sans ajout de sel nitrité, le jambon conserve sa couleur naturelle, c'est-à-dire grise[447] ! » Ce jambon a apporté la preuve que le secteur pouvait évoluer et qu'une charcuterie industrielle et naturelle pouvait émerger en France.

Le groupe vendéen Fleury Michon (deuxième marque en volume au niveau national, après Herta) a suivi la même voie. David Garbous, alors directeur marketing, a osé briser le statu quo qui sclérosait la filière. À grand renfort de campagnes de publicité, Fleury Michon a donc mis sur le marché une gamme nommée « Zéro nitrite », effectivement exempte de tout additif nitré. Les magasins Super U, Hyper U et Marché U ont suivi ; on a vu Dominique Schelcher, PDG du réseau Système U, offrir fièrement son jambon sans nitrite à la dégustation lors du Salon de l'agriculture. Bien en évidence sur l'emballage, une inscription faisait le pari de la franchise : « Si ce jambon est moins rose et sa conservation plus courte, c'est qu'il est sans nitrite[448]. » Puis ce fut au tour de Brocéliande. La marque du groupe breton Cooperl a joué à fond la carte de la couleur naturelle et la gamme sans nitrite porte le nom « Jambon gris », inscrit en gros sur l'emballage. La durée de vie du produit est de seize jours[449]. Brocéliande a également mis sur le marché du « rôti de porc gris », puis des « lardons gris » et des « allumettes grises » (avec une durée de conservation de trente jours, car lardons et allumettes sont moins fragiles). D'autres fabricants proposent des gammes encore plus diversifiées. Par exemple, le groupe André Bazin, en Haute-Saône, fabrique différents types de saucisses fumées (saucisse de Morteau ou de Montbéliard) sans nitrate ni nitrite, commercialisées sous la marque Philippe Wagner. Ces saucisses fumées sans additif nitré se distinguent par une DLC légèrement écourtée et par une chair grise. Elles ont déjà été adoptées par des chefs cuisiniers qui estiment à juste titre qu'il est plutôt rassurant que l'intérieur d'une saucisse ne soit pas rose bonbon.

La liste pourrait s'allonger encore énormément, car depuis que Yuka, Foodwatch et la Ligue contre le cancer se sont alliés pour dénoncer les additifs nitrés, pas un mois ne se passe sans que l'on voie apparaître en France de nouvelles références de charcuterie sans additif nitré. À la différence d'autres pays européens, les industriels de la charcuterie hexagonale ont su se mobiliser !

De son côté, Herta a lancé en 2017 une gamme sans additif nitré faisant appel à un nouvel ingrédient capable de colorer les produits et de prolonger leur durée de conservation[450]. Il s'agit de vitamine C et de polyphénols, des molécules antioxydantes qui réagissent avec le fer de la matière carnée et font apparaître une couleur rose[451]. Les charcuteries ainsi obtenues ont un aspect visuel qui ressemble à la couleur des charcuteries nitrées[452], mais elles portent l'indication « Conservation sans nitrite » ou « Conservation sans nitrite grâce aux extraits végétaux et antioxydants ». Aux yeux du puriste, cette solution est certes moins satisfaisante que la solution « jambon gris », qui ne fait appel à aucun additif colorant. Elle est néanmoins une option intéressante, car les charcuteries obtenues présentent l'immense avantage d'être exemptes de composés nitrosés[453]. D'abord réservée à la société Herta, cette technologie est à présent employée par de nombreux producteurs français et tend à remplacer le procédé « zéro nitrite » décrit plus haut. Par exemple, Fleury Michon a lancé une gamme « conservation sans nitrite » en plus de sa gamme « zéro nitrite ». La marque Madrange (groupe Cooperl) a également adopté cette technologie, et de très nombreuses enseignes proposent à présent des charcuteries faisant appel à ce procédé. La durée de conservation des produits est à peine raccourcie par rapport à la version nitrée, et le rosissement paraît recueillir la faveur des consommateurs. « La charcuterie sans nitrite représente 40 % de nos ventes contre 5 % il y a dix-huit mois, et la moitié de nos rayons[454] », expliquait Fleury Michon en 2022.

En somme, il n'est donc même plus besoin de se demander si les industriels français peuvent travailler sans additifs nitrés puisque la plupart le font déjà. Alors, pourquoi certains d'entre eux continuent-ils, en parallèle, à fabriquer des produits en employant des additifs qui peuvent provoquer l'apparition de composés cancérogènes ? Au terme de sa mission parlementaire, le député Richard Ramos a considéré que ces deux types de produits perduraient car les industriels et les distributeurs voulaient jouer sur deux tableaux. Proposer une « offre premium » sans additifs nitrés, destinée aux consommateurs éclairés, tout en ne renonçant pas aux ventes massives de la gamme nitritée habituelle. Le député estime que « c'est pour faire deux gammes. Une gamme sans nitrites, pour les bobos. Ça vaut 2 centimes en plus la tranche en coût de fabrication, mais c'est vendu 40 centimes de plus. Et une gamme avec nitrites pour les pauvres, qui ont le droit de crever[455] ».

8

Jambons secs sans additifs : le grand retour des produits français

La production de jambon fut longtemps une composante essentielle de la vie paysanne, et le jambon de Bayonne fait partie des plus anciennes traditions du piémont pyrénéen. Traditionnellement, le jambon de Bayonne était fabriqué seulement avec du sel, sans nitrate ni nitrite[456]. La fabrication demande une maîtrise précise de la température : abattage à moins de 7 °C, salage en plusieurs étapes (entre 2 et 4 °C), puis longue phase de repos, toujours à une température inférieure à 6 °C.

Jusqu'à la fin des années 1960, les services de la répression des fraudes interdisaient l'emploi de l'expression « véritable jambon de Bayonne » lorsqu'un fabricant recourait à un additif nitré[457]. En 1965, le spécialiste des charcuteries René Pallu soulignait : « Nous savons que les jambons de Bayonne véritables sont salés uniquement au sel ; de tels jambons présentent une belle couleur, une bonne tenue de coupe et une excellente conservation[458]. » Il expliquait que le jambon de Bayonne était obtenu par « une lente et progressive dessiccation-maturation de six à douze mois, réalisée à l'air libre pendant l'hiver et le printemps ou en séchoir climatisé durant la saison chaude[459] ». Mais René Pallu poursuivait en constatant que l'usage des additifs nitrés s'était répandu parce que les fabricants recherchaient « la rapidité et les solutions de facilité[460] ».

L'usage de nitrate de potassium (ou « salpêtre ») a finalement été autorisé dans le cahier des charges des fabricants de jambon de Bayonne, garanti depuis 1998 par une indication géographique protégée (IGP)[461]. Le Bayonne bio n'y échappe pas[a], pas plus que le Bayonne label rouge[462] ! Les publications spécialisées ont pourtant confirmé depuis longtemps qu'un professionnel peut produire du jambon sec sans recourir aux additifs nitrés, à condition de maintenir la cuisse de porc au froid pendant les premières phases de la fabrication[463].

Vive le retour du jambon sec sans additif !

Heureusement, au cours des dix dernières années, de nombreux fabricants de jambon de Bayonne ont renoué avec la plus ancienne tradition. Car certains industriels ont bien senti que l'usage du nitrate risquait de nuire à la réputation du produit : « Nous ne sommes pas à l'abri d'une catastrophe médiatique, même sans raison objective[464] », estimait un responsable de la filière en décembre 2015, deux mois après que le Centre international de recherche sur le cancer eut désigné la charcuterie comme *cancérogène certain*. Dès 2015, les tests grandeur nature réalisés par le laboratoire de l'interprofession porcine d'Aquitaine montraient déjà que « oui, clairement, on peut se passer de salpêtre[465] ». Un charcutier industriel d'Hagetmau, dans les Landes, lança rapidement une gamme de Bayonne sans additif – tout en produisant, en parallèle, du Bayonne nitraté. La marque Delpeyrat proposa également du jambon de Bayonne

a. Voir chapitre 11.

sans additif. D'autres fabricants ont suivi, aussi bien gros que petits. La PME Salaisons de l'Adour, par exemple, près de Tarbes, fabrique du Bayonne sans additif, aussi bien en filière bio qu'en filière conventionnelle.

D'autres producteurs de Bayonne continuent de recourir au nitrate. Pour l'instant, il n'y a donc rien de systématique, car le label officiel « jambon de Bayonne » peut encore être attribué à des jambons fabriqués avec du nitrate. Le consommateur a donc intérêt à scruter les étiquettes et à lire attentivement les compositions, afin de pouvoir profiter de toutes les qualités gustatives et nutritionnelles de ce produit extraordinaire qu'est le jambon de Bayonne non nitraté. « Viande de porc, sel », voilà la liste d'ingrédients idéale que l'on souhaite lire sur un emballage de jambon de Bayonne, et plus généralement sur les étiquettes de jambon sec de toutes origines. Le groupe industriel Aoste, qui représente entre un quart et un cinquième des parts de marché en jambon cru et sec en France, a annoncé en 2019 qu'il supprimait les additifs nitrés de la quasi-totalité de ses produits[466]. La transition a été effectuée sans tambour ni trompette. Comme le notait le magazine professionnel *Linéaires*, « la marque [Aoste] souhaite éviter tout message anxiogène sur ce rayon encore relativement préservé par la polémique nitrites par rapport au jambon cuit. Une mention discrète "seulement du jambon et du sel marin – sans conservateur" apparaît donc sous la forme d'un pictogramme, en face avant des packagings[467] ».

D'autres fabricants ont emboîté le pas, et le jambon sec français sans nitrate ni nitrite devient de plus en plus fréquent dans les magasins, aussi bien au rayon coupe que prétranché. La visite au rayon jambons des supermarchés peut se transformer en une sorte de chasse au trésor, car elle réserve souvent d'excellentes surprises. Par exemple, chez Franprix, en marque distributeur, on trouve maintenant du jambon de Bayonne IGP sans additif nitré. « Sans additif » n'est pas inscrit en gros sur l'emballage, mais la liste d'ingrédients est sans ambiguïté : « Sel, porc ». Le consommateur avisé (autrement dit, celui qui lit les étiquettes ou qui scanne les codes-barres sur une application) découvrira que Franprix propose aussi, entre autres, du jambon de Savoie fabriqué sans nitrate ni nitrite, toujours en marque distributeur.

Du côté des magasins Carrefour, d'autres bonnes surprises attendent le consommateur : outre plusieurs références de jambon de Bayonne IGP sans additif provenant de plusieurs fabricants des Hautes-Pyrénées, le groupe commercialise du « jambon sec » hors label mais sans additif nitré et (toujours en marque distributeur Carrefour) du jambon serrano (Espagne) sans additif nitré, ce qui est assez rare pour être signalé. Il en est de même chez Lidl où plusieurs références de jambon sec sont sans nitrate ni nitrite, notamment du « jambon sec traditionnel » (fabriqué dans le Périgord) et du « jambon des Pyrénées » (fabriqué au Pays basque). Aldi propose également du jambon de Bayonne IGP sans additif (fabriqué dans les Pyrénées-Atlantiques), ainsi que Leclerc et Monoprix sous leur marque propre respective.

Ce ne sont là que quelques exemples, l'offre de jambon sec français sans additif progresse très rapidement et il serait vain de chercher ici à être exhaustif. Comme l'avaient fait les producteurs de jambon de Parme au milieu des années 1990, les producteurs de jambon sec français se sont lancés dans un formidable chantier d'élimination des additifs qui donnent naissance à des composés cancérogènes. Le consommateur en sera le premier bénéficiaire, car la chair du jambon sec naturel a des caractéristiques nutritionnelles très spécifiques. C'est là un point crucial, encore trop peu connu du public et largement ignoré par les autorités sanitaires.

Le pigment naturel du jambon

Un jambon sec fabriqué sans recourir aux additifs nitrés acquiert naturellement une couleur rouge sombre qui, à l'œil nu, ressemble beaucoup à la couleur du jambon sec nitraté. Mais lorsque les chercheurs étudient ces deux types de jambon au microscope électronique, leur composition physico-chimique se révèle tout à fait différente l'une de l'autre.

Comme on l'a vu dans les chapitres précédents, le jambon sec nitraté acquiert sa couleur grâce à une réaction entre l'additif nitré et le fer contenu dans la matière carnée. Cette réaction donne naissance à un pigment composé de monoxyde d'azote et de myoglobine[468]. Ce nitroso-pigment à base de fer favorise le cancer[469], mais il est très intéressant du point de vue économique, car il apparaît rapidement et facilement.

En revanche, lorsqu'un jambon est fabriqué sans additif nitré, la couleur de la chair provient de la maturation naturelle de la matière carnée. À la place du pigment à base de fer apparaît un pigment à base de zinc[470]. Les scientifiques l'appellent protoporphyrine zinc[a]. Les spécialistes en cancérologie ont souvent souligné que cette différence entre la composition moléculaire du jambon sec nitré et du jambon sec naturel avait une importance considérable en ce qui concerne la prévention du cancer colorectal[471]. En effet, alors que le nitroso-pigment favorise le cancer, le pigment protoporphyrine zinc apparaît protecteur : il empêche que le fer présent dans la matière carnée ait un effet délétère[472].

On sait aujourd'hui avec certitude que les additifs nitrés empêchent le pigment naturel d'apparaître parce qu'ils empoisonnent l'enzyme

a. Le composé protoporphyrine zinc est généralement noté PPZ dans les publications spécialisées (ou Znn-pp ou ZPP d'après sa désignation en anglais, *zinc-protoporphyrin*).

qui fabrique le protoporphyrine zinc[473]. Non seulement les additifs nitrés donnent naissance à des dérivés cancérogènes, mais en plus ils empêchent l'apparition spontanée de molécules bénéfiques[474]. C'est pourquoi de plus en plus de producteurs de jambon sec français reviennent aux procédés sans additifs nitrés. Pour l'instant, la filière saucisson a plus de mal à évoluer dans le même sens.

Les fabricants peuvent-ils se passer des additifs nitrés dans la fabrication du saucisson ?

Le saucisson sec est un emblème des traditions françaises. Avec la baguette de pain et la pétanque, il fait même partie du cliché de la France vue par les étrangers. Cependant, il faut bien lire l'étiquette de ce symbole national, car aujourd'hui, la majorité des saucissons commercialisés en France sont fabriqués à l'aide de nitrate de potassium (qui sur les saucissons apparaît souvent sous la désignation « salpêtre »). Dans un test publié en novembre 2022, le magazine *Que choisir* note que les saucissons les moins chers font systématiquement appel au nitrate[475]. Certaines variantes (souvent d'origine espagnole) utilisent aussi du nitrite de sodium.

De nombreux fabricants affirment qu'il est impossible de se passer des additifs nitrés et mettent en avant les risques bactériologiques, en particulier la salmonellose. En 2018, l'ANSES a souligné que les salmonelles sont aujourd'hui très fréquentes dans les élevages de porcs et dans les abattoirs[476]. Dans son rapport de l'été 2022, l'ANSES a donc considéré que l'interdiction des additifs nitrés pour la fabrication du saucisson risquait d'accroître considérablement le nombre de cas de salmonellose dus au saucisson[477].

La salmonellose est effectivement l'infection d'origine alimentaire la plus courante en France. On dénombre 200 000 cas par an, dont

90 % sont liés à de la nourriture contaminée. D'après les estimations de l'ANSES[478], les produits à base de porc (dont l'essentiel est nitraté ou nitrité) causent chaque année 48 000 cas de salmonellose en France, dont environ 26 000 cas sont directement causés par les saucissons secs, les saucisses sèches, les jambons secs, et plus généralement par la catégorie de produits que les professionnels du secteur appellent « salaisons sèches ».

Heureusement, de nombreux fabricants français parviennent à maîtriser parfaitement le risque de salmonelles sans avoir recours aux additifs problématiques. Depuis 2021, la marque Montagne Noire (groupe Cooperl) propose ainsi du saucisson sec et de la saucisse sèche sans aucun additif nitré, dans une gamme nommée « Héritage ». La marque prend soin de préciser qu'aucun additif de substitution n'est employé. En 2022, le groupe Cooperl a élargi son offre en lançant deux nouvelles références Montagne Noire, cette fois plutôt destinées au snacking : des « minisaucissons » de 6 grammes et des « bâtonnets » d'environ 7 grammes, toujours sans additif nitré.

La marque Cochonou (groupe Aoste) s'est également engagée dans une grande réforme du processus de fabrication, avec l'objectif clairement affiché d'éliminer les additifs nitrés de la totalité de sa gamme de saucissons. Cette mutation s'effectue produit par produit. Dès 2021, les clients de la marque pouvaient déjà profiter de progrès remarquables : les additifs nitrés ont été retirés des deux principales références Cochonou (« Le Classique » et « La Traditionnelle », représentant 40 % des ventes de la marque). Au cours de l'année 2022, plusieurs autres produits Cochonou ont été débarrassés des additifs nitrés, en particulier la saucisse sèche, qui obtient une excellente note dans les évaluations de *Que choisir*[479]. Attention toutefois, au 1er janvier 2023, cette suppression des additifs nitrés ne concerne pour l'instant que les produits Cochonou vendus entiers, et pas encore les produits vendus tranchés sous blister, qui eux continuent d'être traités au nitrate[480]. Pour manger du saucisson Cochonou sans additif nitré, il suffit donc d'acheter plutôt du saucisson entier, d'utiliser son couteau et de le trancher soi-même !

Attention à l'hygiène !

L'actualité ne cesse de le rappeler : lorsqu'un produit alimentaire est fabriqué par une personne non qualifiée, ou bien avec de la matière première douteuse, ou bien encore en employant des techniques de production ou de conservation qui ne sont pas parfaitement validées, l'aliment peut présenter des risques qui peuvent entraîner des conséquences très graves. Au printemps 2022, par exemple, des pizzas surgelées ont été suspectées d'avoir provoqué des dizaines d'hospitalisations et plusieurs décès[481].

Il convient donc parfois d'être prudent lorsque l'on choisit les aliments que l'on achète[482]. Par exemple, lors d'un voyage dans un pays où l'abattage et la fabrication sont peu sophistiqués, il vaut mieux s'interroger : le produit proposé à la vente a-t-il été fabriqué par des professionnels qualifiés ? Avec de la matière première de qualité ? Dans un atelier où l'hygiène des personnes et des équipements est scrupuleusement respectée ? Dans le doute, il vaut mieux parfois passer son chemin. De même que l'on n'achèterait pas un sandwich préparé par une personne dont les mains paraissent sales ou dont l'échoppe manque clairement d'hygiène, il faut être prudent avant d'acheter un saucisson ou des saucisses sèches fabriqués par des non-professionnels.

Ainsi, sur les réseaux sociaux, on rencontre parfois des groupes d'amateurs qui s'essayent à la fabrication de jambon ou à la maturation des viandes, dans des conditions qui présentent des risques non négligeables. Attention, ces pratiques peuvent être dangereuses, car l'environnement d'une cuisine domestique ne permet pas d'appliquer des conditions de réfrigération et de salage satisfaisantes. Par ailleurs, l'état bactériologique de la matière première et de l'équipement ne permet pas de travailler dans des conditions assurant une sécurité sanitaire satisfaisante. Rappelons que chaque année, en France, la consommation de charcuteries et de salaisons fabriquées à la maison, par des personnes non qualifiées, entraîne des intoxications alimentaires, dont les conséquences peuvent être gravissimes[483]. La production de charcuterie séchée ou fermentée n'est pas une activité à pratiquer en amateur, c'est un métier !

9

Le risque bactérien, prétexte ou épouvantail ?

En dégageant de l'oxyde nitrique (NO), le nitrite inhibe la respiration des cellules vivantes, c'est pourquoi les biologistes décrivent traditionnellement le nitrite comme « un violent poison pour le protoplasme », le protoplasme désignant l'intérieur des cellules[484]. Puisqu'il tue les cellules vivantes (donc les microbes), le nitrite a un effet désinfectant[485]. Toutefois, attention ! Le fait qu'un produit chimique ait un pouvoir biocide ne suffit pas à en justifier l'usage alimentaire, car un antiseptique peut être à la fois efficace et dangereux.

L'eau de Javel, par exemple, est un conservateur efficace du fait de l'action antiseptique de son principe actif (l'hypochlorite de sodium). Au début du XXe siècle, il était fréquent que des industriels peu scrupuleux utilisent de l'eau de Javel pour améliorer la conservation des aliments[486]. Heureusement, cette pratique est aujourd'hui formellement interdite. Car en matière alimentaire, le droit européen ne permet pas l'utilisation d'un produit toxique ou cancérogène, quelle que soit son « utilité » vraie ou supposée. La réglementation européenne autorise l'emploi de conservateurs pour pallier un risque bactérien, mais les textes imposent que ce conservateur soit inoffensif[487]. Autrement dit, le fait qu'un produit chimique plus ou moins dilué ait un effet bactéricide avéré ne suffit pas pour qu'on en admette l'usage comme conservateur alimentaire. Il faut que la substance concernée n'ait pas d'effet délétère sur l'organisme du consommateur et qu'elle ne rende pas l'aliment « préjudiciable à la santé[a] ». Car la réglementation est claire : quand bien même une substance pourrait présenter certains avantages technologiques, si, par ailleurs, elle a des effets nocifs, alors son introduction volontaire dans les aliments est interdite[488]. Cela vaut quels que soient les hypothétiques avantages que des fabricants peuvent mettre en avant. A fortiori lorsqu'en plus on peut prouver que les effets attendus de l'additif peuvent parfaitement être réalisés autrement[489].

L'effet antimicrobien des additifs nitrés

Dans les pays où les techniques sont peu satisfaisantes en matière d'élevage, d'abattage, de réfrigération et de fabrication, il peut être difficile de mettre en œuvre des règles d'hygiène adéquates pour la production des charcuteries. Dans le Sud-Est asiatique par exemple, les contrôles sanitaires sont souvent déficients et certains fabricants profitent des additifs nitrés pour utiliser des viandes dont la qualité bactériologique n'est pas optimale. C'est pourquoi la commission sur les additifs des Nations Unies indique que le nitrite et le nitrate ne doivent pas être utilisés « pour masquer des matières premières défectueuses ou des pratiques indésirables (telles que le manque de propreté)[490] ». Concrètement, le nitrate et le nitrite agissant comme des désinfectants, ils permettent d'appliquer des

a. Article 14 du règlement (CE) n° 178/2002 du Parlement européen et du Conseil du 28 janvier 2002. Ce règlement (qui constitue le socle de la législation européenne en matière de sécurité alimentaire) n'autorise pas que soit mis en œuvre un arbitrage en termes de bénéfice-risque, comme c'est par exemple le cas dans le secteur des médicaments. Voir Pierre-Étienne Bouillot et Gaël Thévenot, « Responsabilités juridiques des acteurs de la gestion des risques », dans Valérie Camel *et al.*, *Risques chimiques liés aux aliments*, Lavoisier, 2018.

règles d'hygiène moins rigoureuses lors de la fabrication. Or dans certains pays, des fabricants se sont habitués à travailler dans des conditions d'hygiène approximatives grâce au pouvoir biocide du nitrate et du nitrite. Si ces fabricants supprimaient l'additif biocide sans avoir au préalable modifié leurs pratiques et vérifié le respect scrupuleux des règles de conformité sanitaire, il y aurait alors un risque lors de la consommation des charcuteries concernées.

La question des additifs nitrés pose donc un dilemme qui ressemble à celui que l'on rencontre fréquemment sur les questions touchant aux produits dits phytosanitaires. Comment éviter que des insectes indésirables prolifèrent dans les champs ou dans les vignes ? Comment lutter contre les champignons, les mousses ou les « mauvaises herbes » ? Même si elle est très efficace et peu coûteuse, une molécule pesticide ou herbicide peut-elle être utilisée si elle entraîne un risque pour le consommateur final ? En théorie, la réglementation interdit l'emploi des substances qui comportent un risque pour la santé. Mais il est souvent arrivé que les autorités ferment les yeux sur la toxicité d'une molécule sous prétexte qu'elle offrait un avantage économique pour certains groupes d'intérêt[491]. Ce fut le cas par exemple pour l'atrazine, un herbicide longtemps utilisé en France sur les cultures de maïs. Bien que son effet cancérogène ait été identifié dès les années 1990, il a fallu attendre 2003 pour qu'il soit interdit[492]. Ou encore pour le chlordécone. Ce pesticide cancérogène a été maintenu en usage aux Antilles pendant des décennies après que sa toxicité a été identifiée, car des industriels de la banane semblent être parvenus à mettre en avant la « pression parasitaire toujours forte » qui aurait menacé leurs exploitations[493].

Dans les pays où la filière charcutière connaît des problèmes d'hygiène qui paraissent insolubles, il peut parfois être indispensable de recourir à des additifs bactéricides. Cependant, à la place du nitrate et du nitrite, il existe des alternatives éprouvées qui empêchent le développement des bactéries[494], par exemple l'ajout de sorbate (E202), un antibactérien sans effet nocif déjà employé sur des produits laitiers[495]. Le comité d'experts sur les additifs du *Codex Alimentarius* (Organisation des Nations Unies) a souligné que des antibactériens sans effet cancérogène tels que la nisine (E234) pouvaient être utilisés comme antibactériens alternatifs[496]. Mais souvent, des fabricants rechignent, car ces produits n'ont pas d'effet colorant...

Les industriels peuvent-ils se passer des additifs nitrés ?

Pour fabriquer des charcuteries sûres, faut-il les rendre plus cancérogènes qu'elles le sont naturellement ? Posée ainsi, cette question paraît absurde, mais c'est pourtant en ces termes que se déroulent souvent les batailles autour des additifs nitrés. Face au développement de l'offre de charcuterie sans nitrate ni nitrite, certains défenseurs des additifs soutiennent que ces produits ne constituent pas une bonne alternative. Selon eux, l'abandon des additifs nitrés entraînerait mécaniquement une recrudescence de graves intoxications sanitaires. Cette préoccupation a été au centre des travaux de la mission parlementaire sur les additifs nitrés de 2020-2021.

La fabrication sans nitrate ni nitrite exige une bonne qualité de matière première ainsi que le respect de la chaîne du froid à toutes les étapes de la fabrication. Comme l'a noté le rapport parlementaire de 2021, « les nitrites offrent des conditions de production plus souples. Les nitrites diminuent les contraintes de production dès lors qu'ils ont un effet antiseptique. En étant injectés au cœur du produit, ils permettent d'éviter le développement de bactéries qui pourraient aboutir à un produit de qualité inférieure ou même invendable. Ils permettent par exemple d'éviter la réfrigération complète des usines ou de simplifier les manipulations[497] ». Ainsi, la proposition de loi dite « antinitrite » présentée en 2021 par le député Richard Ramos prévoit d'accompagner les professionnels dont le niveau de compétence ou l'hygiène des ateliers ne serait pas suffisant.

Dans son article 7, la proposition de loi propose de « mettre en place un fonds permettant aux artisans charcutiers-traiteurs et bouchers-charcutiers de financer la mise en œuvre de procédés de fabrication adéquats et l'adaptation de leurs outils de production afin de permettre la production de charcuterie sans additif nitré[498] ». La proposition de loi explique que « contrairement aux grandes entreprises de l'agroalimentaire, les petits artisans n'ont pas toujours les ressources nécessaires pour financer leur formation et la mise aux normes de leur outil de production. L'État doit donc appuyer financièrement cette transition afin de garantir des produits de charcuterie sans additifs nitrés et ainsi moins dangereux pour la santé humaine[499] ». Cette stratégie est implicitement validée par l'ANSES, qui recommande que la suppression ou la réduction de l'usage des additifs nitrés soient systématiquement associées à des mesures compensatrices et que les changements dans l'emploi des additifs nitrés soient accompagnés d'une « révision des guides de bonnes pratiques d'hygiène[500] ». Auditionné par la mission parlementaire sur les additifs nitrés, le responsable de la filière viande de l'École nationale des industries du lait et de la viande (ENILV) d'Aurillac, Yves Arnaud, indique pour sa part avoir formé des centaines de charcutiers qui travaillent sans nitrite et avoir « prouvé que c'était possible avec des matières premières fraîches et de qualité[501] ».

Une question de logique

Dans leur majorité, les représentants des charcutiers industriels français contestent la faisabilité de cette mutation. Ils estiment que certains acteurs de la filière ne peuvent garantir des conditions de sécurité sanitaire suffisantes pour se passer des additifs nitrés, et que les investissements nécessaires ne sont pas à la portée de nombreux fabricants[502]. Le syndicat des charcutiers industriels souligne que la suppression des additifs nitrés « demande aux entreprises du temps, des investissements importants et des conditions drastiques d'hygiène de production et de sélection des matières premières qui rendent, par conséquent, cette opération peu accessible aux petites entreprises[503] ». Cet argument est évidemment légitime. Mais en toute logique, il paraît ne pas s'appliquer aux grandes entreprises. On comprend mal, alors, pourquoi de grands industriels français continuent à produire des gammes nitrées alors qu'ils disposent déjà de toute la technologie pour se passer des additifs susceptibles de donner naissance à des composés nitrosés cancérogènes !

D'après les représentants de la filière, la suppression des additifs nitrés « aurait des conséquences sanitaires qu'on aurait du mal à mesurer[504] ». En janvier 2022, la commission des affaires économiques de l'Assemblée nationale a consacré une séance solennelle à « l'interdiction progressive des additifs nitrés dans les produits de charcuterie ». Au terme de la mission parlementaire qu'il avait présidée, le député Richard Ramos est intervenu en présence du ministre de l'Agriculture. Il a regretté que certains industriels et lobbyistes « agitent des peurs, celles du botulisme, de la salmonellose et de la listeria. Consommer de la charcuterie sans additifs nitrés c'est, selon eux, prendre le risque d'être infecté par l'une de ces maladies. Seulement voilà, les ventes de charcuterie sans nitrite augmentent d'année en année [...] Des millions de tranches de jambon, de saucisses knacks, de saucissons, de pâtés fabriqués sans nitrite et sans nitrate sont vendus chaque année[505] ». Le député s'exclamait : « Où sont les chiffres, où sont les preuves ? Il n'y en a pas, aucun industriel français fabriquant des charcuteries sans nitrite, aucun distributeur, aucun charcutier, ne prendrait le risque de vendre ces produits s'il n'était pas certain de leur fiabilité sanitaire[506]. » Richard Ramos concluait : « À de multiples reprises, nous avons posé la question aux industriels – petits et grands – que nous avons reçus en audition. Tous nous ont répondu la même chose : sur toutes leurs nouvelles gammes sans nitrite, il n'y a pas eu une seule alerte de risque sanitaire[507]. »

L'argument de la listériose

La France compte chaque année de 300 à 350 cas de listériose. La maladie est due à la bactérie *Listeria monocytogenes*, très répandue dans l'environnement (sol, lacs, rivières, eaux d'égout, végétation en décomposition, etc.). Cette bactérie a la capacité de coloniser les usines de fabrication alimentaire. Les denrées les plus fréquemment contaminées sont les produits laitiers (notamment les fromages à pâte molle et au lait cru), les charcuteries (notamment langue, tête et rillettes), le poisson fumé, les graines germées, les préparations traiteurs[508].

Pour les femmes enceintes, *Listeria monocytogenes* représente une menace redoutable. Elles courent en effet un risque de fausse couche et d'accouchement prématuré, et la listériose peut par ailleurs entraîner de graves infections néonatales. C'est pourquoi l'ANSES et le ministère de la Santé recommandent aux femmes enceintes d'éviter les produits susceptibles de provoquer la listériose, notamment la viande crue ou peu cuite, le poisson cru (sushi, tarama...), les crustacés décortiqués, les fromages à pâte molle au lait cru, les produits de charcuterie (nitrée ou non) lorsqu'ils ne sont pas soumis à cuisson ou recuisson avant consommation, notamment jambons cuits ou crus, produits en gelée, pâté, rillettes[509].

Les risques de listériose sont amplifiés par certaines pratiques d'élevage mal adaptées (par exemple lorsque le porc est nourri avec un aliment sous forme liquide). De même, dans l'élevage des ruminants (bœufs, moutons, chèvres), c'est souvent la mauvaise conservation des fourrages qui provoque la multiplication de la bactérie. Dans les élevages de poulets, *Listeria monocytogenes* peut être très présente dans les exploitations qui ne respectent pas les bonnes pratiques d'hygiène, par exemple lorsque le système d'alimentation en eau est vétuste ou inadéquat, ou lorsque l'éleveur ne respecte pas une séparation stricte « zones propres » et « zones sales ». Mais même lorsque les exploitations sont bien tenues, il est difficile d'assurer une sécurité microbiologique totale. L'intensification de l'élevage conduit à une forte promiscuité des animaux, ce qui entraîne une concentration élevée de micro-organismes. Les agents pathogènes circulent d'autant plus facilement que les animaux d'un même élevage sont peu différents les uns des autres du point de vue génétique. Autrement dit, l'élevage intensif favorise l'augmentation du risque bactérien, et dans certains pays, l'ajout d'un bactéricide au cours de la fabrication de l'aliment peut apparaître comme la solution la moins onéreuse pour l'industriel. Ajouter un agent désinfectant au cœur de l'aliment revient moins cher que la mise en place d'un programme d'hygiène couvrant toute la chaîne de production, de l'élevage jusqu'à l'usine.

Dans le secteur de la charcuterie industrielle, les foyers de listériose sont souvent dus à des défauts d'hygiène lors de l'abattage ou de la transformation de la viande. Par exemple, en janvier 2020, les services sanitaires ont suspendu temporairement l'agrément d'une unité de fabrication de charcuterie à la suite de huit cas de listériose provoqués par de la langue de porc en gelée. Les services sanitaires de la direction départementale de la protection des populations (DDPP) ont conclu à une « insuffisance de maîtrise sanitaire dans le processus de fabrication[510] » et ont demandé que soient apportées des mesures correctives sur la maintenance du matériel. Des épidémies de listériose dues à de la langue de porc en gelée avaient déjà eu lieu en France, dans d'autres usines, en 1992 et en 2000. La mortadelle et les rillettes sont les autres produits de charcuterie les plus susceptibles de transmettre la bactérie.

Dans le passé, les autorités sanitaires européennes considéraient que l'emploi de nitrate et de nitrite n'avait pas d'effet contre *Listeria monocytogenes*[511]. Maintenant que la nécessité d'utiliser les additifs nitrés « pour protéger du botulisme » est battue en brèche, il n'est pas rare d'entendre affirmer que l'usage des additifs nitrés est indispensable « pour protéger contre la listeria ». Dans son rapport de 2022, l'ANSES estime au contraire que la suppression des additifs nitrés n'augmente pas le risque de listériose si les conditions de réfrigération sont respectées et si les durées de conservation sont revues[512].

L'argument du « botulisme inévitable »

Le botulisme est une affection neurologique très grave qui bloque la communication nerveuse et entraîne souvent la mort par paralysie des muscles respiratoires. Cette maladie à action rapide est provoquée par une toxine très puissante produite par la bactérie *Clostridium botulinum*. La toxine se développe notamment dans les aliments mal conservés.

Comme on l'a vu plus haut, à partir des années 1970, des industriels américains spécialisés en fabrication de hot-dogs au nitrite et de bacon au nitrite ont affirmé aux autorités sanitaires américaines qu'il était tout simplement impossible de fabriquer ces produits sans recourir aux additifs nitrés. D'après eux, la suppression du nitrate et du nitrite allait entraîner des milliers de cas de botulisme. Un lobbyiste affirmait par exemple : « En interdisant le nitrite, on pourrait peut-être éviter environ 2000 morts chaque année à cause du cancer, mais on risquerait d'en provoquer 10000 par intoxication alimentaire[513]. »

Dès cette époque, cette argumentation a été dénoncée par des ONG et des médecins comme une véritable tromperie scientifique[514]. Car au même moment, en Europe, des milliers de charcutiers produisaient des charcuteries en toute sécurité et sans employer d'additifs nitrés. Même aux États-Unis, des PME et de nombreux éleveurs fabriquaient des charcuteries sans nitrate ni nitrite, et le ministère de l'Agriculture américain y avait consacré plusieurs rapports extrêmement détaillés[515] qui permettaient de constater que les arguments des lobbyistes américains étaient mensongers. L'agence médicale américaine (le *Center for Disease Control* d'Atlanta) avait fait savoir que les produits fabriqués par les PME et les éleveurs qui n'utilisaient ni nitrate ni nitrite n'avaient causé *aucun* cas de botulisme[516], car ils employaient les techniques de fabrication appropriées : utilisation de matière première de qualité, respect de l'hygiène, emploi des méthodes traditionnelles reposant notamment sur la réfrigération du produit pendant les premières étapes du salage.

Face aux mensonges de certains industriels qui clamaient que les additifs nitrés ne pouvaient pas être supprimés car ils constituaient « la seule garantie contre le botulisme », le *Washington Post* remarquait : « Les industriels de la viande prétendent que le nitrite de sodium est essentiel pour éviter les spores mortelles du *Clostridium botulinum*, qui peut entraîner la mort lorsqu'on l'ingère. Mais cette affirmation est récente. L'industrie de la viande s'est repliée sur cet argument lorsque des doutes sont apparus concernant la sécurité du nitrite. Jusqu'alors, l'industrie disait que la principale raison, c'était de donner aux viandes leur arôme et leur couleur rougeâtre caractéristique[517]. »

Lorsqu'on enquête dans les archives, on s'aperçoit qu'historiquement, la principale cause du botulisme a été l'absence de soin au cours de la fabrication et l'utilisation de viande avariée[518]. Aujourd'hui, dans les publications spécialisées, article après article, des spécialistes en microbiologie charcutière répètent que les professionnels disposent de multiples techniques qui permettent d'éviter les risques bactériologiques sans avoir besoin de recourir aux additifs nitrés[519]. Ainsi, en 2017, un document de la plus haute instance mondiale en matière d'additifs alimentaires (la commission du *Codex Alimentarius* de l'OMS et de la FAO) a souligné que les fabricants pouvaient se passer des additifs nitrés s'ils appliquaient les méthodes de fabrication appropriées[520]. Il y a plus de quarante ans, la justice américaine soulignait déjà que le risque de botulisme dépendait exclusivement de « la façon dont les industriels choisissent de produire, distribuer et commercialiser leurs charcuteries[521] ».

En France, un laboratoire de l'Institut Pasteur analyse tous les cas de botulisme au sein d'un centre national de référence spécialisé. La période la plus récente pour laquelle les données complètes ont été publiées est l'année 2020[522]. Au total, en France, sur toute cette année, il n'y a eu que onze cas de botulisme et pas un seul lié aux charcuteries industrielles fabriquées sans nitrate ni nitrite[523]. Pour deux des cas identifiés en 2020, l'intoxication semble avoir eu pour origine la consommation de salaisons de fabrication familiale apportées de Serbie (les victimes sont d'origine serbe). Un autre foyer (trois cas) apparaît lié à une conserve de foie gras de fabrication artisanale. Un cas est lié à la consommation d'une sauce pesto de fabrication familiale (le rapport note que des cas similaires ont été observés il y a quelques années suite à la consommation de tapenade d'olives vertes). Pour les autres cas, les experts de l'Institut Pasteur n'ont pas identifié la source de l'intoxication mais notent qu'il pourrait s'agir d'une conserve de pâté artisanal et d'une conserve de plat cuisiné en sauce.

Dans ses recommandations, le centre national de référence de l'Institut Pasteur indique que les produits de charcuterie qui peuvent représenter un risque sont les produits « de préparation familiale[524] », fabriqués par des personnes non qualifiées. C'est pourquoi, dans son rapport de 2022, l'ANSES a souligné l'importance de respecter des méthodes de production rigoureuses pour la fabrication du jambon cru et du jambon sec[525]. Il s'agit notamment de la réfrigération pendant les premières étapes de la fabrication, car comme on l'a vu, la cuisse du porc fraîchement abattu doit rester à une température inférieure à 6 °C jusqu'à la pénétration du sel.

Lorsqu'on examine les rapports dressés au fil des années par le centre national de référence du botulisme, on est frappé par la diversité des produits concernés. Des cas de botulisme ont pu être causés aussi bien par la consommation d'un « plat industriel de boulettes de soja commercialisé sous vide et consommé après la date de péremption[526] » que d'un « bocal de soupe de préparation familiale (ingrédients : butternut, poudre d'amande, curcuma, poireaux)[527] ». Lorsqu'un produit alimentaire est fabriqué dans de mauvaises conditions d'hygiène ou lorsqu'il est mal conservé, le risque de botulisme est un risque très sérieux, qu'il ne faut pas prendre à la légère. À l'automne 2019, la presse française a même rapporté le cas d'une femme victime du botulisme à la suite de la consommation d'une soupe de légumes de fabrication industrielle, consommée après la date de péremption[528].

Au cours des dernières années, la fabrication de charcuterie sans additifs nitrés a connu un formidable développement en France. Les rapports du centre national de référence prouvent que contrairement à la pseudo « menace botulique » si souvent brandie par les promoteurs des additifs cancérogènes, la multiplication des charcuteries sans nitrate ni nitrite n'a pas provoqué la moindre recrudescence de botulisme. Cela confirme les conclusions du rapport de la commission des affaires économiques de l'Assemblée nationale, qui notait en janvier 2021 : « Le développement depuis 2017, sur le marché français, de gammes de charcuteries sans nitrite produites par des industriels de toutes tailles n'a entraîné aucun cas de botulisme[529]. »

Les marchands de peur

En 2018, le principal laboratoire britannique en sécurité alimentaire (la société BRI Camden) a été missionné par le puissant syndicat anglais des fabricants de bacon et de charcuterie (la *British Meat Processors Association*) pour réaliser une expertise confidentielle sur l'effet réel du nitrite de sodium en matière de sécurité sanitaire. Il est habituel que des lobbies de fabricants de viandes nitrées utilisent l'effet désinfectant du nitrite pour affirmer que l'effet cancérogène des additifs nitrés est moins évident que leur effet protecteur en matière de risque de botulisme[530]. Mais les résultats furent contraires à ceux que le lobby avait espérés : les travaux de BRI Camden montrèrent au contraire qu'aux doses utilisées dans le bacon, le nitrite était en fait inefficace pour protéger contre le botulisme[531] !

D'abord gardé secret, le rapport a fini par fuiter dans la presse. « Révélations : les nitrites provoquent le cancer mais ne sont pas utiles dans le jambon[532] », pouvait-on lire dans *The Guardian*. Joan Walmsley, membre de la Chambre des lords et responsable du groupe parlementaire sur le cancer, faisait exploser son indignation : « La fuite de ce rapport interne est extrêmement embarrassante pour les charcutiers industriels et pour l'agence sanitaire. Depuis des années, ils colportent le mythe suivant lequel les additifs nitrés seraient indispensables pour protéger contre le botulisme[533]. » La parlementaire concluait : « Ces données soulèvent de graves questions quant à la raison pour laquelle le nitrite est ajouté dans le bacon et le jambon[534]. »

Aujourd'hui, les scientifiques qui continuent d'affirmer que les additifs nitrés sont « indispensables contre le botulisme » sont souvent liés à des organismes qui promeuvent les intérêts de l'industrie des viandes nitrées. Ils sont engagés dans une lutte féroce pour la protection de leur *business model*. Un rapport d'expertise remis à la Commission européenne en 2016 indiquait clairement que les charcuteries pouvaient être fabriquées sans recourir aux additifs nitrés[535]. Mais le rapport précisait que les industriels consultés n'étaient pas favorables à cette suppression ! Des multinationales des viandes nitrées en ont profité pour élargir leur gamme de charcuteries nitrées cancérogènes. Au niveau européen, pas une semaine ne s'écoule sans que l'on voie apparaître de nouvelles variantes de saucisses, de pâtés, de saucissons et de jambons arrangés par la chimie. Et certains fabricants n'hésitent pas à recourir à des procédés inouïs…

10

Y a-t-il en France de faux produits « sans nitrite » ?

Afin de proposer des charcuteries présentant moins de risque de cancérogénicité, de nombreux fabricants revoient leurs procédés et éliminent les additifs nitrés. Toutefois, pendant quelques années, certains d'entre eux ont continué à vendre des charcuteries nitrées sans que le consommateur s'en aperçoive. L'astuce, parfois encore employée aujourd'hui, consistait à remplacer le nitrite habituel par une combinaison de plusieurs poudres aux noms moins inquiétants (« ferments », « extraits de légumes », etc.). Il suffisait de les mélanger pour créer du nitrite, et le fabricant pouvait alors l'injecter dans la chair de la même façon que l'additif nitré habituel.

Pendant quelque temps, ces pseudo-charcuteries « sans nitrite » se sont multipliées dans les rayons des magasins français. Certains industriels ont abondamment communiqué, ils ont expliqué qu'ils avaient finalement réussi à mettre au point de nouveaux procédés, des technologies révolutionnaires qui permettaient de se passer du nitrite de sodium tellement redouté. Certains fabricants de jambon ont sorti des versions « revues » de leurs produits phares, un peu plus chères que les versions classiques. Le consommateur n'hésitait pas à payer le surcoût. Que sont quelques dizaines de centimes en plus, s'ils permettent d'obtenir un jambon sans additif cancérogène ?

En réalité, ces produits étaient bel et bien nitrités. Le consommateur crédule croyait protéger sa santé alors qu'il était tout bonnement victime d'une manipulation.

Un tour de passe-passe chimique

Le procédé du faux « sans nitrite » s'appuie sur une série de réactions chimiques bien connues des spécialistes puisqu'il a été décrit dès les années 1970. Il s'agit d'utiliser du nitrite obtenu à partir de nitrate de source végétale. Le nitrate est le principal composant des engrais fertilisants. En faisant pousser sous serre certains légumes (betteraves, blettes, céleri, etc.) et en augmentant leur apport en azote, on peut élever leur teneur en nitrate. Ces légumes sont réduits en poudre et déshydratés afin d'obtenir un extrait fortement nitraté. En faisant fermenter ce nitrate grâce à des bactéries, on peut fabriquer du nitrite. Il suffit alors de mélanger ce nitrite à de l'eau salée, afin d'obtenir exactement le même effet que si on avait utilisé du « sel nitrité » habituel[536]. Au moment de fabriquer du jambon, des lardons ou du bacon, ou tout autre produit de charcuterie que l'on veut rendre rose, on peut injecter ce nitrite dans la chair, exactement de la même façon que le nitrite de sodium habituel. D'un point de vue chimique, le nitrite « de source végétale » et le nitrite de sodium provoquent exactement la même réaction[537]. Comme l'a expliqué un consultant de l'industrie : « Ce sont exactement les mêmes molécules… mais d'une source différente[538]. »

Les publications de la filière sont emplies d'études sur le pouvoir colorant de ces additifs nitrés qui sont incognito pour le consommateur. « L'extrait d'épinard fermenté contient du nitrite préconverti qui peut remplacer le nitrite de synthèse afin de permettre la coloration des charcuteries[539] », expliquaient en 2017 des spécialistes en transformation des viandes, qui concluaient que « le remplacement du nitrite synthétique par du nitrite de source naturelle peut apporter une nouvelle opportunité de croissance à l'industrie des viandes transformées[540] ». Dans une autre étude qui disait viser à « améliorer l'image des produits de charcuterie[541] », les auteurs notaient que le nitrite obtenu en faisant fermenter de la poudre de blette donnait de bons résultats, car la blette (également appelée bette) est un légume dont il est possible d'extraire de bonnes quantités de nitrate. Les auteurs concluaient que ce procédé est intéressant « parce que le nitrite synthétique souffre d'une image défavorable à la santé alors que le nitrite de source naturelle, d'origine végétale, est perçu comme naturel et sain[542] ».

Dans la presse professionnelle, on peut lire par exemple les déclarations d'un fabricant d'additifs vantant les mérites de son ferment sélectionné qui « fournit la couleur souhaitée[543] ». Il précise que le procédé repose sur des enzymes qui « réduisent le nitrate en nitrite, afin de donner la couleur rouge appétissante[544] ». Décrivant une poudre spéciale pour fabriquer du jambon bien rose mais « sans nitrites ajoutés », une firme française indique que « le ferment transforme les nitrates naturels apportés par les légumes en nitrites qui formeront avec l'hémoglobine de la viande, la nitrosomyoglobine responsable de la couleur rose des jambons[545] ». Des chimistes ont d'ailleurs déposé un brevet pour un procédé voisin. Le titre du brevet est explicite, il concerne « une mixture pour faire rougir les produits carnés[546] ». Les auteurs révèlent que le procédé repose sur des micro-organismes (en l'occurrence des staphylocoques) qui « sont capables de fournir du nitrite à partir du nitrate des végétaux[547] » et que « le nitrite génère le monoxyde d'azote nécessaire au rougissement[548] ». D'autres biochimistes cherchent à mettre au point des bactéries génétiquement modifiées capables de produire du monoxyde d'azote[549].

La documentation professionnelle indique que plusieurs types de végétaux peuvent être employés afin de générer ce nitrite « de source naturelle ». Les inventeurs proposent de se servir de plusieurs sortes de légumes à larges feuilles, « notamment la laitue pommée, la mâche, la laitue iceberg, ainsi que le chou chinois, les épinards, la betterave ou le céleri[550] ». Ce dernier est particulièrement apprécié par les fabricants d'additifs. Utilisé sous forme de poudre de jus de céleri (« *celery juice powder* » ou « *CJP* » dans le jargon des additifs), ce nitrate-qui-ne-dit-pas-son-nom est souvent vendu sous forme préfermentée (« *cultured CJP* »), afin de pouvoir l'employer quasi immédiatement comme nitrite prêt à l'emploi[551]. Peu versés en biochimie, les consommateurs qui lisent les étiquettes croient souvent que l'« extrait de céleri » indiqué correspond au « sel de céleri » que l'on emploie couramment en cuisine. Cette confusion met le consommateur en confiance – à ses dépens !

Des charcuteries nitrées au rayon farces et attrapes

Quel est l'objectif des fabricants lorsqu'ils recourent à ces procédés ? Il est simple, clairement décrit dans la documentation technique. À défaut de supprimer les ingrédients nitrés des recettes, les fabricants font tout pour que les maudits numéros E250 et E252 disparaissent… non pas des recettes mais des étiquettes[552]. Il s'agit d'escamoter les mots « nitrite » et « nitrate ». Sur les emballages apparaissent seulement des noms apparemment anodins et même rassurants : « ferments », « extraits de légumes », « arôme naturel de bette », « poudre de jus de bette », etc.

Les rayons du Royaume-Uni, d'Irlande, du Canada et des États-Unis regorgent de ces faux « *nitrite-free* ». Aux États-Unis, les organisations de consommateurs ont engagé des poursuites contre des fabricants qui, en jouant sur les mots, faisaient croire au public que les charcuteries concernées n'avaient pas été traitées au nitrite[553]. Entre 2017 et 2019, ces procédés ont également envahi le marché français. La presse les a d'abord plébiscités, croyant voir là une évolution vers des charcuteries naturelles et vertueuses. Plusieurs marques françaises ont alors commercialisé des charcuteries affublées d'une énorme inscription « sans additif ajouté », mais la liste d'ingrédients indiquait l'usage d'un « bouillon (bettes, acérola, carottes) » accompagné de ferments bactériens. D'autres fabricants proposaient du jambon portant la mention « sans nitrite » en lettres capitales, s'étalant sur presque la moitié de la largeur de l'emballage. En lettres minuscules, la liste d'ingrédients indiquait la présence de ferments destinés à réagir avec des extraits « d'oignon, de carotte et de poireau ».

Un grand fabricant français a ainsi pu annoncer du rôti de porc « sans sel nitrité », mais dont l'étiquette indiquait : « Comme dans les yaourts, nous mettons des ferments, qui, associés à nos jus de légumes, permettent d'assurer la bonne conservation. » Pour justifier cette sémantique, l'industriel assurait faire disparaître les noms chimiques « parce que le consommateur préfère les listes d'ingrédients courtes ». De son côté, le fabricant canadien d'une « poudre de jus de céleri » avait l'audace d'affirmer que « les additifs alimentaires aux noms chimiques complexes découragent les consommateurs qui préfèrent des listes d'ingrédients utilisant des mots qu'ils reconnaissent et qu'ils comprennent[554] »...

Un site professionnel a décrit les avantages de ce nitrite dit « de source végétale » en le présentant comme « une poudre de céleri entièrement naturelle qui élimine le besoin d'agents synthétiques[555] ». Le fabricant précisait que l'ingrédient actif était du nitrate ou du nitrite « apparaissant naturellement », mais qu'il était « simplement étiqueté comme poudre de céleri[556] ». Un investisseur expliquait que la poudre, vendue sous la marque VegStable®, « agit comme un agent de salaison[557] » et permet aux industriels de remplacer les additifs nitrés « afin qu'ils puissent commercialiser leurs produits comme étant naturels, ce qui leur permet de capitaliser sur un taux de croissance à deux chiffres[558] ». Un autre fabricant de « poudre nitratée végétale » explique que les fabricants de charcuterie « doivent trouver le moyen de conserver l'attrait de la couleur tout en supprimant les additifs artificiels[559] ».

Traquer le nitrite furtif sur les étiquettes

La réglementation européenne dit que pour protéger les intérêts des consommateurs, il faut leur assurer une information intelligible, car ils doivent pouvoir « choisir en connaissance de cause les denrées alimentaires qu'ils consomment[560] ». Les textes indiquent que les pouvoirs publics doivent s'opposer à toute pratique « pouvant induire le consommateur en erreur[561] ». La Commission européenne s'est donc inquiétée des allégations « sans nitrite ». Elle a publié plusieurs avis officiels, d'abord sur les « extraits d'épinards à haute teneur en nitrate, utilisés dans la fabrication des saucisses[562] », puis sur l'utilisation des « bouillons fermentés de légumes, enrichis en nitrite[563] ». En septembre 2018, les autorités européennes notaient : « La Commission a été alertée à propos du procédé qui consiste à employer des extraits végétaux pour servir d'additif, sans qu'ils soient identifiés comme tels[564]. » Réuni à Bruxelles, un groupe d'experts a décidé à l'unanimité d'interdire que les charcuteries produites en employant cette technique continuent à être présentées comme « sans additif[565] ».

En Allemagne, une longue bataille juridique a conclu qu'il était illégal d'utiliser l'artifice de ce nitrite « de source végétale » pour faire croire au consommateur que des saucisses bio n'étaient pas nitrées[566]. L'Irlande, qui était l'un des pays les plus touchés par ces fausses charcuteries « sans nitrite », a adopté une position très claire. Dans ses instructions aux fabricants, l'agence sanitaire nationale (*Food Safety Authority of Ireland* – FSAI) indique : « Votre étiquette ne doit pas induire le consommateur en erreur d'une façon qui le conduise à acheter votre produit de préférence à des produits concurrents[567]. » À la question « Puis-je utiliser des ingrédients qui sont également des sources de nitrite/nitrate pour remplacer le nitrite/nitrate de sodium ou de potassium[568] ? », la FSAI répond : « Vous ne pouvez pas utiliser des ingrédients qui sont également une source de nitrite/nitrate s'ils sont utilisés dans le but technologique prévu de conservation ou de coloration[569]. »

En France, la situation est plus ambiguë. Des fabricants se sont parfois accusés mutuellement de tromper la confiance du public en employant la technique du faux « sans nitrite »[570]. Au ministère de l'Agriculture et de l'Alimentation, les instructions sont vagues et imprécises. Le recours à ce stratagème n'est pas totalement accepté[571] mais pas franchement condamné[572]. Lorsqu'elle est interrogée, la DGCCRF du ministère de l'Économie et des Finances (Direction générale de la concurrence, de la consommation et de la répression des fraudes) souligne que ce procédé pose des problèmes de loyauté et de transparence[573]. Pour autant, la DGCCRF ne l'interdit pas formellement. Tout au plus demande-t-elle aux fabricants qui l'utilisent de signaler la présence de nitrates ou de nitrites sur l'étiquette « pour ne pas qu'il y ait une tromperie du consommateur[574] ».

Cette obligation a suffi à décourager de nombreux fabricants français. Certains ont renoncé à ce subterfuge en plaidant « l'erreur marketing[575] » et ont préféré se lancer dans la fabrication du vrai jambon sans nitrite. En conséquence, ce procédé n'est plus employé par une bonne partie des grandes marques de l'Hexagone. Les cas qui subsistent peuvent généralement être repérés, notamment par des indications d'« extraits de betterave » ou « extraits de bette » ou encore « poudre de jus de blette » dans les listes d'ingrédients, ou par des annotations du type : « 0 % nitrates ajoutés (à l'exception de ceux qui sont naturellement présents dans les ingrédients) ». Par exemple, fin 2022, on trouve encore dans certains supermarchés de la coppa et du chorizo dont la liste d'ingrédients mentionne l'utilisation de « poudre de jus de blette » et de « carotte déshydratée » associées à des ferments. Plus bas, une mention indique : « La conservation est assurée par les nitrates d'origine végétale contenus dans la poudre de jus de blette et de carotte déshydratée. » Un autre industriel qui emploie ce procédé dans la fabrication de knacks omet carrément de préciser sur l'étiquette la présence de nitrate d'origine végétale. Dans la liste d'ingrédients, il va jusqu'à indiquer que les extraits de blette et de carotte sont des « arômes ».

Même si ces procédés de « nitritage masqué » sont désormais moins utilisés en France, ils suscitent un sentiment général de confusion chez les consommateurs et chez les responsables politiques[576]. Certains lobbyistes en profitent pour brouiller les pistes et semer le doute dans le public. Lorsqu'on leur fait remarquer que les charcuteries sans nitrate ni nitrite existent déjà et que leur existence prouve que l'emploi des additifs nitrés n'est pas indispensable, ils rétorquent que les charcuteries présentées comme « sans nitrite » sont en réalité toujours fabriquées en faisant appel au stratagème du faux « sans nitrite ». Par cette énième manipulation, les apôtres du nitritage systématique essayent de redonner un peu de crédibilité à la mystification dont ils ne veulent pas démordre : l'idée qu'il n'y aurait « aucune alternative » !

11

Un scandale dans le scandale : nitrate et nitrite en bio

Certains lecteurs risquent d'être surpris d'apprendre qu'aujourd'hui, dans les magasins bio, la majorité des produits de charcuterie est traitée soit au nitrate, soit au nitrite. Pourtant, cela n'a pas été toujours le cas. Ici encore, c'est le fruit d'un lobbying efficace mis en place pour avantager les industriels et la grande distribution. Ce lobbying serait sans effet s'il ne pouvait compter sur l'apparente connivence ou le laxisme des services de l'État.

Il faut d'abord préciser que les normes de la bio (ou « du bio ») sont définies au niveau de l'Union européenne. Dans chaque pays membre, un organisme veille à la mise en œuvre de la réglementation commune. En France, l'organisme concerné est l'Institut national des appellations d'origine (INAO), établissement public sous l'autorité du ministère de l'Agriculture et de l'Alimentation. Or, comme nous allons le voir, l'INAO s'octroie la liberté de ne pas appliquer la réglementation bio européenne. Au lieu de respecter la santé des consommateurs du bio, l'INAO semble privilégier le développement économique de la charcuterie industrielle, quitte à fermer les yeux sur la réglementation et sur la science !

Quand la bio fait le grand écart

Écoutons un homme de l'art : « Lorsqu'on connaît le métier, on peut fabriquer des charcuteries de qualité supérieure sans avoir besoin des additifs ni des adjuvants si souvent utilisés – le phosphate, le sel nitrité ou les exhausteurs de goût. Et le résultat est excellent[577] ! » Ainsi s'exprimait en 2017 M. Jakob, maître charcutier, enseignant spécialisé en charcuterie bio. Car pour les pionniers historiques de la filière bio, les additifs nitrés doivent être absolument bannis. C'est le cas dans le cahier des charges du label Demeter, qui fait figure de puriste de la bio. « Chez Demeter, le sel nitrité est tabou[578] », explique un fabricant. Seul l'emploi du sel de cuisine est autorisé[579]. Le label Demeter justifie cette interdiction totale en indiquant que « la plupart des additifs servent en fait à accélérer la production et à la standardiser de manière à obtenir un résultat constant[580] ». Les additifs nitrés sont également interdits chez les fabricants qui appliquent les règles du réseau Nature et Progrès[581], lui aussi pionnier du bio.

À l'origine, le secteur des aliments « biologiques » est né d'une contestation de la production intensive et du modèle économique de l'industrie agroalimentaire[582]. La création de l'association Nature et Progrès en 1964 a entraîné la reconnaissance du mouvement et a marqué l'étape fondatrice de sa structuration. En 1978, l'association a mis en place le premier « cahier des charges technique », c'est-à-dire l'ensemble des obligations que doivent suivre les producteurs. D'abord de taille modeste, le secteur bio a connu un développement fulgurant qui a aiguisé les appétits des industriels et de la grande distribution, jusqu'à entraîner de sérieux tiraillements dans les pratiques. La bio s'est retrouvée écartelée entre la volonté de devenir plus accessible et le désir de maintenir des standards élevés. Des industriels et des distributeurs ont cherché à ouvrir des failles dans les cahiers des charges afin de revoir les exigences à la baisse[583]. Initialement peu développée, la charcuterie bio est devenue un enjeu économique très significatif, et les recettes des produits ont alors commencé à changer.

Comment la production bio a été envahie par les additifs nitrés

En Belgique, le mouvement Nature et Progrès a sonné l'alarme dès le début des années 2000. Dans son journal interne, l'organisation expliquait alors : « Grâce à l'action de Nature et Progrès, la bio belge a naguère interdit les sels nitrités dans ses charcuteries. Sous l'influence de la grande distribution, certains acteurs de la bio envisagent aujourd'hui de remettre en question cette disposition, en oubliant un peu vite que ces additifs sont dangereux pour la santé humaine[584]. » Un peu avant, à Londres, le *Sunday Times* s'interrogeait sur les conditions obscures dans lesquelles l'emploi de nitrite de sodium venait d'être autorisé dans la production bio britannique. Selon le journal, cette autorisation faisait suite aux souhaits exprimés par la chaîne de magasins alimentaires *Sainsbury's*[585].

En France, la PME Rostain est un des principaux producteurs français de charcuteries bio. Le charcutier Lionel Rostain est installé à Gap, dans les Hautes-Alpes. À propos du sel nitrité, il explique : « J'ai été consulté pour l'élaboration du cahier des charges en charcuterie et j'étais personnellement contre l'usage de cet adjuvant, car on peut s'en passer. Il est en effet utilisé uniquement pour l'aspect visuel, notamment pour le jambon qu'il rend rose, mais n'apporte rien à la conservation. Le problème est le suivant : si l'on se passe de sels nitrités, est-ce que le consommateur achètera un jambon gris[586] ? » Ce producteur a donc commercialisé son jambon bio sans additif en apposant sur les emballages une étiquette à but pédagogique. Elle indiquait : « Nous privilégions la qualité plutôt que la couleur flatteuse. Ainsi, notre jambon cuit supérieur sans nitrite est plus pâle et change d'aspect après l'ouverture. Cette réaction normale est due à l'absence de sel nitrité et n'altère en rien les qualités gustatives et diététiques du jambon[587]. »

Mais au début des années 2000, l'avis des charcutiers bio tels que Lionel Rostain n'a pas été suivi et l'usage des additifs nitrés s'est progressivement répandu dans toute la filière. Voyant arriver du jambon « bio » de couleur plus attrayante, les clients des magasins bio ont progressivement délaissé le jambon non teinté. La société Rostain a vu ses commandes baisser, et, face à la concurrence du jambon rose, l'entreprise a dû cesser pour un temps la production de son jambon non nitrité !

Les additifs nitrés, dangereux et superflus ?

Pour mettre de l'ordre dans une situation de plus en plus confuse en matière d'additifs, la Commission européenne décida en 2006 que la question du nitrate et du nitrite dans la production bio serait « réexaminée avant le 31 décembre 2007 dans le but de limiter ou de supprimer l'utilisation de ces additifs[588] ». Les scientifiques du plus grand centre de recherche européen spécialisé en production biologique (le FiBL, basé à Francfort[a]) y ont consacré des investigations considérables, aussi bien en laboratoire que dans les ateliers de fabrication, poussant les travaux jusqu'à étudier les conditions

a. L'Institut de recherche de l'agriculture biologique (Forschungsinstitut für biologischen Landbau ou FiBL) est le principal institut européen de recherche consacré à l'agriculture biologique. Outre le centre de recherche principal à Francfort, le FiBL possède des sites en France, en Suisse et en Autriche.

pratiques de commercialisation directement sur le terrain, dans les magasins[589]. Par exemple, les chercheurs ont montré que les consommateurs peuvent accepter la couleur grise des charcuteries non nitrées s'ils sont informés qu'il s'agit de la couleur naturelle[590].

Les rapports successifs des scientifiques du FiBL apportèrent la preuve que le traitement nitré n'était pas indispensable car « tous les effets du nitrite sur la sécurité sanitaire des produits et leur stabilité peuvent être compensés par une modification des formulations et des procédés[591] ». Après avoir étudié les risques bactériens, ils notaient en particulier : « On entend souvent dire que l'ajout d'un additif nitré serait essentiel pour protéger contre le botulisme ou d'autres intoxications alimentaires. Au vu des données épidémiologiques, cette affirmation est fausse[592]. »

Un groupe d'experts de haut niveau fut alors convoqué à Bruxelles afin de déterminer si la réglementation bio devait tolérer ou non l'emploi des additifs nitrés. La conclusion fut sans équivoque : « Le groupe recommande que le nitrate et le nitrite soient éliminés des produits bio, dans un laps de temps raisonnable[593]. » Les experts recommandaient que soit mis en place « un programme de formation générale efficace, destiné à apprendre aux fabricants de charcuteries bio comment utiliser d'autres techniques de fabrication ainsi que les règles d'hygiène[594] ». Les experts estimaient que cela pourrait favoriser le développement d'une charcuterie bio saine et exigeante dans tous les États membres de l'Union européenne. Ils donnaient un exemple : « Au Danemark, depuis plus de dix ans, les additifs nitrés ne sont plus utilisés dans la filière bio. Cela a entraîné le développement d'une filière de charcuterie bio de bonne qualité qui connaît une croissance économique rapide[595]. »

Réalisé à la demande des plus hautes autorités européennes, ce rapport d'expertise a été achevé en 2007. Aujourd'hui, il est totalement oublié. Comment expliquer qu'il ait été tout bonnement enterré ?

Le label bio ne protège pas des lobbies !

En février 2008, la Commission européenne a rappelé que le groupe d'experts spécialisés avait « recommandé de supprimer, dans un délai raisonnable, l'utilisation du nitrite de sodium et du nitrate de potassium dans les produits biologiques à base de viande[596] ». Mais cette mesure n'a jamais été appliquée, car des industriels s'y opposèrent de toutes leurs forces. Les fabricants britanniques, par exemple, affirmèrent que l'interdiction des additifs nitrés allait « ruiner l'industrie du bacon bio, alors qu'elle est en pleine expansion[597] » et conduire à « l'effondrement du marché du bacon bio[598] ».

Au Royaume-Uni, les expertises scientifiques montraient pourtant qu'il était parfaitement possible de fabriquer du bacon sans recourir aux additifs nitrés[599], et les spécialistes avaient prouvé à de multiples reprises que les additifs nitrés pouvaient être progressivement éliminés tout en assurant une parfaite sécurité sanitaire[600]. Mais les lobbyistes ont sorti de leur poche le joker habituel. Ils ont fait croire que les additifs nitrés étaient le seul moyen de combattre des bactéries qui attendraient, tapies dans les rayons des magasins, prêtes à tuer les imprudents qui oseraient manger du bacon non nitrité[601]. Qu'importe que les microbiologistes aient prouvé à maintes reprises que les additifs pouvaient être supprimés si les fabricants employaient les méthodes adéquates, les industriels et leurs consultants ont juré qu'ils n'en étaient tout simplement pas capables avant de remarquer, l'air de rien, que d'après eux « la plupart des gens n'accepteraient probablement pas d'acheter du bacon grisâtre, car ce n'est pas appétissant[602] ».

À l'été 2008, la presse professionnelle expliquait que les fabricants britanniques étaient « en guerre contre la Commission européenne qui propose que l'usage des additifs nitrés soit interdit en bio d'ici la fin 2010. Ils craignent que cela détruise tout le secteur[603] ».

Sous la pression des lobbyistes, la Commission européenne décida d'accorder un premier délai à l'industrie. Une fois ce délai arrivé à son terme, les industriels obtinrent un deuxième moratoire. À la fin de l'année 2010, la presse professionnelle notait que les responsables de la filière donnaient l'impression de « vouloir retarder éternellement la mise en œuvre de la réglementation qui prévoit l'interdiction des additifs nitrés à partir de 2011[604] ». Et ils y parvinrent : finalement, en 2014, la mise en œuvre de l'interdiction progressive des additifs nitrés en bio fut discrètement abandonnée. Sans que les consommateurs y prennent garde, le règlement prévu ne fut jamais appliqué. La volonté du législateur européen, pourtant clairement exprimée, puis confirmée par les experts, fut tout simplement jetée aux oubliettes !

Un réveil ? En France, la charcuterie bio à un tournant de son histoire

En 2017, en France, les rayons de charcuterie bio proposaient très peu de produits sans additifs nitrés. Les fabricants de charcuterie bio respectaient des doses maximales de nitrate et de nitrite inférieures à celles pratiquées en filière non bio (le terme spécialisé est « filière conventionnelle »), mais peu acceptaient de s'en passer.

Certaines marques bio proposaient des charcuteries sans additif nitré, telle la marque Bonneterre (groupe Bjorg) avec une quinzaine de références, notamment plusieurs sortes de jambon sec et de chorizo, ainsi que du jambon de Bayonne sans additif. La marque Bio-Verde était spécialisée en charcuteries d'importation. Elle proposait par exemple du chorizo espagnol, de la coppa italienne, plusieurs sortes de saucisson, du speck, du jambon de Parme, du jambon espagnol « serrano », le tout sans additif nitré[a]. La marque Luis Gil proposait également un excellent chorizo bio espagnol fabriqué suivant la recette traditionnelle, sans aucun additif. Les produits bio italiens étaient particulièrement bien représentés avec diverses sortes de saucissons, du jambon de Parme bio, du jambon de San Daniele bio, etc.

Mais du côté de la production bio française, notamment dans la catégorie des jambons cuits, l'offre bio demeurait généralement nitritée, en opposition avec les principes fondamentaux de la bio qui interdisent tout recours à un additif dangereux non indispensable[605]. La charcuterie bio française accusait ainsi un net retard par rapport à d'autres pays européens où les additifs nitrés avaient déjà été mis à l'écart pour les produits bio, totalement ou en partie (Danemark, Belgique, Allemagne, etc.).

Sous l'effet de la pression médiatique, des fabricants bio français ont réagi et ont retrouvé (ou ont mis au point) des procédés de fabrication qui permettent de se passer des additifs qui donnent naissance à des composés cancérogènes. À partir de 2017, le groupe Biocoop a ainsi commercialisé du jambon sans nitrate ni nitrite. De 2020 à 2021, la mission parlementaire initiée par le député Richard Ramos a examiné le scandale des additifs nitrés en bio et s'est étonnée que le consommateur ne soit pas mieux informé des risques associés à leur emploi. Fin 2020, lors de son audition à l'Assemblée nationale, le PDG de Biocoop s'est donc solennellement engagé devant les parlementaires. Il a déclaré : « Pour être très clair, Biocoop souhaite retirer les sels nitrités dans la charcuterie d'ici deux à trois ans. On a démarré il y a quelques années, en 2017 [...]. Notre objectif est que d'ici mars 2021, 45 % de nos références soient sans sel nitrité et on vise 100 % d'ici 2022[606]. »

a. Le jambon de Parme est obligatoirement fabriqué sans recourir au nitrate ni au nitrite, en revanche le jambon espagnol « serrano » est généralement nitraté.

L'usage des additifs nitrés en bio est-il vraiment conforme à la réglementation ? Pas sûr !

Dans un comparatif réalisé en 2021, l'association de consommateurs *UFC-Que choisir* a souligné que les jambons secs sans additifs nitrés obtenaient de bons résultats aux tests de dégustation. L'échantillon retenu comportait aussi bien du Bayonne sans additif de la filière conventionnelle que du Bayonne nitraté de la filière bio. *Que choisir* s'étonnait que du jambon de Bayonne sous « signe de qualité » (c'est le terme officiel pour les produits bio et ceux sous label rouge) soit encore nitraté… alors que dans la gamme conventionnelle, des marques en avaient déjà été débarrassées. « Dommage que les jambons sous signe de qualité ne s'en soient pas affranchis[607] », soulignait le magazine. Allons plus loin, cette situation est proprement inacceptable. Elle pourrait même poser question en matière de légalité, car la réglementation bio européenne interdit explicitement l'emploi d'un additif nitré lorsqu'il est possible de s'en passer. À propos du nitrate d'une part, et du nitrite d'autre part, les textes officiels disent que l'additif « ne peut être employé que s'il a été démontré à la satisfaction de l'autorité compétente qu'il n'existe aucune alternative technologique donnant les mêmes garanties sanitaires et/ou permettant de maintenir les caractéristiques propres du produit[608] ».

En 2018, le sénateur Christian Cambon (Les Républicains) s'est inquiété de l'usage des additifs nitrés dans la charcuterie bio. Après avoir rappelé l'état des connaissances scientifiques en matière de risque de cancer, il a interpellé le gouvernement en rappelant que le nitrite de sodium « peut servir de conservateur, mais en réalité ce nitrite permet de préserver la couleur rose du jambon. En plus de l'asymétrie d'information pour le consommateur que constitue cet ajout, il y a un risque médical[609] ». Le gouvernement a répondu qu'« il était admis jusqu'à présent qu'il n'existait pas d'alternative naturelle efficace et satisfaisante[610]. » Dans sa réponse publiée au *Journal officiel du Sénat*, le gouvernement a indiqué faire procéder à « un état des lieux » afin de pouvoir décider s'il était encore possible de considérer qu'il n'y avait aucune façon satisfaisante de produire des charcuteries sans recourir aux additifs nitrés. Le gouvernement annonçait demander une expertise officielle par l'autorité spécialisée en bio, l'INAO. La réponse du gouvernement indiquait que « si les résultats de cette expertise démontraient que des alternatives existent à l'utilisation de nitrates, les autorités compétentes pour l'agriculture biologique en France [...] seraient alors fondées à ne plus autoriser l'utilisation de cet additif pour la fabrication de produits biologiques[611] ».

Qu'est-il advenu de ladite expertise ? Elle n'a pas été réalisée. L'organisme qui devait la coordonner (l'INAO) a postulé qu'il n'y avait « pas d'éléments nouveaux sur des alternatives possibles[612] ». En conséquence, l'« état des lieux » annoncé par le Gouvernement n'a jamais été effectué, et l'INAO continue d'autoriser l'emploi des additifs nitrés dans la charcuterie bio.

Lorsqu'on lui rappelle que dans les magasins bio coexistent des charcuteries avec additif et sans additif, le responsable des filières bio de l'INAO indique que « certains opérateurs travaillent beaucoup sur la qualité de la matière première, mais cela a un coût[613] ». Selon lui, ce surcoût présente le risque « d'empêcher le grand public d'avoir accès à l'alimentation bio[614] » et de « casser la dynamique de la bio[615] ».

La réglementation européenne bio a beau interdire l'emploi du nitrate et du nitrite lorsqu'ils ne sont pas indispensables[616]... l'INAO semble faire comme si cette réglementation n'existait pas. L'INAO paraît donner la priorité au développement économique et commercial. Sur le long terme, il n'est pas certain que la filière porcine bio sorte gagnante de cette scandaleuse indulgence (ou indigence ?) des autorités. Car les consommateurs français finiront bien par comprendre que les charcuteries « bio » sont souvent fabriquées avec des additifs qui ne sont pas indispensables et dont personne, aujourd'hui, ne peut honnêtement nier l'effet cancérogène.

*

L'effet cancérogène des additifs nitrés associés à la matière carnée a commencé à être clairement identifié il y a cinquante ans. Certains lobbyistes espèrent bien qu'à force de roublardise, le répit mortifère qui leur est accordé pourra se prolonger indéfiniment. Les consommateurs vont-ils continuer à l'accepter ? Le moment est venu que les victimes se fassent entendre !

Notes

Prologue

[1] Friedrich Glage, *Die Konservierung der roten Fleischfarbe. Eine einfache Methode zur Erzeugung hochroter Fleisch und Wurstfarbe*, R. Schoetz, 1909 ; Georges Doran, « Art of curing meats », brevet obtenu aux États-Unis en 1917 (US Patent n° 1212614).

[2] Frédéric Bordas, « Les nitrites dans les saumures », rapport au Conseil supérieur d'hygiène publique de France (1934), reproduit dans les *Annales d'hygiène publique, industrielle et sociale*, tome 13, février 1935.

[3] *Ibid.*

[4] *Ibid.*

[5] *Ibid.*

[6] « Begründung des Nitritgesetzes », *Reichsanzeiger*, nr. 144, 23 juin 1934.

[7] Sur le trafic de nitrite vendu sous le manteau, voir Raphael Koller, *Salz, Rauch und Fleisch*, Das Bergland-Buch, 1941.

[8] Lettre du ministre de l'Agriculture au ministre de la Santé publique, 7 janvier 1957 (Archives nationales 880495/7P533).

[9] « Utilisation du sel nitrité pour la préparation des viandes et des denrées à base de viande », arrêté du 8 décembre 1964 (*Journal officiel*, 5 janvier 1965, p. 119).

[10] « Rapport au sujet de l'emploi du sel nitrité », *Bulletin de l'Académie nationale de médecine*, séance du 23 juin 1964, 128e année, 3e série, tome 148, n° 21-22.

[11] *Ibid.*

[12] Lettre de la Fédération nationale de l'industrie de la salaison, de la charcuterie en gros et des conserves de viandes au ministère

de l'Agriculture, 4 juin 1963 (Archives nationales 830510/11-3Cons11). (Souligné par nos soins.)

[13] Les chiffres présentés ici sont ceux donnés par le syndicat de la charcuterie industrielle française. (*Les engagements des entreprises de la FICT pour le développement durable*, FICT, décembre 2021, p. 7.)

[14] ANSES, *Évaluation des risques liés à la consommation de nitrates et nitrites. Avis révisé de l'ANSES et rapport d'expertise collective*, juillet 2022, p. 21.

[15] Commission des affaires économiques, *Rapport d'information sur les sels nitrités dans l'industrie agroalimentaire*, Assemblée nationale, janvier 2021, p. 35 et p. 60.

[16] Les autorités françaises permettent l'utilisation d'additif nitré dans la filière bio, avec des taux d'incorporation inférieurs à ceux pratiqués dans la filière conventionnelle mais qui n'empêchent pas la formation de composés nitrosés cancérogènes. (Commission des affaires économiques, *Rapport d'information sur les sels nitrités dans l'industrie agroalimentaire*, *op. cit.*, p. 34-35.)

[17] Sur quarante-cinq cahiers des charges « Label Rouge » consacrés aux produits de charcuterie et de salaison, seulement six interdisent les additifs nitrés. (Commission des affaires économiques, *Rapport d'information sur les sels nitrités dans l'industrie agroalimentaire*, *op. cit.*, p. 35 et p. 60.)

[18] Marie Cadoux, « Au rayon charcuterie libre-service, les industriels font de la résistance », *LSA-Libre service actualités*, 2 novembre 2022.

[19] *Les engagements des entreprises de la FICT pour le développement durable*, *op. cit.*, p. 46.

[20] William Crowe *et al.*, « A review of the in vivo evidence investigating the role of nitrite exposure from processed meat consumption in the development of colorectal cancer », *Nutrients*, novembre 2019, 11, 2673.

[21] William Crowe *et al.*, « Dietary inclusion of nitrite-containing frankfurter exacerbates colorectal cancer pathology and alters metabolism in APCmin mice », *npJ Science of Food*, décembre 2022.

[22] Voir Eloi Chazelas *et al.*, « Nitrites and nitrates from food additives and natural sources and cancer risk : results from the NutriNet-Sante cohort », *International Journal of Epidemiology*, mars 2022.

[23] Klaus Lauer, « Dietary changes in temporal relation to multiple sclerosis in the Faroe Islands. An evaluation of literary sources », *Neuroepidemiology*, 8, 1989 ; Klaus Lauer, « The history of nitrite in human nutrition : a contribution of German cookery books », *Journal of Clinical Epidemiology*, 44, 3, 1991.

[24] Estimation de la part des charcuteries nitrées dans les produits commercialisés en France d'après la commission des affaires économiques, *Rapport d'information sur les sels nitrités dans l'industrie agroalimentaire*, *op. cit.*, p. 31.

[25] Voir Eloi Chazelas *et al.*, « Nitrites et nitrates provenant d'additifs alimentaires et de sources naturelles et risque de cancer : résultats de la cohorte NutriNet-Santé », *Nutrition clinique et Métabolisme*, volume 36, n° 1, février 2022.

[26] *Les engagements des entreprises de la FICT pour le développement durable*, *op.cit.*, p. 12 et 35.

Chapitre 1 : Le nitrite de sodium pur, un poison plein de (mauvaises !) surprises

[27] Frédéric Bordas, « Les nitrites dans les saumures », *op. cit.* Friedrich Auerbach et Gustav Riess, « Das Verhalten von Salpeter und Natriumnitrit bei der Pökelung von Fleisch », *Zeitschrift für angewandte Chemie*, 1922.

[28] Jacqueline Verrett et Jean Carper, *Eating may be hazardous to your health*, Simon and Schuster, 1974, p. 138.

[29] Adiba Matin *et al.*, « Survival after self-poisoning with sodium nitrite : A case report », *Journal of the American College of Emergency Physicians Open*, 17 mars 2022.

[30] Michael Ranken indique que la dose mortelle est de 1 gramme (Michael Ranken, *Handbook of Meat Product Technology*, Blackwell, 2000, p. 54). D'autres publications situent la dose létale entre 0,7 gramme et 6 grammes. (Voir par exemple Gunter Rentsch *et al.*, « Über Vergiftung mit reinem Natriumnitrit sowie einen orientierenden Nitritnachweis am Krankenbett », *Archiv für Toxicologie*, 17, 1958 ; Dana Saleh *et al.*, « Methemoglobinemia caused by sodium nitrite overdose, *Canadian Medical Association Journal*, 8 août 2022.)

[31] Jessica Workum *et al.*, « Auto-intoxicatie met "zelfmoord-poeder" », *Nederlands Tijdschrift voor Geneeskunde*, 2019, n° 163.

[32] T. McQuiston, « Fatal poisoning by sodium nitrite », *The Lancet*, 14 novembre 1936, p. 1153.

[33] « Three deaths from sodium nitrite, *The Times*, 19 août 1936, p. 7.

[34] A. Scholes, « Poisoning by sodium nitrite », *The Analyst*, 1936, vol. 61, p. 685.

[35] « Three deaths from sodium nitrite, *op. cit.*

[36] W. Ten Brink *et al.*, « Nitrite poisoning caused by food contaminated with cooling fluid », *Clinical Toxicology*, 1982, 19.

[37] Thomas Chan, « Food-borne nitrates and nitrites as a cause of methemoglobinemia », *Southeast Asian Journal of Tropical Medicine*, vol. 27, n° 1, mars 1996 ; G. Askew *et al.* « Boilerbaisse : an outbreak of methemoglobinemia in New Jersey in 1992 », *Pediatrics*, 1994, 94.

[38] « Nitrite de sodium », Fiche toxicologique n° 169, Institut national de recherche et de sécurité, juillet 2021.

[39] Voir Minori Nishiguchi *et al.*, « An Autopsy Case of Fatal Methemoglobinemia due to Ingestion of Sodium Nitrite », *Journal of Forensic Research*, vol. 6, n° 1, 2015 ; Pour une liste d'empoisonnements, voir Sally Bradberry *et al.*, « Methemoglobinemia caused by the accidental contamination of drinking water with sodium nitrite », *Clinical Toxicology*, vol. 32, n° 2, 1994.

[40] Luisa Regimenti *et al.*, « Nitrite de sodium », Question parlementaire à la Commission européenne avec demande écrite E-003187/2021, Parlement européen, juin 2021.

[41] Diana Duong, « Troubling rise in suicides linked with common food preservative », *Journal de l'association médicale canadienne*, 194, 8 août 2022.

[42] « Govt halts distribution of Dutch salts », *Exit International Newsletter*, janvier-avril 2018, p. 8.

[43] Maud Effting et Anneke Stoftelen, « Was de zelfdoding van hun 19-jarige dochter een oprechte doodswens of werd ze op het idee gebracht ? », *De Volkskrant*, 16 mars 2018 ; Erik Luiten, « Ximena uit Uden kon voor 1,55 euro zelfmoordpoeder kopen, vader reageert op stop verkoop aan particulieren », *Brabants Dagblad*, 16 mars 2018.

[44] Valentina Bugelli *et al.*, « Four cases of sodium nitrite suicidal ingestion : A new trend and a relevant forensic pathology and toxicology challenge », *Legal Medicine*, vol. 59, novembre 2022.

[45] Carlos Durão *et al.*, « Another suicide by sodium nitrite and multiple drugs : an alarming trend for "exit" ? », *Forensic Science, Medicine, and Pathology*, novembre 2020, 17(2) ; Carlos Durão *et al.*, « A fatal case by a suicide kit containing sodium nitrite ordered on the Internet », *Journal of Forensic and Legal Medicine*, vol. 73, juillet 2020.

[46] Christine Tournoud *et al.*, « Suicide par ingestion de sels de nitrites : c'est possible ! », *Toxicologie analytique et clinique*, septembre 2021, 33(3) ; Dominique Vodovar *et al.*, « Severe

intentional sodium nitrite poisoning is also being seen in France », *Clinical Toxicology*, vol. 60, n° 2, 2022.

[47] Milo Boyd, Martyn Halle et Amy Sharpe, « I found my 23-year-old son dead after he killed himself with £8 substance », *Mirror*, 21 novembre 2020.

[48] Voir la lettre du directeur de eBay (UK) Limited à JR Leslie Hamilton, HM Coroner, « Re Jason Thompson (deceased) – Sodium Nitrite », 8 janvier 2021. En ligne https ://www.judiciary.uk/wp-content/uploads/2020/12/2020-0246-Response-from-Ebay-UK-Ltd-Redacted.pdf

[49] « Mal-être. L'inquiétant succès d'un site qui promeut le suicide », *Courrier international*, 22 décembre 2021 ; Sean McCann *et al.* « Rising incidence and high mortality in intentional sodium nitrite exposures reported to US poison centers », *Clinical Toxicology*, vol. 59, n° 12, 2021.

[50] Jae Chol Yoon et So Eun Kim, « Suicide attempt using sodium nitrite ordered on the Internet : Two case reports », *Medicine*, vol. 101, n° 28, 15 juillet 2022.

[51] Tyler Hickey *et al.*, « Fatal methemoglobinemia : A case series highlighting a new trend in intentional sodium nitrite or sodium nitrate ingestion as a method of suicide », *Forensic Science International*, vol. 326, septembre 2021.

[52] Anita Mudan *et al.*, « Severe methemoglobinemia and death from intentional sodium nitrite ingestions », *The Journal of Emergency Medicine*, vol. 59, n° 3, septembre 2020.

[53] Ngozi Ezike, « Health alert : recently reported cases of profound methemoglobinemia secondary to sodium nitrite ingestion », Illinois Department of Public Health, 11 décembre 2019.

[54] Shafiq Najib et Chelsea White, « Empire actress Lindsey Pearlman's cause of death revealed 6 months after she was found dead at 43 », *People*, 15 août 2022 ; Josh Fiallo, « Empire Actress'

sodium nitrite suicide is part of a disturbing trend », *The Daily Beast*, 16 août 2022.

[55] Megan Twohey et Gabriel Dance, « Where the despairing log on, and learn ways to die », *The New York Times,* 9 décembre 2021.

[56] Megan Twohey et Gabriel Dance, « Lawmakers press amazon on sales of chemical used in suicides », *The New York Times*, 4 février 2022.

[57] Joe Hernandez, « A parents' lawsuit accuses Amazon of selling suicide kits to teenagers », npr.org, 9 octobre 2022.

[58] « A malicious hand at pillow side », China Radio International, 30 août 2010.

[59] « Chine : un instituteur arrêté pour avoir empoisonné 23 élèves », *Le Figaro*, 2 avril 2019.

[60] Austin Ramzy, « Teacher in China is sentenced to death for poisoning 25 students », *The New York Times*, 29 septembre 2020.

[61] Voir « Modification du tableau C (section I) des substances vénéneuses », arrêté du 15 septembre 1964, *Journal officiel*, 3 octobre 1964, p. 8924.

[62] « Bundesratsverordnungen betr. gesundheitsschädlicher und täuschender Zusätze zu Fleisch und dessen Zubereitungen, und betr. Ergänzung der Ausführungsbestimmungen D. zum Schlachtvieh- und Fleischbeschaugesetze », 14 décembre 1916, dans *Reichsgesetzblatt*, p. 1359, *Zentralblatt für das Deutsche Reich*, p. 532, et *Veröff. d. kais. Gesundheitsamts*, 1917, p. 28.

[63] Leopold Pollak, « Über vergleichende Pökelversuche von Fleisch unter Zusatz von Salpeter und Natriumnitrit zur Lake », *Zeitschrift fur angewandte Chemie*, n° 39, 1922, p. 229.

[64] Friedrich Auerbach et Gustav Riess, « Das Verhalten von Salpeter und Natriumnitrit bei der Pökelung von Fleisch », *Zeitschrift für angewandte Chemie*, 1922

[65] Voir Raphael Koller, *Salz, Rauch und Fleisch*, *op. cit.*

[66] Dietrich Milles, « History of toxicology », dans Hans Marquardt *et al.* (dir), *Toxicology*, Academic Press, 1999, p. 21 ; Günter Rentsch *et al.*, « Über Vergiftung mit reinem Natriumnitrit sowie einen orientierenden Nitritnachweis am Krankenbett », *Archiv für Toxicologie*, vol. 17, 1958, p. 17.

[67] La dose de référence est fixée à 0,5 %. En mêlant 20 grammes de ce mélange à un kilo de chair à saucisse, l'industriel ajoutera donc seulement 100 milligrammes de nitrite de sodium. En langage technique, cette dose est notée 100 ppm (parts-per-million). Voir Karl-Otto Honikel, « The use and control of nitrate and nitrite for the processing of meat products », *Meat Science*, vol. 78, 2008, p. 70 ; O. Büch, « Massenvergiftung durch Natriumnitrit », *Archives of Toxicology*, vol. 14, n° 2, 1952.

[68] « Nitritgesetze », 18 juin 1934, *R.G.B.Z.* 1934 I 5/3 ; « Begründung des Nitritgesetzes », *Reichsanzeiger* n° 144 du 23 juin 1934. Depuis 1934, les règles en vigueur en Allemagne n'ont quasiment pas changé, malgré certains ajustements liés à l'harmonisation européenne. Voir Walter Vösgen, « Gift für die schöne dauerhafte Rotfärbung », *Fleischwirtschaft*, n° 2, 2010, p. 51-52.

[69] « Utilisation du sel nitrité pour la préparation des viandes et des denrées à base de viande », arrêté du 8 décembre 1964, *Journal officiel*, 5 janvier 1965, p. 119.

[70] « Modification du tableau C (section I) des substances vénéneuses », *op. cit.*

[71] Louis Truffert, procès-verbal de la séance du Conseil supérieur d'hygiène publique de France, 12 janvier 1953.

[72] Voir Francelyne Marano, « Effets des faibles doses et relations "dose-effet" non monotones » dans Valérie Camel *et al.*, *Risques chimiques liés aux aliments*, Lavoisier, 2018, p. 415.

[73] Peter Magee et John Barnes, « The production of malignant primary hepatic Tumours in the rat by feeding dimethylnitrosamine », *British Journal of Cancer*, n° 10, 1956.

[74] William Lijinsky, « *N*-nitrosamines as environmental carcinogens » dans Jean-Pierre Anselme (dir.), N-*Nitrosamines*, American Chemical Society, 1979, p. 165.

[75] La chronologie de la découverte (en 1974) des nitrosamines dans la fumée de cigarette est présentée au début de P. Finster, *Literature Study, N-Nitrosamines in Tobacco Products*, British American Tobacco, 1986.

[76] N. Böhler, « En ondartet leversykdom hos mink og rev », *Norsk Pelsdyrblad*, n° 34, 1960.

[77] Nils Koppang, « An outbreak of toxic liver injury in ruminants », *Nordisk Veterinaermedicin*, vol. 16, 1964 ; F. Ender *et al.*, « Isolation and identification of a hepatotoxic factor in herring meal produced from sodium nitrite preserved herring », *Naturwissenschaften*, 51, 1964.

[78] Raymond Bonnett *et al.*, « Reactions of nitrous acid and nitric oxide with porphyrins and haems. Nitrosylhaems as nitrosating agents », *Journal of the Chemical Society. Chemical Communications*, n° 21, 1975.

[79] Hermann Druckrey *et al.*, « Prüfung von Nitrit auf chronisch toxische Wirkung an Ratten », *Arzneimittel-Forschung*, janvier 1963, n° 13, Heft 4.

[80] *Ibid.*

[81] « Nitrites, nitrosamines, and cancer », *The Lancet*, 18 mai 1968.

Chapitre 2 : Nitrite et cancer : un cauchemar pour les décideurs

[82] Dennis Heath et Peter Magee, « Toxic properties of dialkylnitrosamines and some related compounds », *British Journal of Industrial Medicine*, 1962, 19, p. 278.

[83] William Lijinsky, « Possible formation of N-nitroso compounds from amines and nitrites », dans Bryan Tinbergen et Berend Krol, *Proceedings of the Second International Symposium on Nitrite in Meat Products*, Pudoc/Wageningen Centre for Agricultural Publishing and Documentation, 1977, p. 276.

[84] Voir Nathalie Jas, « Adapting to "reality" : the emergence of an international expertise on food additives and contaminants in the 1950s and early 1960s », dans Soraya Boudia et Nathalie Jas, dir., *Toxicants, Health and Regulation since 1945*, Pickering & Chatto, 2013.

[85] René Truhaut, « Survey of the hazards of the chemical age », *Pure and Applied Chemistry*, 1970, vol. 21, n° 3.

[86] *Ibid.*

[87] *Ibid.*

[88] *Ibid.*

[89] *Ibid.*

[90] « Nitrites, nitrosamines, and cancer », *The Lancet*, *op. cit.*

[91] Interview de René Truhaut dans « Dangereuses nitrosamines », *Médecine Mondiale*, n° 58, 1970, p. 91.

[92] L. G. Hanson, « Note for M. Propper for the Informal Meeting with Lord Trenchard, et al. Nitrosamines in Food », 22 janvier 1970, The National Archives (Londres) MAF 260 559 part 2.

[93] William Lijinsky cité dans Jacqueline Verrett et Jean Carper, *Eating may be hazardous to your health*, *op. cit.*, p. 136.

[94] Voir Sandrine Aumercier, « Edward L. Bernays et la propagande », *Revue du MAUSS*, 2007/2, n° 30.

[95] Voir par exemple Evan Binkerd et Olaf Kolari, « The history and use of nitrate and nitrite in the curing of meat », *Food and Cosmetics Toxicology*, vol. 13, 1975.

[96] Voir House of Representatives, Committee on Agriculture, *USDA/FDA Announcement on Nitrites and Related Issues*, US Government Printing Office, 1980.

[97] Elaine Williams et Robert Harkins, « The nitrite controversy », Grocery Manufacturers of America, Inc., février 1974, p. 28. (document disponible sur www.industrydocuments.library.ucsf.edu sous la référence lffv0228)

[98] Evan Binkerd cité dans Elaine Williams et Robert Harkins, « The nitrite controversy », *op. cit.*, p. 28.

[99] Jacqueline Verrett et Jean Carper, *Eating may be hazardous to your health*, *op. cit.*, p. 138.

[100] Richard Lechowich dans Subcommittee on Agricultural Research and General Legislation, *Food Safety and Quality – Nitrites*, US Government Printing Office, 1978, p. 53.

[101] Paul Newberne cité dans Philip Hilts, « The day bacon was declared poison », *Washington Post Magazine*, 26 avril 1981.

[102] Richard Lechowich dans Subcommittee on agricultural research and general legislation, *Food safety and quality – nitrites*, *op. cit.*

[103] *Manuel de l'apprenti charcutier*, Confédération de la charcuterie de France et de l'Union française, 1962, p. 78.

[104] *Ibid.*, p. 124, p. 154, p. 157.

[105] Voir par exemple Elaine Williams et Robert Harkins, « The nitrite controversy », *op. cit.*

[106] *Ibid.*

[107] Voir Guillaume Coudray, *Cochonneries*, *op. cit.*, p. 164-179.

[108] Robert Proctor, *Cancer Wars. How Politics Shapes What We Know and Don't Know About Cancer*, Basic Books, 1995, p. 81.

[109] Sur la clause d'exclusion (connue sous le nom de « grandfather clause ») et la question de son application au nitrite, voir Expert Panel on Nitrites and Nitrosamines, *Final Report on Nitrites and Nitrosamines. Report to the Secretary of Agriculture*, USDA, février 1978, p. 104-105 ; Committee on Government Operations, *Regulation of Food Additives – Nitrites and Nitrates, Nineteenth Report*, US GPO, 1972.

[110] La décision finale d'accorder le statut d'ingrédient « préalablement autorisé » (*"prior-sanctioned"*) a été publiée dans le *Journal officiel* américain (le *Federal Register*) le 14 janvier 1983, p. 1702-1705. Voir le *Code of Federal Regulations* : regulations 21 CFR 181.33 et 181.34. (Subpart B – Specific Prior-Sanctioned Food Ingredients).

[111] Voir les travaux listés dans William Crowe *et al.*, « A review of the in vivo evidence investigating the role of nitrite exposure from processed meat consumption in the development of colorectal cancer », *op. cit.* ; dans CIRC, *Evaluation of Consumption of Red Meat and Processed Meat,* IARC Monographs, vol. 114, Centre International de Recherche sur le Cancer, rapport final (2018) de l'évaluation conduite en 2015 ; dans Ana Rita Vieira *et al.*, « Foods and beverages and colorectal cancer risk : a systematic review and meta-analysis of cohort studies, an update of the evidence of the WCRF-AICR Continuous Update Project », *Annals of Oncology*, août 2017, 28.

[112] NTP (National Toxicology Program), *Technical Report on the Toxicology and Carcinogenesis Studies of Sodium Nitrite (CAS No. 7632-00-0) in F344/N Rats and B6C3F1 Mice (drinking water studies)*, NTP, mai 2001. Dans son évaluation de 2022, l'ANSES a souligné que l'évaluation du NTP ne permet pas d'évaluer l'impact des composés nitrosés. (ANSES, *Évaluation des risques liés à la consommation de nitrates et nitrites*, *op. cit.*, p. 16.)

[113] Irène Frachon, *Mediator 150 mg : combien de morts ?*, éditions Dialogues, 2010.

[114] Anne Jouan, « Le Mediator serait responsable de 500 à 1 000 décès en France », *Le Figaro*, 13 octobre 2010.

[115] « "Combien de morts ?", demandait le livre d'Irène Frachon sur le Mediator », *20 minutes*, 20 décembre 2010.

[116] *Ibid.*

[117] Marc Dantan et Irène Frachon, *Visages du Mediator*, éditions Prescrire, 2019.

[118] « “Combien de morts ?”, demandait le livre d’Irène Frachon sur le Mediator », *op. cit.*

[119] Dale Hattis, « The FDA and nitrate – A case study of violations of the food, drug and cosmetic act with respect to a particular food additive », dans Select Committee on Nutrition and Human Needs, *Nutrition and Human Needs*, partie 4C « Food additives », US Government Printing Office, 1972, p. 1693.

[120] *Ibid.*

[121] Mark Kurlansky, *Salt : A World History*, Jonathan Cape, 2002, p. 293-294.

[122] Klaus Lauer, « The history of nitrite in human nutrition : a contribution of German cookery books », *op. cit.* Voir également Guillaume Coudray, *Cochonneries*. La Découverte, 2017, p. 40-81.

[123] George Doran, « Art of curing meats », brevet déjà cité.

[124] CIRC, *Ingested Nitrate and Nitrite, and Cyanobacterial Peptide Toxins*, IARC Monographs, vol. 94, Centre international de recherche sur le cancer, (2006) 2010.

Chapitre 3 : Charcuteries et cancer : quels sont les risques ?

[125] Observatoire de la formation des prix et des marges des produits alimentaires, *Rapport au Parlement*, FranceAgriMer, 2022, p. 89.

[126] Commission des affaires économiques, *Rapport d’information sur les sels nitrités dans l’industrie agroalimentaire*, *op. cit.*, p. 31.

[127] ANSES, *Évaluation des risques liés à la consommation de nitrates et nitrites*, *op. cit.*, p. 21.

[128] Stéphane Mandard, « Le lien entre consommation de nitrites dans la charcuterie et cancer confirmé par les autorités sanitaires », *Le Monde*, 13 juillet 2022.

[129] Camille Dorioz cité par Stéphane Mandard, *ibid.*

[130] Communiqué de presse Foodwatch/Yuka/La Ligue contre le cancer, 12 juillet 2022.

[131] *Ibid.*

[132] Charlène Catalifaud, « Dans les cancers évitables, la France est anormalement inefficace dans sa lutte contre l'alcool, déclare le Pr Axel Kahn », *Le Quotidien du médecin*, 20 décembre 2019.

[133] Marion Bargiacchi, « La Ligue contre le cancer en lutte contre les nitrites dans nos jambons », France Bleu, 20 novembre 2019.

[134] Parmi les produits commercialisés en Europe, les « *processed meats* » sont les seuls aliments classés comme « cancérogènes certains » par le Centre international de recherche sur le cancer. Le seul autre aliment reconnu comme cancérogène certain est le « poisson salé à la mode cantonaise », une spécialité qui n'est pas commercialisée hors de l'Asie. Voir CIRC, *Agents Classified by the IARC Monographs*, vol. 1-132, Centre international de recherche sur le cancer, 7 septembre 2022.

[135] CIRC, *Evaluation of Consumption of Red Meat and Processed Meat*, *op. cit.*

[136] Marc Colonna, « Épidémiologie » dans Jean-Luc Faucheron (dir.), *Cancérologie colorectale*, Elsevier-Masson, 2021.

[137] *Panorama des cancers en France*, Institut national du cancer, 2022.

[138] Yue Xi *et al.*, « Global colorectal cancer burden in 2020 and projections to 2040 », *Translational Oncology*, vol. 14, n° 10, octobre 2021.

[139] « Le cancer colorectal en hausse chez les moins de 50 ans », *Le Quotidien du médecin*, 23 mai 2019.

[140] Fanny Vuik *et al.*, « Increasing incidence of colorectal cancer in young adults in Europe over the last 25 years », *Gut*, 2019, 68.

[141] R. Winkler et H.P. Eichfuss, « Geschichte der Dickdarmchirurgie. dargestellt am Beispiel des Karzinoms. Historisches und Entwicklungstendenzen », *Medizinische Welt*, 28, 1977 (cité par

Klaus Lauer, « The history of nitrite in human nutrition : a contribution from German cookery books », *op. cit.*).

[142] Voir Robert Proctor, *Cancer Wars*, *op. cit.*, p. 25.

[143] Fatima Haggar et Robin Boushey, « Colorectal cancer epidemiology : incidence, mortality, survival, and risk factors », *Clinics in Colon and Rectal Surgery*, 2009, 22, 4.

[144] Denis Burkitt, « Epidemiology of cancer of the colon and rectum », *Cancer*, juillet 1971.

[145] William Haenszel *et al.*, « Large-bowel cancer in Hawaiian Japanese », *Journal of the National Cancer Institute*, vol. 51, n° 6, décembre 1973 ; Bruce Armstrong et Richard Doll, « Environmental factors and cancer incidence and mortality in different countries, with special reference to dietary practices », *International Journal of Cancer*, 15, 1975, p. 625.

[146] L. Meinsma, « Voeding en kanker. Verslag van een onderzoek naar de voeding en de voedingsgewoonten in een aantal stedelijke en plattelandsgebieden in Nederland, in verband met de sterfte aan maagkanker in deze gebieden (sept. 1958-juli 1960) », *Voeding*, 1964, vol. 25.

[147] Nicole Moll et Manfred Moll, *Additifs alimentaires et auxiliaires technologiques. Chimie et santé*, Masson, 1990, p. 45.

[148] *Food, nutrition and the prevention of cancer : a global perspective*, WCRF et American Institute for Cancer Research, 1997.

[149] « Recommandation n° 5 : limiter la consommation de viande rouge et éviter la charcuterie » dans WCRF, *Food, Nutrition, Physical Activity and the Prevention of Cancer : a Global Perspective*, World Cancer Research Fund & American Institute for Cancer Research, 2007, p. 382.

[150] CIRC, *Ingested nitrate and nitrite, and cyanobacterial peptide toxins*, *op. cit.*, p. 325.

[151] *Ibid.*, p. 296.

[152] Question écrite de Chantal Robin-Rodrigo (socialiste, Hautes-Pyrénées) publiée au *Journal officiel* le 19 décembre 2006.

[153] *Bilan d'activité*, IFIP-Institut du porc, Paris, 2012, p. 23.

[154] Voir *Les engagements des entreprises de la FICT pour le développement durable*, *op. cit.*, p. 12 et 35.

[155] Le dernier rapport du WCRF est *Diet, Nutrition, Physical Activity and Cancer : a Global Perspective*, WCRF, 2018. Le rapport final du CIRC a été publié la même année : Centre International de Recherche sur le Cancer, *Evaluation of consumption of red meat and processed meat*, *op. cit.*

[156] Institut national du cancer, *Nutrition & prévention des cancers : des connaissances scientifiques aux recommandations*, INCa-NACRE-AFFSA-INPES-InVS, 2009, p. 26.

[157] Stéphanie Bérubé, « Fini les charcuteries pour les petits ? », *La Presse*, 20 août 2009.

[158] Conseil supérieur de la santé (Bruxelles), *Viande rouge, charcuterie à base de viande rouge et prévention du cancer colorectal*, Avis n° 8858, 4 décembre 2013, p. 2.

[159] Jérôme Santolini, mémorandum « Additifs nitrés ». Assemblée nationale, octobre 2020.

[160] *Ibid.*

[161] Commission des affaires économiques, *Rapport d'information sur les sels nitrités dans l'industrie agroalimentaire*, *op. cit.*

[162] Ian Johnson, « The cancer risk related to meat and meat products », *British Medical Bulletin*, vol. 121, n° 1, janvier 2017.

[163] Farhad Islami *et al.*, « Proportion and number of cancer cases and deaths attributable to potentially modifiable risk factors in the United States », *CA : a cancer journal*, vol. 68, n° 1, janvier-février 2018, p. 39.

[164] *Ibid.*, p. 38-39.

[165] David Kim *et al.*, « Cost effectiveness of nutrition policies on processed meat : implications for cancer burden in the

U.S. », *American Journal of Preventive Medicine*, vol. 57, n° 5, novembre 2019, p. 6.

[166] Sabine Rohrmann *et al.*, « Meat consumption and mortality - results from the European Prospective Investigation into Cancer and Nutrition », *BMC Medicine*, 2013, 11, 63.

[167] D'après l'étude *Global Burden of Disease* de l'IHME (*Institute for Health Metrics and Evaluation*) citée par Jérôme Santolini, « Additifs nitrés dans les charcuteries : quelle information scientifique pour quelle politique publique ? », *The Conversation*, 26 novembre 2020.

[168] « IARC monographs evaluate consumption of red meat and processed meat », communiqué de presse, Centre International de Recherche sur le Cancer, 26 octobre 2015.

[169] Kathryn Bradbury *et al.*, « Diet and colorectal cancer in UK Biobank : a prospective study », *International Journal of Epidemiology*, avril 2019.

[170] *Ibid.*

[171] *Étude individuelle nationale des consommations alimentaires 3 (INCA 3) Avis et rapport d'expertise collective*, ANSES, juin 2017, p. 132.

[172] *Étude Esteban 2014-2016, Volet Nutrition – Surveillance épidémiologique. Adéquation aux nouvelles recommandations alimentaires des adultes âgés de 18 à 54 ans vivant en France*, Santé publique France, janvier 2019.

[173] Jérôme Santolini, mémorandum « Additifs nitrés », *op. cit.*

[174] *Les cancers attribuables au mode de vie et à l'environnement en France métropolitaine*, Centre international de recherche sur le cancer et Institut national du cancer, 2018.

[175] Elio Riboli, « Cancer de l'estomac », dans Elio Riboli *et al.*, *Alimentation et cancer. Évaluation des données scientifiques*, Lavoisier, 1996, p. 118-119.

[176] WCRF, *Food, Nutrition, Physical Activity and the Prevention of Cancer : a Global Perspective*, *op. cit.*

[177] Continous Update Project (CUP*)*, voir https ://www.wcrf.org/dietandcancer/exposures/meat-fish-dairy

[178] « Refrigeration credited for decline of stomach cancer in US », *Medical World News*, 10 février 1975 ; David Paik *et al.*, « The epidemiological enigma of gastric cancer rates in the US : was grandmother's sausage the cause ? », *International Journal of Epidemiology*, vol. 30, n° 1, 2001.

[179] EFSA Panel on Food Additives and Nutrient Sources added to Food (ANS), « Re-evaluation of potassium nitrite (E249) and sodium nitrite (E250) as food additives », *EFSA Journal*, 2017, 15, p. 76.

[180] Domenico Palli *et al.*, « O6-Alkylguanines, dietary N-nitroso compounds, and their precursors in gastric cancer », *Nutrition & Cancer*, 39, 2001.

[181] EFSA Panel on Contaminants in the Food Chain (CONTAM), « Draft scientific opinion on the human health risks related to the presence of N-nitrosamines (N-NAs) in food », octobre 2022, p. 78.

[182] ANSES, *Évaluation des risques liés à la consommation de nitrates et nitrites. op. cit.*, p. 184-185.

[183] *Ibid.*, p. 191. Voir Eloi Chazelas *et al.*, « Nitrites et nitrates provenant d'additifs alimentaires et de sources naturelles et risque de cancer : résultats de la cohorte NutriNet-Santé », *op. cit.*

[184] Rashmi Sinha *et al.*, « Meat and meat-related compounds and risk of prostate cancer in a large prospective cohort study in the United States », *American Journal of Epidemiology*, octobre 2009, 170, 9.

[185] Eloi Chazelas *et al.*, « Nitrites et nitrates provenant d'additifs alimentaires et de sources naturelles et risque de cancer : résultats de la cohorte NutriNet-Santé », *op. cit.*

[186] ANSES, *Évaluation des risques liés à la consommation de nitrates et nitrites*, *op. cit.*, p. 189.

[187] *Ibid.*, p. 182 ; *Avis révisé de l'ANSES*, juillet 2022, p. 14-15.

[188] *Ibid.*, p. 188. Voir Fei-Xiang Zhang *et al.*, « Association between nitrite and nitrate intake and risk of gastric cancer : a systematic review and meta-analysis », *Medical Science Monitor*, 25, 2019.

[189] Raphaelle Santarelli *et al.*, « Meat processing and colon carcinogenesis : cooked, nitrite-treated, and oxidized high-heme cured meat promotes mucin-depleted foci in rats », *Cancer Prevention Research*, vol. 3, n° 7, 2010.

[190] Renata Micha *et al.*, « Red and processed meat consumption and risk of incident coronary heart disease, stroke, and diabetes mellitus. A systematic review and meta-analysis », *Circulation*, juin 2010, vol. 121, n° 21 ; Keren Papier, « Meat consumption and risk of ischemic heart disease : A systematic review and meta-analysis », *Critical Reviews in Food Science and Nutrition*, juillet 2021.

[191] Voir Bernard Srour *et al.*, « Nitrites and nitrates from additives and natural sources and risk of cardiovascular outcomes », *European Journal of Public Health*, octobre 2022, 32, supplément 3.

[192] Bernard Srour *et al.*, « Nitrites, nitrates, and cardiovascular outcomes : are we living "La Vie en Rose" with pink processed meats ? », *Journal of the American Heart Association*, vol. 11, n° 24, décembre 2022.

[193] Voir par exemple Martin Lajous *et al.*, « Processed and unprocessed red meat consumption and incident type 2 diabetes among french women », *Diabetes Care*, janvier 2012, vol. 35, n° 1.

[194] Matthew Longnecker et Julie Daniels, « Environmental contaminants as etiologic factors for diabetes », *Environmental Health Perspectives*, vol. 109, décembre 2001.

[195] Bernard Srour *et al.*, « Nitrites and nitrates dietary exposure from natural sources and additives and type-2 diabetes risk », *European Journal of Public Health*, octobre 2022, 32, supplément 3.

[196] *Ibid.*

[197] Margaux de Frouville, « Bientôt un étiquetage obligatoire sur certains produits ? Ce que l'on sait des risques des nitrites pour notre santé », BFM TV, 3 décembre 2019.

[198] Marion Dietrich *et al.*, « A review : dietary and endogenously formed N-nitroso compounds and risk of childhood brain tumors », *Cancer Causes and Control*, 2005, n° 16. Pour une évaluation nuancée des preuves existantes concernant le lien entre consommation de charcuteries pendant la grossesse et la survenue de tumeurs chez les enfants issus desdites grossesses, voir Michael Huncharek et Bruce Kupelnick, « A meta-analysis of maternal cured meat consumption during pregnancy and the risk of childhood brain tumors », *Neuroepidemiology*, janvier-avril 2004.

[199] Hermann Druckrey *et al.*, « Prüfung von Nitrit auf chronisch toxische Wirkung an Ratten », *op. cit.*

[200] Susan Preston-Martin *et al.*, « Maternal consumption of cured meats and vitamins in relation to pediatric brain tumors », *Cancer Epidemiology, Biomarkers and Prevention*, vol. 5, n° 6, août 1996.

[201] Rachel Baldwin et Susan Preston-Martin, « Epidemiology of brain tumors in childhood – a review », *Toxicology and applied pharmacology*, 199, 2004. Sur la surveillance et les manipulations dont la chercheuse responsable de ces travaux (Susan Preston-Martin) a été victime de la part de lobbyistes américains des viandes nitrées, voir Guillaume Coudray, *Cochonneries*, *op. cit.*, p. 197-198 ; Sandrine Rigaud avec Guillaume Coudray, *Industrie agroalimentaire : business contre santé*, Premières Lignes / France Télévision, 2016.

[202] EFSA Panel on Contaminants in the Food Chain (CONTAM), « Draft Scientific Opinion on the human health risks related to the presence of N-nitrosamines (N-NAs) in food », *op. cit.*, p. 25.

[203] ANSES, *Évaluation des risques liés à la consommation de nitrates et nitrites. op. cit.*, p. 14 et 190. Voir Leslie Stayner *et al.*, « Exposure to nitrate from drinking water and the risk of childhood cancer in Denmark », *Environment International*, vol. 155, octobre 2021.

[204] ANSES, *Évaluation des risques liés à la consommation de nitrates et nitrites. op. cit.*, p. 15.

[205] Voir Francelyne Marano, « Effets des faibles doses et relations "dose-effet" non monotones », *op. cit*, p. 418 ; Paule Vasseur, « Évaluation des mélanges de contaminants chimiques dans les aliments », dans Valérie Camel *et al.*, *Risques chimiques liés aux aliments, op. cit*, p. 475-479.

[206] Isabelle Corpart, « Risques liés à l'ingurgitation de saucisses par une fillette », *Le Journal des accidents et des catastrophes*, 27 juin 2018.

[207] « Knacki Ball : Herta annonce une mention directe sur le risque possible d'étouffement », *Le Parisien*, 24 mai 2018.

[208] « Nitrates et nitrites : y a-t-il un lien entre les charcuteries et le cancer ? », *L'Alsace*, 12 juillet 2022.

[209] Chapitre IV, article 23, règlement (CE) n° 1333/2008 du Parlement européen et du Conseil du 16 décembre 2008 sur les additifs alimentaires.

[210] Dan Flynn, « Cancer warning labels sought for processed meat and poultry », *Food Safety News*, 5 décembre 2016.

[211] « California committee rejects controversial nitrite Prop 65 listing », *Chemical Watch*, 10 janvier 2017.

[212] Voir Institut national du cancer, *Nutrition et prévention des cancers : des connaissances scientifiques aux recommandations*, INCa, Paris, 2009, p. 24-25.

[213] Voir Daniel Demeyer, « Balancing the risks and benefits of unprocessed and processed red meat consumption for both consumers and the environment », *Meat Science*, 2010, 86, p. 529 ; Conseil supérieur de la santé, « Red meat, processed red meats

and the prevention of colorectal cancer », Service public fédéral santé publique, sécurité de la chaîne alimentaire et environnement/Conseil supérieur de la santé (Bruxelles), 2013.

[214] Voir la déclaration de Bernhard Url (EFSA) au Parlement européen – commission de l'environnement, de la santé publique et de la sécurité alimentaire (ENVI), 8 novembre 2022.

[215] *Les engagements des entreprises de la FICT pour le développement durable*, *op. cit.*, p. 7.

[216] D'après la directive 89/107/CEE du 21 décembre 1988 et le règlement (CE) n° 1333/2008.

Chapitre 4 : Nitrate, nitrite, composés nitrosés *: où est le danger ?*

[217] Voir Fabrice Pierre, « Produits carnés et risque de cancer : rôle du fer héminique et de la peroxydation lipidique », *Viandes et Produits Carnés*, novembre 2016.

[218] Jérôme Santolini, « Additifs nitrés dans les charcuteries : quelle information scientifique pour quelle politique publique ? », *op. cit.*

[219] CIRC, *Ingested nitrate and nitrite, and cyanobacterial peptide toxins*, *op. cit.*, p. 296.

[220] William Lijinsky, « N-Nitroso compounds in the diet », *Mutation Research*, n° 443, 1999.

[221] EFSA Panel on Contaminants in the Food Chain (CONTAM), « Draft scientific opinion on the human health risks related to the presence of N-nitrosamines (N-NAs) in food », *op. cit.*, p. 119.

[222] *Ibid.*

[223] ANSES, *Évaluation des risques liés à la consommation de nitrates et nitrites*, *op. cit.*, p. 44.

[224] Centre d'excellence des professions culinaires (CEPROC), « Évaluation du risque lié aux nitrosamines dans les produits à

base de viande », *La Lettre de l'innovation du CEPROC*, n° 17, novembre 2006.

[225] *Guide de bonnes pratiques de cuisson des charcuteries au barbecue*, disponible sur le site https ://www.fict.fr/wp-content/uploads/2022/05/cuisson-des-charcuteries-au-bbq-fict-mai-2022.pdf

[226] Centre d'excellence des professions culinaires (CEPROC), « Évaluation du risque lié aux nitrosamines dans les produits à base de viande », *op. cit.*

[227] H. Deierling *et al.*, « Nitrosamine in Lebensmitteln », *Lebensmittelchemie*, 51, 1997 ; Karl-Otto Honikel, « The use and control of nitrate and nitrite for the processing of meat products », *Meat Science*, vol. 78, 2008, p. 75.

[228] Susan Searles Nielsen *et al.*, « Childhood brain tumors and maternal cured meat consumption in pregnancy : differential effect by glutathione S-transferases », *Cancer Epidemiology, Biomarkers & Prevention*, novembre 2011 ; Jos Kleinjans, « Fetal exposure to dietary carcinogens and risk of childhood cancer : what the NewGeneris project tells us », *British Medical Journal*, 351, août 2015.

[229] EFSA Panel on Contaminants in the Food Chain (CONTAM), « Draft scientific opinion on the human health risks related to the presence of N-nitrosamines (N-NAs) in food », *op. cit.*, p. 26.

[230] William Lijinsky, « N-Nitroso compounds in the diet », *op. cit.*, p. 132.

[231] Voir par exemple Susan Preston-Martin *et al.*, « Maternal consumption of cured meats and vitamins in relation to pediatric brain tumors », *op. cit.* ; William Lijinsky, « N-Nitroso compounds in the diet », *op. cit.*

[232] ANSES, *Évaluation des risques liés à la consommation de nitrates et nitrites. op. cit.*, p. 43.

[233] *Ibid.* ; voir également Rachel Baldwin et Susan Preston-Martin, « Epidemiology of brain tumors in childhood – a review », *op. cit.*

[234] EFSA Panel on Contaminants in the Food Chain (CONTAM), « Draft scientific opinion on the human health risks related to the presence of N-nitrosamines (N-NAs) in food », *op. cit.*, p. 29.

[235] Ronald Pegg et Fereidoon Shahidi, *Nitrite Curing of Meat – The N-nitrosamines problem and nitrites alternatives*, Food and Nutrition Press, 2000, p. 13.

[236] ANSES, *Évaluation des risques liés à la consommation de nitrates et nitrites. op. cit.*, p. 44-45.

[237] Rachel Baldwin et Susan Preston-Martin, « Epidemiology of brain tumors in childhood – a review », *op. cit.*

[238] Océane Martin, *Promotion de la cancérogenèse colorectale par le fer héminique des viandes : prévention nutritionnelle, rôle du microbiote et de l'inflammation*, Université de Toulouse, 2015, p. 41 ; Nadia Bastide, *Fer héminique et cancérogenèse colorectale. Étude des mécanismes et recherche de stratégies préventives*, Université de Toulouse, 2012, p. 36-37 et 144-145 ; ANSES, *Évaluation des risques liés à la consommation de nitrates et nitrites. op. cit.*, p. 46 et p. 153.

[239] Jérôme Santolini, mémorandum « Additifs nitrés », *op. cit.*

[240] Voir Raphaelle Santarelli *et al.*, « Meat processing and colon carcinogenesis : cooked, nitrite-treated and oxidized high-heme cured meat promotes mucin depleted foci in rats », *op. cit.*

[241] ANSES, *Évaluation des risques liés à la consommation de nitrates et nitrites. op. cit.*, p. 45.

[242] Gunter Kuhnle et Sheila Bingham, « Dietary meat, endogenous nitrosation and colorectal cancer », *Biochemical Society Transactions*, vol. 35, n° 5, novembre 2007.

[243] C'est pourquoi le CIRC a classé la viande rouge non traitée en catégorie « probablement cancérogène ». Voir CIRC, *Evaluation of Consumption of Red Meat and Processed Meat*, *op. cit.*

[244] Voir par exemple Lucien Meslé et Pierre Zert, *Étude de la salaison*, Centre technique de la charcuterie, de la salaison et des conserves de viandes, 1962, p. 20.

[245] Gunter Kuhnle et Sheila Bingham, « Dietary meat, endogenous nitrosation and colorectal cancer », *op. cit.*

[246] Océane Martin, *Promotion de la cancérogenèse colorectale par le fer héminique des viandes, op. cit.*, p. 41.

[247] Nadia Bastide *et al.*, « A central role for heme iron in colon carcinogenesis associated with red meat inter », *Cancer Research*, vol. 75, n° 5, mars 2015 ; Nadia Bastide *et al.*, « Heme iron from meat and risk of colorectal cancer : a meta-analysis and a review of the mechanisms involved », *Cancer Prevention Research*, vol. 4, n° 2, 2011.

[248] Tina Kostka *et al.*, « Synthesis and in vitro characterization of the genotoxic, mutagenic and cell-transforming potential of nitrosylated heme », *Archives of Toxicology*, 94, juillet 2020.

[249] Diane de La Pomélie *et al.*, « Mechanisms and kinetics of heme iron nitrosylation in an in vitro gastro-intestinal model », *Food Chemistry*, vol. 239, janvier 2018.

[250] Diane de La Pomélie *et al.*, « Using a dynamic artificial digestive system to investigate heme iron nitrosylation during gastro-intestinal transit », *Food Chemistry*, vol. 281, mai 2019.

[251] ANSES, *Évaluation des risques liés à la consommation de nitrates et nitrites. op. cit.*, p. 45-46.

[252] Audition publique du professeur A. Kahn le 7 octobre 2020 par la mission d'information sur l'utilisation des sels nitrités. Cité par Damien Coulomb, « Les sels nitrités dans la charcuterie sur le gril(l) des auditions parlementaires », *Le Quotidien du médecin*, 13 novembre 2020.

[253] Axel Kahn cité par Damien Coulomb, *ibid.*

[254] ANSES, *Évaluation des risques liés à la consommation de nitrates et nitrites, op. cit.*, p. 46.

[255] Leïla Mekhtiche et Jean-Luc Martin, « Quelques réflexions sur la conduite de la cuisson : aspects organoleptiques, maîtrise des effets de surcuisson », *Bulletin de liaison du Centre technique de*

la salaison, de la charcuterie et des conserves de viandes, vol. 11, n° 4, 2001, p. 220.

256 *Info viandes fraîches et produits transformés, Lettre d'information de l'Ifip-Institut du porc*, septembre 2009, p. 2.

257 Susan Preston-Martin *et al.*, « Maternal consumption of cured meats and vitamins in relation to pediatric brain tumors », *op. cit.*, p. 600.

258 Marion Dietrich *et al.*, « A review : dietary and endogenously formed N-nitroso compounds and risk of childhood brain tumors », *op. cit.*

259 Eloi Chazelas *et al.*, « Nitrites et nitrates provenant d'additifs alimentaires et de sources naturelles et risque de cancer : résultats de la cohorte NutriNet-Santé », *op. cit.*

260 ANSES, *Évaluation des risques liés à la consommation de nitrates et nitrites. op. cit.*, p 14.

Chapitre 5 : Scandale sanitaire, scandale politique

261 Voir Thomas Rabino, « Charcuterie rose : entre Yuka et les lobbies industriels, la guerre des nitrites est déclarée », *Marianne*, 24 juin 2021.

262 Lettre de Denis Corpet à Vytenis Andriukaitis, commissaire européen à la Santé et à la Sécurité alimentaire, 7 février 2019.

263 Denis Corpet, « Red meat and colon cancer : should we become vegetarians, or can we make meat safer ? », *Meat Science*, novembre 2011, 89, 3 ; Raphaelle Santarelli *et al.*, « Meat processing and colon carcinogenesis : cooked, nitrite-treated, and oxidized high-heme cured meat promotes mucin-depleted foci in rats », *op. cit.*

264 Lettre de Denis Corpet à Vytenis Andriukaitis, *op. cit.*

[265] Commission des affaires économiques, mission d'information sur les sels nitrités dans l'industrie agroalimentaire, audition du professeur D. Corpet, 7 octobre 2020, Assemblée nationale.

[266] David Stuckler et Marion Nestle, « Big food, food systems, and global health », *PLoS Medicine*, 9, vol. 6, 2012.

[267] Voir par exemple « Scandale du chlordécone : la justice reconnaît des "négligences fautives" de l'État », *Le Monde*, 27 juin 2022.

[268] Hervé Arbousset, « Chlordécone : reconnaissance de négligences fautives de l'État… sans pour autant réparation du préjudice d'anxiété invoqué », *Le Journal des accidents et des catastrophes*, 28 septembre 2022.

[269] Voir Anne-Marie Casteret, *L'Affaire du sang*, La Découverte, 1992.

[270] Voir Marc Colonna, « Épidémiologie », dans Jean-Luc Faucheron (dir.), *Cancérologie colorectale*, Elsevier-Masson, 2021.

[271] Fotios Seretis *et al.*, « Primary prevention of colorectal neoplasia : ample evidence, lack of guidelines », *Journal of Clinical Medicine Research*, 6 (3), 2014.

[272] Voir Geneviève Barbier et Armand Farrachi, *La société cancérigène. Lutte-t-on vraiment contre le cancer ?*, La Martinière, 2004 (réédition augmentée, Points, 2007).

[273] Guy Launoy *et al.*, *Survie des personnes atteintes de cancer en France métropolitaine 1989-2018. Côlon et rectum*, Institut national du cancer, septembre 2020.

[274] Voir David Cantor, « Confused messages : meat, civilization and cancer education in the early twentieth century », dans David Cantor *et al.* (dir.), *Meat, Medicine and Human Health in the Twentieth Century*, Pickering & Chatto, 2010, p. 122-123.

[275] Emmanuel Mitry et Bernard Rachet, « Pronostic des cancers colorectaux et inégalités socio-économiques », *Gastro-entérologie clinique et biologique*, vol. 30, n° 4, 2006.

[276] Voir Guillaume Coudray, *Cochonneries*, *op. cit.*, p. 180-206.

[277] Voir Michael Jacobson, *Don't Bring Back the Bacon. How Sodium Nitrite Can Affect Your Health*, Center for Science in the Public Interest (CSPI), 1973.

[278] Voir Stéphane Foucart, *La Fabrique du mensonge*, Denoël, 2013 ; Erik Conway et Naomi Oreskes, *Les Marchands de doute*, Le Pommier, 2021.

[279] Voir Robert Proctor, *Cancer Wars*, *op. cit.*, p. 130 et p. 110.

[280] Rémy Slama, « Le rôle des chercheurs dans l'alerte en santé environnementale », *Actualité et Dossier en santé publique*, n° 106, mars 2019, p. 20.

[281] Rémy Slama, *Le mal du dehors. L'influence de l'environnement sur la santé*, Quæ, 2017, p. 327.

[282] Voir Bee Wilson, « Yes, bacon really is killing us », *The Guardian*, 1er mars 2018.

[283] Voir Sheldon Krimsky, « Do financial conflicts of interest bias research ? An inquiry into the "funding effect" hypothesis », *Science, Technology, & Human Values*, 38, 4, 2013.

[284] Intervention de Cédric Villani à la commission des affaires économiques, examen de la proposition de loi n° 4830 relative à l'interdiction progressive des additifs nitrés dans les produits de charcuterie, mercredi 26 janvier 2022, Assemblée nationale.

[285] Dans *Industrie agroalimentaire : business contre santé* (*Cash Investigation*, Premières Lignes / France Télévision, 2016, avec Sandrine Rigaud), nous avons ainsi raconté comment le chercheur français Denis Corpet s'est fait manipuler afin de devenir signataire, contre son gré, d'un article scientifique disant précisément le contraire de ce que ses travaux montraient.

[286] Emmanuel Mitry et Bernard Rachet, « Pronostic des cancers colorectaux et inégalités socio-économiques », *op. cit.*

[287] Richard Ramos, *Rapport sur la proposition de loi relative à l'interdiction progressive des additifs nitrés dans les produits de charcuterie*, n° 4967, 26 janvier 2022, p. 10.

[288] *Ibid.*

[289] « Le député Modem du Loiret Richard Ramos s'attaque aux sels nitrités dans la charcuterie », France Bleu, 14 octobre 2019.

[290] Amendement n° 705 au projet de loi de financement de la Sécurité sociale pour 2020, 17 octobre 2019.

[291] Commission des affaires économiques, *Rapport d'information sur les sels nitrités dans l'industrie agroalimentaire*, *op. cit.*, p. 9. Voir Gaël Vaillant, « Lobbying, opposition d'Agnès Buzyn... Comment la taxe visant le jambon aux nitrites a été retoquée », *Le Journal du dimanche*, 25 octobre 2019.

[292] Amendement n° CE57 à la proposition de loi relative à plusieurs articles de la loi pour l'équilibre des relations commerciales dans le secteur agricole et alimentaire et une alimentation saine, sûre et durable, 21 novembre 2019.

[293] Marion Lecas, « La charcuterie aux nitrites, dans le viseur des parlementaires », *La Croix*, 23 décembre 2019.

[294] Axel Kahn cité dans « Cancers, viandes et charcuteries », *Mission Agrobiosciences*, 29 novembre 2019.

[295] Axel Kahn, mémorandum « La ligue et les nitrites », 22 décembre 2019.

[296] Voir Thomas Rabino, « Nitrites : ce que cache le "coup de pression" des industriels de la charcuterie à Yuka », *Marianne*, 17 décembre 2020. Sur le même sujet, voir également Thomas Rabino, « Tribunaux de commerce : enquête sur la face obscure d'une justice décriée », *Marianne*, 19 avril 2022.

[297] Cour d'appel d'Aix-en-Provence, arrêt au fond du 8 décembre 2022, n° 2022/354, p. 10.

[298] *Ibid*, p. 16.

[299] Adeline Haverland, « Sur les nitrites, les charcutiers ont perdu la bataille de l'opinion », *L'Usine nouvelle*, 1er octobre 2022.

[300] Commission des affaires économiques, *Rapport d'information sur les sels nitrités dans l'industrie agroalimentaire*, *op. cit.*

[301] Intervention de Cédric Villani à la commission des affaires économiques de l'Assemblée nationale, mercredi 26 janvier 2022.

[302] Commission des affaires économiques, *Rapport d'information sur les sels nitrités dans l'industrie agroalimentaire, op. cit.*, p. 13.

[303] *Ibid.*

[304] *Ibid.*, p. 14.

[305] Anne-Laure Barret, « Le rapport de l'ANSES sur les nitrites dans le jambon s'est enlisé », *Le Journal du dimanche*, 4 décembre 2021.

[306] *Les cancers attribuables au mode de vie et à l'environnement en France métropolitaine*, Centre international de recherche sur le cancer et Institut national du cancer, 2018 ; Claire Marant-Micallef *et al.*, « Nombre et fractions de cancers attribuables au mode de vie et à l'environnement en France métropolitaine en 2015 : résultats principaux », *Bulletin épidémiologique hebdomadaire*, 2018, n° 21.

[307] Voir le verbatim de l'audition reproduit dans : Commission des Affaires Économiques, *Rapport d'information sur les sels nitrités dans l'industrie agroalimentaire, op. cit.* , p. 46-47. Voir également Thomas Rabino, « Nitrites : ce que cache le "coup de pression" des industriels de la charcuterie à Yuka », *op. cit.*

[308] Richard Ramos, intervention à la commission des affaires économiques, 26 janvier 2020. (https ://www.dailymotion.com/video/x87cvoe)

[309] « Pour des cantines sans nitrites : l'appel de 27 maires et candidats aux municipales de tous bords », *Le Journal du dimanche*, 1er février 2020 ; Claire Digiacomi, « Aux municipales 2020, des candidats s'engagent pour "des cantines sans nitrites" », *Huffington Post*, 2 février 2020.

[310] Christine Henry, « Paris : "Toutes les cantines de la ville seront bio ou durables à l'horizon 2027", annonce Audrey Pulvar », *Le Parisien*, 30 mai 2022.

[311] Thomas Rabino, « Charcuterie rose : entre Yuka et les lobbies industriels, la guerre des nitrites est déclarée », *op. cit.*

[312] *Les Échos*, 10 octobre 2022.

[313] L'applicabilité du principe de précaution sur les questions alimentaires a été confirmée par la Cour de justice des communautés européennes (CJCE) puis par le règlement (CE) n° 178/2002. Voir Pierre-Étienne Bouillot et Gaël Thévenot, « Responsabilités juridiques des acteurs de la gestion des risques », dans Valérie Camel *et al.*, *Risques chimiques liés aux aliments*, *op. cit.*, p. 105.

[314] Article 7 du règlement (CE) n° 178/2002. Voir Pierre-Étienne Bouillot et Gaël Thévenot, *ibid.*, p. 107.

[315] Règlement (CE) n° 1333/2008 du Parlement européen et du Conseil du 16 décembre 2008 sur les additifs alimentaires (considérant 7).

[316] Voir Nathalie Jas, « Gouverner les substances chimiques dangereuses », dans Dominique Pestre (dir.), *Le Gouvernement des technosciences*, La Découverte, 2014, p. 42-43 ; Christine Noiville *et al.*, *Principe de précaution*, Recueil Dalloz, n° 22, 2007.

[317] Voir Pierre-Étienne Bouillot et Gaël Thévenot, « Responsabilités juridiques des acteurs de la gestion des risques », *op. cit.*, p. 105.

[318] Jean-Rémi Baudot, « Nitrites dans la charcuterie : le gouvernement n'est pas encore prêt à les interdire malgré les risques de cancers », France Info, 22 novembre 2022.

[319] Thomas Rabino, « Des tribunaux jusqu'à l'Assemblée, comment le lobby des nitrites mène la guerre contre l'appli Yuka », *Marianne*, 11 décembre 2022.

[320] « Nitrates/nitrites : le SYMTIA impliqué dans les groupes de travail déterminants du plan d'actions », *Lettre d'information* du Syndicat national des fabricants de mélanges technologiques pour l'industrie alimentaire (SYMTIA), n° 22, novembre 2022, p. 2.

Chapitre 6 : Pourquoi les additifs nitrés ne sont-ils pas encore interdits ?

321 Marie-Monique Robin, *Notre poison quotidien. La responsabilité de l'industrie chimique dans l'épidémie des maladies chroniques*, La Découverte/Arte, réédition 2013, p. 10.

322 Alvin Lazen, « Diet, cancer and the American Meat Institute », *The Washington Post*, 10 juillet 1982.

323 L'EFSA fonde cette affirmation sur un avis aligné sur les intérêts de l'industrie agroalimentaire, rendu en 1990 par le comité qui a précédé la création de l'EFSA : « Nitrates and nitrites », *Reports of the Scientific Committee for Food*, 26e série, 19 octobre 1990, Commission européenne/Directorate-General Internal Market and Industrial Affairs, 1992, p. 26.

324 EFSA, « L'évaluation des risques expliquée par l'EFSA. Nitrates et nitrites ajoutés aux aliments », 17 juin 2017.

325 EFSA Panel on Food Additives and Nutrient Sources added to Food (ANS), « Re-evaluation of sodium nitrate (E251) and potassium nitrate (E252) as food additives », p. 19, et « Re-evaluation of potassium nitrite (E249) and sodium nitrite (E250) as food additives », p. 21, *EFSA Journal*, 2017, 15(6).

326 Sur l'utilisation symbolique et juridique de la longueur des publications scientifiques en toxicologie, voir David Michaels, *The Triumph of Doubt : Dark Money and the Science of Deception*, Oxford University Press, 2020, chapitre 2.

327 Voir Pierre-Étienne Bouillot et Gaël Thévenot, « Responsabilités juridiques des acteurs de la gestion des risques », *op.cit.*

328 EFSA, « Opinion of the scientific panel on biological hazards on a request from the Commission related to the effects of nitrites/nitrates on the microbiological safety of meat products », *EFSA Journal*, n° 14, 2003.

[329] Giovanni Parolari, « Achievements, needs and perspectives in dry-cured ham technology : the example of Parma ham », *Stazione sperimentale per l'industria delle conserve alimentari*, Parme, Italie, 1996.

[330] Guilhelm de Seze, chef du département « Production des évaluations du risque » de l'EFSA, 28 avril 2021.

[331] EFSA, « Opinion of the scientific panel on biological hazards on a request from the Commission related to the effects of nitrites/nitrates on the microbiological safety of meat products », *op. cit.*, p. 11, 24.

[332] Règlement (CE) n° 1333/2008 du Parlement européen et du Conseil du 16 décembre 2008 sur les additifs alimentaires.

[333] « Questions-réponses sur les additifs alimentaires », Commission européenne, MEMO/11/783, 14 novembre 2011.

[334] Article 14 du règlement (CE) n° 178/2002, pilier central de l'ensemble de textes réglementaires dit « General Food Law » ou « Paquet hygiène ».

[335] Article 3 du règlement (CE) 1333/2008 du Parlement européen et du Conseil du 16 décembre 2008 sur les additifs alimentaires.

[336] Jérôme Santolini, mémorandum « Additifs nitrés », *op. cit.*

[337] EFSA Panel on Food Additives and Nutrient Sources added to Food (ANS), « Re-evaluation of potassium nitrite (E249) and sodium nitrite (E250) as food additives », *op. cit.*, p. 106 (« Conclusions »).

[338] EFSA, « L'EFSA confirme les niveaux de sécurité pour les nitrites et les nitrates ajoutés aux aliments », 15 juin 2017.

[339] Voir par exemple : William Lijinsky, « N-Nitroso compounds in the diet », *op. cit.* ; Conseil supérieur de la santé, « Red meat, processed red meats and the prevention of colorectal cancer », *op. cit* ; lettre (déjà citée) du professeur Denis Corpet au professeur Vytenis Andriukaitis, Commissaire européen à la Santé et à la Sécurité alimentaire.

[340] Marion Nestle, *Food Politics. How the Food Industry Influences Nutrition and Health*, University of California Press, 2013 ; Mélissa Mialon, *Big Food & Co. Comment la recherche du profit à tout prix nuit à notre santé*, Thierry Souccar, 2021.

[341] Marie-Monique Robin, *Notre poison quotidien*, *op. cit.*

[342] EFSA, « L'évaluation des risques expliquée par l'EFSA. Nitrates et nitrites ajoutés aux aliments », *op. cit.*

[343] Commission of the European Community, Food Science and Technique, *Reports of the scientific Committee for Food*, 26th series, *op. cit.*, p. 26-27.

[344] Voir par exemple les remarques du Danemark dans EFSA panel on food additives and nutrient sources added to food, « Statement on nitrites in meat products », *EFSA Journal*, 2010, vol. 8, n° 5, p. 5.

[345] Luise Hemmer Pihl, « Danes win food additives case at Court of Justice », *EUobserver*, 21 mars 2003.

[346] Décision (EU) 2015/826 de la Commission du 22 mai 2015 relative aux dispositions nationales notifiées par le Danemark concernant l'adjonction de nitrites à certains produits à base de viande, *Journal officiel de l'Union européenne*, L130/10, 28.5.2015, paragraphe 33.

[347] Voir Jacques Hémon, *Le rôle de la Cour de justice de l'Union européenne dans le processus de constitution et d'évolution du marché intérieur des marchandises*, Université de Rennes 1, 2015, p. 294-295.

[348] Décision (UE) 2021/74 de la commission du 5 mai 2021 relative aux dispositions nationales notifiées par le Danemark concernant l'adjonction de nitrites à certains produits à base de viande, *Journal officiel de l'Union européenne*, 6 mai 2021, L 159/13.

[349] Voir Marie Astier et Guillaume Coudray, « Dure bataille pour libérer la charcuterie des nitrites cancérigènes », *Reporterre*, 19 décembre 2020. Sur l'ILSI, voir « The International Life

Sciences Institute is a corporate lobby group », *Corporate Europe Observatory*, mai 2012.

[350] « Nitrates and nitrites », *Reports of the Scientific Committee for Food*, 38e série, 22 septembre 1995, Commission européenne, 1997, p. 18, p. 20.

[351] « Nitrates and nitrites », *Reports of the Scientific Committee for Food*, 26e série, *op. cit.*, p. 24-25.

[352] Gérard Pascal *et al.*, « Impacts sur les cancers colorectaux de l'apport d'additifs nitrés (nitrates, nitrites, sel nitrité) dans les charcuteries », Académie d'agriculture de France, novembre 2020, p. 11.

[353] « Nitrates and nitrites », *Reports of the Scientific Committee for Food*, 38e série, *op. cit.*, p. 19.

[354] Déclaration du directeur de l'EFSA au Parlement européen - Commission de l'environnement, de la santé publique et de la sécurité alimentaire (ENVI), 8 novembre 2022. Voir EFSA Panel on Contaminants in the Food Chain (CONTAM), « Draft scientific opinion on the human health risks related to the presence of N-nitrosamines (N-NAs) in food », *op. cit.*, p. 207. Voir également « EFSA opens nitrosamines public consultation, findings show dietary exposure above «health concern» level », *FoodIngredientsFirst*, 17 octobre 2022.

[355] *Ibid.*

[356] Voir Jean-Luc Angot, « Gestion des risques chimiques aux plans mondial, européen et national », dans Valérie Camel *et al.*, *Risques chimiques liés aux aliments*, *op. cit.*, p. 97.

[357] Voir Soraya Boudia et Nathalie Jas, *Gouverner un monde toxique*, Quæ, 2019, p. 40.

[358] Nathalie Jas, « Une histoire d'accommodements : la constitution d'une expertise internationale sur les additifs et contaminants alimentaires dans les années 1950 », dans Soraya Boudia et Emmanuel Henry (dir.), *La mondialisation des risques. Une histoire*

politique et transnationale des risques sanitaires et environnementaux, Presses universitaires de Rennes, 2015.

[359] Chapitre « Ce que devient le nitrite » dans Ronald Pegg et Fereidoon Shahidi, *Nitrite Curing of Meat. The N-Nitrosamines problem and nitrite alternatives*, *op. cit.*, p. 153.

[360] Jérôme Santolini, « Charcuterie : entre nitrate sans danger et nitrite toxique, comment s'y retrouver ? », *The Conversation*, 22 octobre 2019.

[361] Voir Erik Millstone et Elisabeth Dawson, « EFSA's toxicological assessment of aspartame : was it even-handedly trying to identify possible unreliable positives and unreliable negatives ? », *Archives of Public Health*, n° 77, 34, 2019. Voir également Stéphane Foucart, « Pesticides, bisphénol A, aspartame : les expertises en questions », *Le Monde*, 23 octobre 2013.

[362] Voir « Glyphosate : une agence européenne a copié-collé un rapport de Monsanto », France Info, 15 septembre 2017 ; Stéphane Horel et Stéphane Foucart, « L'Autorité européenne de sécurité des aliments accusée de minimiser certains effets des perturbateurs endocriniens », *Le Monde*, 3 février 2021.

[363] Stéphane Horel, *Intoxication. Perturbateurs endocriniens, lobbyistes, eurocrates : une bataille d'influence contre la santé*, La Découverte, 2015 ; Stéphane Foucart, *La Fabrique du mensonge. Comment les industriels manipulent la science et nous mettent en danger*, *op. cit.*, p. 252.

[364] Stéphane Foucart, *La Fabrique du mensonge. op. cit.* , p. 250.

[365] *Ibid.*, p. 182.

[366] Christine Noiville, « Principe de précaution », dans Emmanuel Henry, Claude Gilbert, Jean-Noël Jouzel, Pascal Marichalar (dir.), *Dictionnaire critique de l'expertise. Santé, travail, environnement*, Presses de Sciences Po, 2015, p. 245.

[367] « La vérité sur les additifs », *Que choisir*, novembre 2018, p. 17.

[368] Corporate Europe Observatory, « Révélations : conflits d'intérêts parmi les experts de l'EFSA en charge des additifs alimentaires », CEO, 2011 ; Corporate Europe Observatory, « Recruitment Errors. The European Food Safety Authority (EFSA) will probably fail, again, to become independent from the food industry. June 19 update », CEO, 2019.

[369] Voir CEO, « Conflicts of interest scandals at EFSA : A non-exhaustive chronology of recent events » (2010-2020) https :// corporateeurope.org/en/food-and-agriculture/efsa/chronology

[370] Stéphane Horel, *Intoxication, op. cit.* ; Stéphane Horel, *Lobbytomie. Comment les lobbies empoisonnent nos vies et la démocratie*, La Découverte, 2018.

[371] Voir Nathalie Jas, « Gouverner les substances chimiques dangereuses », dans Dominique Pestre (dir.), *Le Gouvernement des technosciences*, La Découverte, 2014, p. 42.

[372] EFSA, « L'évaluation des risques expliquée par l'EFSA. Nitrates et nitrites ajoutés aux aliments », *op. cit.*, p. 2.

[373] EFSA Panel on Contaminants in the Food Chain (CONTAM), « Draft scientific opinion on the human health risks related to the presence of N-nitrosamines (N-NAs) in food », *op. cit.*

[374] Déclaration de Bernhard Url au Parlement européen, commission de l'environnement, de la santé publique et de la sécurité alimentaire (ENVI), 8 novembre 2022.

[375] EFSA Panel on Contaminants in the Food Chain (CONTAM), « Draft scientific opinion on the human health risks related to the presence of N-nitrosamines (N-NAs) in food », *op. cit.*, p. 207.

[376] *Ibid.*

[377] EFSA unit on biological hazards and contaminants, Scientific Panel on Contaminants in the Food Chain, Minutes of the 114 th plenary meeting, 23 au 24 mars 2021, point 7.3.

[378] Claudia Roncancio-Pena, responsable de l'unité « Ingrédients et emballages alimentaires » de l'EFSA, 28 avril 2021. Voir la

proposition de résolution européenne n° 381 « relative à l'interdiction des additifs nitrés dans les produits de charcuterie », Assemblée nationale, 25 octobre 2022.

379 ANSES, *Évaluation des risques liés à la consommation de nitrates et nitrites, op. cit.*, p. 25.

380 Déclaration de l'EFSA, 26 septembre 2022.

381 Voir par exemple Sandrine Fraize-Frontier (ANSES), « Analyse d'incertitude », dans Valérie Camel *et al.*, *Risques chimiques liés aux aliments, op. cit.*, p. 80.

382 Alberto del Rio *et al.*, « Extensive literature search on N-nitroso compounds in food », *EFSA supporting publication*, EN-7583, octobre 2022.

383 Les différentes réactions du fer et du NO sont pourtant parfaitement identifiées. Voir par exemple André Frouin *et al.*, « Structure des pigments nitroso des viandes », *Annales de la nutrition et de l'alimentation*, vol. 30, n° 5-6, 1976.

384 Stéphane Horel, *Intoxication, op. cit.*

385 Stéphane Horel et Stéphane Foucart, « L'Autorité européenne de sécurité des aliments accusée de minimiser certains effets des perturbateurs endocriniens », *op. cit.*

386 Voir Emmanuel Henry, *La Fabrique des non-problèmes. Ou comment éviter que la politique s'en mêle*, Presses de Sciences Po, 2021.

387 « Scandale du Mediator : les laboratoires Servier condamnés pour "tromperie aggravée" et "homicides involontaires" », *Le Monde*, 29 mars 2021.

388 Voir José Bové et Gilles Luneau, *Hold-up à Bruxelles. Les lobbies au cœur de l'Europe*, La Découverte, 2015, p 15-49 ; Sophie Fabrégat, « AESA : démission de Diana Banati pour conflits d'intérêts », actu-environnment.com, 10 mai 2012 ; Dave Keating, « EFSA chair resigns over conflict of interest », *Politico*, 9 mai 2012 ; Stéphane Foucart, « Le Parlement européen inflige un camouflet à trois agences de l'Union européenne », *Le Monde*, 10 mai 2012.

[389] François-Guy Trébulle, « Environnement, santé, le temps n'est plus aux apprentis sorciers », *Énergie – Environnement – Infrastructures*, n° 1, janvier 2020.

[390] Voir Office parlementaire d'évaluation des choix scientifiques et technologiques (OPECST), *Évaluation des risques sanitaires et environnementaux par les agences : trouver le chemin de la confiance*, rapport n° 477, Assemblée nationale et Sénat, mai 2019.

[391] Conférence de presse du 13 janvier 2021, Assemblée nationale.

[392] « Le député (MoDem) Richard Ramos, en guerre contre les sels nitrités, scandalisé par les condamnations de Yuka », *La Montagne* (Brive), 24 septembre 2021.

[393] Françoise Blind-Kempinski, « Charcuterie, la guerre des nitrites aura bien lieu », *Les Échos*, 31 janvier 2022.

[394] Anne-Laure Barret, « Le rapport de l'ANSES sur les nitrites dans le jambon s'est enlisé », *op. cit.*

[395] ANSES, *Évaluation des risques liés à la consommation de nitrates et nitrites, op. cit.*, p. 9.

[396] *Ibid.*, p. 28.

[397] *Ibid.*, p. 25.

[398] *Ibid.*, p. 24.

[399] « Nitrites/nitrates : le gouvernement met en œuvre un plan d'action visant à réduire l'ajout des additifs nitrés dans les produits alimentaires », Communiqué de presse du ministre de la Santé et du ministre de l'Agriculture, 12 juillet 2022.

[400] Daniele Pisanello, « Danish restrictions to nitrite's addition in meat products are EU consistent », *Lex Alimentaria*, 30 août 2015.

Chapitre 7 : À quoi servent (vraiment) les additifs nitrés ?

[401] Fritz Wirth, « Einschränkung und Verzicht bei Pökelstoffen in Fleischerzeugnissen », *Fleischwirtschaft*, 71 (3), 1991.

[402] Le savant Varron (116-27 av. J.-C.) écrit par exemple : « La charcuterie des Gaules a toujours été renommée pour l'excellence et la quantité de ses produits. L'exportation considérable de jambons, de saucissons et autres confections de ce genre, qui se fait annuellement de ce pays à Rome, témoigne de leur supériorité gustative. » (Varron, *Économie rurale.*)

[403] Voir par exemple les chapitres « Faites ainsi le sel blanc » et « Salage des jambons » dans Caton, *De agricultura* (De l'agriculture), Les Belles Lettres, 1975, p. 66-67 et 110-111.

[404] René Pallu, *La Charcuterie en France. Techniques nouvelles ou inédites, salaison au sel nitrité*, éditions Pallu, Paris, 1965, p. 113.

[405] *Ibid.*

[406] *Ibid.*

[407] *Manuel de l'apprenti charcutier*, *op. cit.*, p. 124.

[408] *Ibid.*, p. 154.

[409] *Ibid.*, p. 125.

[410] Richard Mancini et Melvin Hunt, « Current research in meat color », *Meat Science*, 71, 2005, p. 101 et 107.

[411] Karl-Otto Honikel, « Reference methods supported by OECD and their use in Mediterranean meat products », *Food Chemistry*, vol. 59, 4, 1997, p. 579.

[412] Georges Chaudieu, *De la gigue d'ours au hamburger, ou la Curieuse Histoire de la viande*, La Corpo, 1980, p. 98.

[413] Voir par exemple Jean-Luc Martin, « Étude des phénomènes de décoloration des viandes et des produits de viande sous l'effet de la lumière », *Bulletin de liaison du Centre technique de la salaison, de la charcuterie et des conserves de viandes*, vol. 13, 2003, p. 23-26.

[414] Magali Lassarre *et al.*, « Indice TBARS et mesure de couleur pour évaluer l'oxydation de broyats de muscle d'épaule », Centre technique de la salaison, de la charcuterie et des conserves de viandes, (sans date). Voir aussi K. M. Heaton *et al.*, « Minimum sodium nitrite levels for pinking of various cooked meats as related

to use of direct or indirect-dried soy isolates in poultry rolls », *Meat Science,* 55, 2000.

[415] S. Assaf, brevet « Method of preserving fresh meat », US Patent n° 3375119, 1968.

[416] André Frouin *et al.*, « Structures des pigments nitroso des viandes », *op. cit.*

[417] Sari Honda *et al.*, « Effective conversion of metmyoglobin to oxymyoglobin by cysteine-substituted polyphenols », *Journal of Agricultural and Food Chemistry*, 2016, 64, 4.

[418] W. Berry, *Coloring Matters for Foodstuff and Methods for Their Detection*, US Department of Agriculture, 1906, p. 35.

[419] Bernard Valeur, « Les jours comptés des charcuteries roses aux nitrites », 18 janvier 2021, scilogs.fr

[420] Christina Adamsen *et al.*, « Changes in Zn-porphyrin and proteinous pigments in Italian dry-cured ham during processing and maturation », *Meat Science*, n° 74, 2006.

[421] Maricica Stoica, « Overview of sodium nitrite as a multifunctional meat-curing ingredient », *Annals of the University Dunarea de Jos of Galati*, Fascicle VI – Food Technology, 2019, 43.

[422] Office fédéral de la sécurité alimentaire et des affaires vétérinaires, « Interprétation des termes “Préparations de viande et produits à base de viande” selon l'art. 4 de l'ordonnance sur les denrées alimentaires d'origine », OSAV, Berne, septembre 2018.

[423] Bureau of Animal Industry, « Notice regarding meat inspection - sodium nitrite for curing meat », Service and Regulatory Announcements, n° 223, US Department of Agriculture, novembre 1925.

[424] *Ibid.* Voir « Nitrites permitted in meats », *American Journal of Public Health*, février 1926, p. 157.

[425] Par exemple Robert Kerr *et al.*, « The use of sodium nitrite in the curing of meat », *Journal of Agricultural Research*, 33, 6, 1926, p. 547 ; Robert Moulton et Winford Lewis, *Meat Through*

the Microscope. Applications of Chemistry and the Biological Sciences to Some Problems of the Meat Packing Industry, Institute of Meat Packing et University of Chicago, 1940, p. 224.

[426] Aux États-Unis, l'enquête d'un comité parlementaire a confirmé que la dose d'emploi des additifs nitrés a été fixée en fonction de la quantité nécessaire pour obtenir la coloration adéquate. (Committee on Government Operations, *Regulation of Food Additives – Nitrites and Nitrates*, *op. cit.*, p. 23.)

[427] Voir Attorney General of the United States, « Authority under the Federal Food, Drug and Cosmetic Act, Meat Inspection Act, and Poultry Inspection Act, to authorize continued use of nitrites as food additives », 30 mars 1979, dans *Official Opinions of the Attorneys General of the United States*, volume 43, 1996, (disponible sur www.industrydocuments.library.ucsf.edu, référence gzxj0060). Dans ce texte important, le ministre de la Justice des États-Unis souligne aussi que la législation anticancer (le « *anticancer proviso* ») s'applique différemment selon que l'on considère que les additifs nitrés sont des « colorants » ou des « conservateurs dotés d'un effet colorant » (voir notamment p. 6-8, 19).

[428] Friedrich-Karl Lücke, « Manufacture of meat products without added nitrite or nitrate - quality and safety aspects », *Proceedings of the 3rd Baltic Conference on Food Science and Technology*, 2008, p. 44.

[429] Joint FAO/WHO Food Standards Programme - Codex Committee on Food Additives, « Discussion paper on the use of nitrates (INS 251, 252) and nitrites (INS 249, 250) », CX/FA 17/49/11, Codex Alimentarius Commission, décembre 2016 et mars 2017. Voir p. 3 (point 18) et p. 6 (points 45 et 46).

[430] *Ibid.*, p. 9 (point 9).

[431] *Ibid.*, p. 6 (recommandation 1, point 46).

[432] *Ibid.*, p. 3 (point 23).

[433] Document de travail WGA 21 08 02 « Revision of nitrites and nitrates - outcome », Direction générale de la santé et de la sécurité alimentaire, février 2021.

[434] Bee Wilson, *Swindled, the Dark History of Food Fraud*, Princeton University Press, 2008.

[435] Robert Proctor, *La Guerre des nazis contre le cancer*, Les Belles Lettres, 2001.

[436] Friedrich Glage, *Die Konservierung der roten Fleischfarbe. Eine einfache Methode zur Erzeugung hochroter Fleisch- und Wurstfarbe*, *op. cit.* ; Committee on Government Operations, *Regulation of Food Additives – Nitrites and Nitrates*, *op. cit.*

[437] Voir Herbert Ockerman, *Chemistry of Meat Tissue*, Ohio State University, 1996.

[438] W. Aunan et Olaf Kolari, « Functions of nitrite in cured meats », *33rd Annual Meeting IFT Symposium : Nitrate, Nitrite and Nitrosamines*, Institute of Food Technologists, juin 1973.

[439] Jeffrey Sindelar et Terry Houser, « Alternative Curing Systems », dans Rodrigo Tarté (dir.), *Ingredients in meat products : properties, functionality and applications*, Springer, 2009, p. 380.

[440] Commission des affaires économiques, *Rapport d'information sur les sels nitrités dans l'industrie agroalimentaire*, *op. cit.*, p. 30.

[441] *Ibid.*

[442] ANSES, *Évaluation des risques liés à la consommation de nitrates et nitrites. op. cit.*, (*Avis* p. 11, *Rapport* p. 11 et p. 82).

[443] *Ibid.*, p. 82.

[444] https ://www.anses.fr/fr/content/comment-garantir-lhygiène-des-aliments-dans-son-réfrigérateur ; https ://www.anses.fr/fr/content/comment-bien-conserver-ses-aliments-et-ne-pas-interrompre-la-chaîne-du-froid ; https ://www.anses.fr/fr/system/files/Anses-12-DocLt-Refri.pdf

[445] Voir commission des affaires économiques, *Rapport d'information sur les sels nitrités dans l'industrie agroalimentaire*, *op. cit.*

[446] Observatoire de la formation des prix et des marges des produits alimentaires, *Rapport au Parlement*, *op. cit.*, p. 92.

[447] Emballage du jambon sans nitrite Biocoop.

[448] Emballage du jambon sans nitrite Système U.

[449] Communiqué Brocéliande, février 2020.

[450] La technologie initiale (« NATPRE ») a été commercialisée par la société espagnole Prosur à partir de polyphénols extraits d'agrumes. D'autres procédés sont en développement à partir de polyphénols extraits d'algues. Voir Simone van Breda *et al.*, « Replacement of nitrite in meat products by natural bioactive compounds results in reduced exposure to N-nitroso compounds : the PHYTOME project », *Molecular Nutrition and Food Research*, 65, 2021.

[451] *Les engagements des entreprises de la FICT pour le développement durable*, *op. cit.*, p. 44. Voir Juan de Dios Hernández *et al.*, « Toward nitrite-free curing : evaluation of a new approach to distinguish real uncured meat from cured meat made with nitrite », *Foods*, février 2021.

[452] Sari Honda *et al.*, « Effective conversion of metmyoglobin to oxymyoglobin by cysteine-substituted polyphenols », *op. cit.*

[453] Claudia Giménez-Campillo *et al.*, « Reddish colour in cooked ham is developed by a mixture of protoporphyrins including Zn-Protoporphyrin and Protoporphyrin IX », *Foods*, 11 (24), décembre 2022 ; Juan de Dios Hernández *et al.*, « Meat color in uncured meat products », Productos Sur S. A. (Prosur), 2022.

[454] Cité par Françoise Blind-Kempinski, « Charcuteries, la guerre des nitrites aura bien lieu », *op. cit.*

[455] « Nitrites dans le jambon : "Ça tue ! Baisser les doses ne suffit pas", clame le député Richard Ramos », BFM-RMC, 11 juillet 2022.

Chapitre 8 : Jambons secs sans additifs : le grand retour des produits français

[456] *Manuel de l'apprenti charcutier, op. cit.*, p. 157.

[457] « Étiquetage d'un jambon de Bayonne », Service de la répression des fraudes, 22 avril 1969. (Archives nationales, 830510/9-3Cons9)

[458] René Pallu, *La Charcuterie en France*, *op. cit.*, p. 82-83.

[459] *Ibid.*

[460] *Ibid.*

[461] « L'incorporation de salpêtre est autorisée dans la limite de 0,2 % (2 grammes par kilo de jambon) s'il est utilisé seul et de 0,1 % s'il est associé à du sel nitrité. Le sel nitrité étant lui-même utilisé dans la limite de 2 % (20 grammes par kilo de jambon) », (Cahier des charges de l'indication géographique protégée « Jambon de Bayonne » associé à l'avis publié au *Bulletin officiel* du ministère de l'Agriculture et de l'Alimentation n° 2020-23, p. 11).

[462] Cahier des charges du label rouge n° LA 03/73 « Jambon sec supérieur », *Bulletin officiel* du ministère de l'Agriculture et de l'Alimentation n° 2017-36.

[463] Friedrich-Karl Lücke, « Manufacture of meat products without added nitrite or nitrate - quality and safety aspects », *op. cit.*, p. 44.

[464] Cité par Philippe Delvallée, « Le jambon de Bayonne veut alléger sa teneur en sel », *La République des Pyrénées*, 23 décembre 2015.

[465] *Ibid.*

[466] Marjolaine Cérou, « Aoste élimine les nitrates de ses jambons crus », *Process alimentaire*, janvier 2019.

[467] « Aoste supprime le nitrate de ses jambons », *Linéaires*, janvier 2019.

[468] André Frouin *et al.*, *Étude sur la photodécomposition du nitrosohème (pigment des viandes salées)*, Olida, 1974 ; André Frouin *et al.*, « Structures des pigments nitroso des viandes », *op. cit.*

[469] Nadia Bastide *et al.*, « Heme iron from meat and risk of colorectal cancer : a meta-analysis and a review of the mechanisms involved », *op. cit.*

[470] Eleonor Becker *et al.*, « Parallel enzymatic and non-enzymatic formation of zinc protoporphyrin IX in pork », *Food Chemistry*, février 2012.

[471] Conseil supérieur de la santé, « Red meat, processed red meats and the prevention of colorectal cancer », *op. cit.*, p. 5 et p. 65-66.

[472] Shin-Ichi Ishikawa *et al.*, « Heme induces DNA damage and hyperproliferation of colonic epithelial cells via hydrogen peroxide produced by heme oxygenase : A possible mechanism of heme induced colon cancer », *Molecular Nutrition & Food Research*, 54, 2010 ; Eleonor Becker *et al.*, « Parallel enzymatic and non-enzymatic formation of zinc protoporphyrin IX in pork », *op. cit.*

[473] Christina Adamsen *et al.*, « Zn-porphyrin formation in cured meat products : effect of added salt and nitrite », *Meat Science*, 72, 2006 (p. 676) ; Jun-ichi Wakamatsu *et al.*, « Nitric oxide inhibits the formation of zinc protoporphyrin IX and protoporphyrin IX », *Meat Science*, 84, 2010.

[474] Jun-Ichi Wakamatsu, « Evidence of the mechanism underlying zinc protoporphyrin IX formation in nitrite/nitrate-free dry-cured Parma ham », *Meat Science*, octobre 2022.

[475] *Que Choisir*, n° 618, novembre 2022, p. 35.

[476] ANSES, *Mesures de maîtrise des salmonelles en filière porcine : état des connaissances et appréciation quantitative des risques. Avis et rapport d'expertise collective*, septembre 2018.

[477] ANSES, *Évaluation des risques liés à la consommation de nitrates et nitrites. op. cit.*, p. 88-90.

[478] *Ibid.*, p. 83.

[479] *Que choisir*, n° 618, novembre 2022, p. 35.

[480] https ://www.cochonou.fr/notre-saucisson/ (consulté le 1er janvier 2023). Voir également « Cochonou sans conservateur », *RIA*, 5 janvier 2022.

[481] « Bactérie E. coli dans des pizzas Buitoni : une information judiciaire ouverte », *Le Monde*, 12 mai 2022.

[482] Voir Laura Hendrikx, « Quels risques sanitaires avec les aliments artisanaux ? », *60 millions de consommateurs*, 13 juillet 2022.

[483] ANSES, *Évaluation des risques liés à la consommation de nitrates et nitrites. op. cit.*, p. 91 et 245.

Chapitre 9 : Le risque bactérien, prétexte ou épouvantail ?

[484] Albert Mathews, « The pharmacology of nitrates and nitrites », dans Harry Grindley et Harold Mitchell (dir.), *Studies in Nutrition. An Investigation on the Influence of Saltpeter on the Nutrition and Health of Man with Reference to its Occurrence in Cured Meats*, vol. 1, University of Illinois, 1918, p. 497 ; Delen Beltran *et al.*, « The effect of nitric oxide on cell respiration : A key to understanding its role in cell survival or death », *Proceedings of the National Academy of Sciences (PNAS)*, décembre 2000.

[485] Didier Majou et Souad Christieans, « Mechanisms of the bactericidal effects of nitrate and nitrite in cured meats », *Meat Science*, 2018, n° 145.

[486] Paul Brouardel, *Cours de médecine légale de la faculté de médecine de Paris. Les empoisonnements criminels et accidentels*, Baillière, 1902, p. 286.

[487] Règlement (CE) n° 1333/2008 du Parlement européen et du Conseil du 16 décembre 2008 sur les additifs alimentaires.

[488] Voir Jean-Luc Volatier, « Prise en compte du rapport bénéfice-risque dans les politiques publiques de l'alimentation », dans Valérie Camel *et al.*, *Risques chimiques liés aux aliments*, *op. cit.*, p. 452-453.

[489] Pour des éléments de contexte sur les règles internationales en matière d'additifs alimentaires, voir Joint FAO/WHO Food Standards Programme - Codex Committee on Food Additives, « Discussion paper on the use of nitrates (INS 251, 252) and nitrites (INS 249, 250) », *op. cit.*

[490] *Ibid.*, p. 3, point 17.

[491] Voir Jean-Noël Jouzel, *Pesticides, comment ignorer ce que l'on sait ?*, Presses de Sciences Po, 2019.

[492] Caroline Orset, « Apport de l'économie dans la gestion des risques », dans Valérie Camel *et al.*, *Risques chimiques liés aux aliments*, *op. cit.*, p. 125.

[493] Cyril Feidt, « Chlordécone aux Antilles françaises », dans Valérie Camel *et al.*, *Risques chimiques liés aux aliments*, *op. cit.*, p. 194.

[494] Voir Friedrich-Karl Lücke, « Manufacture of meat products without added nitrite or nitrate – Quality and safety aspects », *op. cit.*, ou Surinder Chawla et Ramesh Chander, « Microbiological safety of shelf-stable meat products prepared by employing hurdle technology », *Food Control*, vol. 15, 2004, ou encore Alexander Beck *et al.*, *Schlussbericht : Pökelstoffe in Öko-Fleischwaren*, Forschungsinstitut für biologischen Landbau (FiBL), 2006, p. 109.

[495] Liz Mulvey *et al.*, *Alternatives to Nitrates and Nitrites in Organic Meat Products*, Campden BRI, 2010, p. 15, 40 à 50, 57.

[496] Joint FAO/WHO Food Standards Programme - Codex Committee on Food Additives, « Discussion paper on the use of nitrates (INS 251, 252) and nitrites (INS 249, 250) », *op. cit.*, p. 3 (point 23).

[497] Commission des affaires économiques, *Rapport d'information sur les sels nitrités dans l'industrie agroalimentaire*, *op. cit.*, p. 29-30.

[498] Proposition de loi n° 4830 « relative à l'interdiction progressive des additifs nitrés dans les produits de charcuterie », 21 décembre 2021 (considérant de l'article 7).

[499] *Ibid.*

[500] ANSES, *Évaluation des risques liés à la consommation de nitrates et nitrites. op. cit.*, p. 12.

[501] Commission des affaires économiques, *Rapport d'information sur les sels nitrités dans l'industrie agroalimentaire*, *op. cit.*, p. 61.

[502] Françoise Blind-Kempinski, « Charcuteries, la guerre des nitrites aura bien lieu », *op. cit.*

[503] *Les engagements des entreprises de la FICT pour le développement durable*, *op. cit.*, p. 47.

[504] « Jambon : la fin des tranches rose bonbon avec l'interdiction totale des nitrites avant 2025 », *Ouest-France*, 31 janvier 2021.

[505] Richard Ramos, intervention en commission des affaires économiques, « Interdiction progressive des additifs nitrés dans les produits de charcuterie », Assemblée nationale, 26 janvier 2022.

[506] *Ibid.*

[507] *Ibid.*

[508] https ://www.pasteur.fr/fr/centre-medical/fiches-maladies/listeriose et https ://solidarites-sante.gouv.fr/soins-et-maladies/maladies/maladies-infectieuses/article/listeriose

[509] ANSES, « Fiche de description de danger biologique transmissible par les aliments, *Listeria monocytogenes* », 2011 et 2020.

[510] « Loiret : la préfecture suspend l'agrément sanitaire d'un atelier de charcuterie après la découverte de huit cas de listériose », France Info, 3 janvier 2020.

[511] « Nitrates and nitrites », *Reports of the Scientific Committee for Food*, 26e série, *op. cit.*, p. 22.

[512] ANSES, *Évaluation des risques liés à la consommation de nitrates et nitrites. op. cit.*, p. 11.

[513] Cité dans le *Journal officiel* du Sénat américain, (*Congressional Record – Senate*, 30 avril 1981, p. 4276).

[514] Dale Hattis, « The FDA and nitrate – A case study of violations of the food, drug and cosmetic Act with respect to a particular food additive », *op. cit.*, p. 1716.

[515] Robert Lenahan et Clark Burbee, *National Economics Division Staff Report – Regulatory Impact Statement : Nitrate and Nitrite*, US Department of Agriculture, 1979.

[516] Robert Gunn et William Terranova, « From the Center for Disease Control. Botulism in the US – 1977 », *Reviews of Infectious Diseases*, n° 4, 1979, p. 723 ; Committee on Small Business, *Food Additives : Competitive, Regulatory, and Safety Problems*, US Government Printing Office, 1977, p. 800-808.

[517] Marian Burros, « Controversial decision on bacon safety », *The Washington Post*, 16 décembre 1976.

[518] Émile Van Ermengem, « Contribution à l'étude des intoxications alimentaires. Recherches sur des accidents à caractère botulinique provoqués par du jambon », *Archives de pharmacodynamie*, vol. III, 1897 ; René Legroux et Colette Jéramec, « Le botulisme et les jambons salés », *Bulletin de l'Académie de médecine*, vol. 128, mars 1944.

[519] Alexander Beck *et al.*, *Herstellung von Öko-Fleisch und Öko-Wurstwaren ohne oder mit reduziertem Einsatz von Pökelstoffen*, Forschungs institut für biologischen Landbau (FiBL), 2008 ; Andreas Hauschild, *Clostridium Botulinum, Ecology and Control*, CRC Press, 1993, p. 199 ; Daniel Demeyer *et al.*, « The World Cancer Research Fund report 2007 : A challenge for the meat processing industry », *Meat Science*, 80, 2008, p. 956 ; Mojtaba Jafari *et al*, « Reducing nitrite content in hot-dogs by hurdle technology », *Food Control*, 18, 2007, p. 1492, etc.

[520] Joint FAO/WHO Food Standards Programme - Codex Committee on Food Additives, « Discussion paper on the use of

nitrates (INS 251, 252) and nitrites (INS 249, 250) », *op. cit.*, voir notamment p. 4 (point 28).

[521] Attorney General of the United States, « Authority under the Federal Food, Drug and Cosmetic Act, Meat Inspection Act, and Poultry Inspection Act, to authorize continued use of nitrites as food additives », *op. cit.*

[522] Centre national de référence des bactéries anaérobies et du botulisme, *Rapport annuel d'activité 2021 – année d'exercice 2020*, Institut Pasteur, juin 2021.

[523] *Ibid.*

[524] « Bactéries anaérobies et botulisme/la maladie – Recommandations CNR Bactérie anaérobie », pasteur.fr.

[525] ANSES, *Évaluation des risques liés à la consommation de nitrates et nitrites*, *op. cit.*, p. 92.

[526] « Caractéristiques épidémiologiques du botulisme chez l'homme en France en 2017 », Santé publique France, 28 juin 2019.

[527] Centre national de référence des bactéries anaérobies et du botulisme, *Rapport annuel d'activité 2020 – année d'exercice 2019*, Institut Pasteur, septembre 2020, p. 15.

[528] « Une femme paralysée par le botulisme après avoir consommé une soupe périmée », France Bleu, 13 septembre 2019.

[529] Commission des affaires économiques, *Rapport d'information sur les sels nitrités dans l'industrie agroalimentaire*, *op. cit.*, p. 26.

[530] Par exemple : Jeffrey Sindelar et Andrew Milkowski, « Sodium nitrite in processed meat and poultry meats : a review of curing and examining the risk/benefit of its use », American Meat Science Association White Paper, AMSA, 2011.

[531] « Safety of cured meat containing low levels of salt and nitrite with regards non proteolytic Clostridium botulinum », confidential report, Campden BRI, 28 septembre 2019.

[532] Jamie Doward, « Revealed : no need to add cancer-risk nitrites to ham », *The Guardian*, 23 mars 2019.

[533] Joan Walmsley citée par Jamie Doward, *ibid.*

[534] *Ibid.*

[535] Food Chain Evaluation Consortium/Civic Consulting, *Study on the Monitoring of the Implementation of Directive 2006/52/EC as Regards the Use of Nitrites by Industry in Different Categories of Meat Products*, Commission européenne, Bruxelles, 2016.

Chapitre 10 : Y a-t-il en France de faux produits « sans nitrite » ?

[536] Sami Alkazzaz *et al.*, « Effect of replacing sodium nitrite with celery on sensory and chemical quality of popular dry sausage », *Journal of Advanced Veterinary Research*, vol. 12 n°4, 2022.

[537] Voir Albert Fischer *et al.* « Umrötung von Brühwurst ohne Nitrit Pökelsalz – Farbe, Farbhaltung, Nitrit- und Nitratgehalte, sensorische Eigenschaften », *Fleischwirtschaft*, n° 4, 2005.

[538] Jeffrey Sindelar, « What's the deal with nitrates and nitrites used in meat products ? », 2012, Université de Wisconsin Madison.

[539] Tae-Kyung Kim *et al.*, « Effect of fermented spinach as sources of pre-converted nitrite on color development of cured pork loin », *Korean Journal for Food Science of Animal Resources*, vol. 37, n° 1, janvier 2017.

[540] *Ibid.*

[541] Dong-Min Shin *et al.*, « Effect of swiss chard (*Beta vulgaris var. cicla*) as nitrite replacement on color stability and shelf-life of cooked pork patties during refrigerated storage », *Korean Journal for Food Science of Animal Resources*, vol. 37, n° 3, juin 2017.

[542] *Ibid.*

[543] Jess Halliday, « New culture to speed up curing meat naturally », foodnavigator.com, 15 mai 2009.

[544] *Ibid.*

[545] Fiche « Samix Parisien NAT – saumure sans nitrites ajoutés – clean label », Jaeger/Solina, 2017.

[546] Udo Gehring et Helmut Pohnl, brevet US 6689403B1 « Mixture for reddening meat products », assigné à Karl Muller Gmbh & Co., février 2004.

[547] *Ibid.*

[548] *Ibid.*

[549] Geoffrey Ras *et al.*, « Utilisation d'un ferment producteur de monoxyde d'azote comme alternative aux sels nitrités ? », 16e Journées Sciences du muscle et technologies des viandes, *Viandes & Produits carnés*, novembre 2016.

[550] Udo Gehring et Helmut Pohnl, brevet déja cité.

[551] Noufoh Djeri et Sally Williams, « Celery juice powder used as nitrite substitute in sliced vacuum-packaged turkey bologna stored at 4C for 10 weeks under retail display light », *Journal of Food Quality*, octobre 2014.

[552] Gerhard Feiner, « Nitrite free : Where does the truth end ? », William Reed Business Media, 27 juillet 2007 ; « Bryan : Q & A on nitrites », *Feedstuffs – The Weekly Newspaper for Agribusiness*, 81, juillet 2009, p. 3.

[553] Voir Deena Shanker et Lydia Mulvany, « Hormel lawsuit reveals what "natural" meat really means », *Bloomberg News*, 10 avril 2019 ; une procédure similaire avait été intentée en 2016, voir « Putative class action targets Hormel's "100 % natural", "No preservatives" meat », *Shook, Hardy & Bacon Food & Beverage Litigation Update*, n° 620, 21 octobre 2016.

[554] www.bsa.ca

[555] Donna Berry, « To cure or not to cure ? », meatpoultry.com, 13 octobre 2014.

[556] *Ibid.*

[557] « All-natural vegetable based ingredients creating innovative clean-label solutions for food products », kainoscapital.com, (s.d.).

[558] *Ibid.*

[559] Lauren Hartman, « Manufacturers seeking natural ways to extend foods' shelf life », *Food Processing*, 12 septembre 2016.

[560] Article 8 du règlement (CE) n° 178/2002 du Parlement européen et du Conseil du 28 janvier 2002.

[561] *Ibid.*

[562] Directorate-General for Health and Consumers, « Summary record of the standing committee on the food chain and animal health held in Brussels on 14 december 2006 », DG SANCO - D1(06)D/413447.

[563] Directorate-General for Health and Consumers, « Summary record of the standing committee on the food chain and animal health held in Brussels on 19th may 2010 », DG SANCO - D1(2011)D/293964.

[564] Directorate-General for Health and Food Safety, « Opinion of the standing committee on plants, animals, food and feed held in Brussels on 17 september 2018 ».

[565] *Ibid.*

[566] « Einsatz von unbedenklichen NPS-Alternativen verboten », *Biopress*, 10 décembre 2015.

[567] « Use and removal of nitrite in meat products », fsai.ie

[568] « Can I use ingredients that are also sources of nitrite/nitrate to replace sodium or potassium nitrite/nitrate ? », fsai.ie

[569] *Ibid.*

[570] Affaire société Herta contre société Fleury Michon, Tribunal de commerce de Nanterre, 2014.

[571] Voir par exemple INAO, commission permanente du comité national des indications géographiques protégées, labels rouges et spécialités traditionnelles, 2021-CP206 (8 avril 2021).

[572] Voir certificat Ecocert 85/20124/1 293 263 du 21 octobre 2021 portant sur du « nitrite fermentaire » ; voir également « Bio

Royal Jambon OPTIM » dans *Catalogue Soussana, Mélanges pour jambons et produits saumurés*, février 2021, p. 5.

[573] Audition de Virginie Beaumeunier, (DGCCRF), mission d'information « Utilisation des sels nitrités dans l'industrie agroalimentaire », Assemblée nationale, 9 septembre 2020.

[574] Voir « Nitrites : les additifs dans la charcuterie scrutés par la répression des fraudes », *Midi libre*, 3 juin 2019.

[575] *Ibid.*

[576] Amandine Collongette, « Charcuterie : attention, le jambon sans nitrite peut en fait contenir… des nitrites ! », *Nice-Matin*, 12 juillet 2022 ; « Le point sur les nitrites et les nitrates en 10 questions », anses.fr, 12 juillet 2022.

Chapitre 11 : Un scandale dans le scandale : nitrate et nitrite en bio

[577] « Ackerlei-Metzgerei für Spitzenqualität ihrer Wurstwaren prämiert », Ackerlei (Bioland), 2017.

[578] *Bio Press*, 1er mai 2012.

[579] Demeter, *Cahier des charges transformation*, 2017, p. 34.

[580] Demeter, « Demeter Fleisch – Lebensqualität für alle », 2016.

[581] Nature et Progrès, *Cahier des charges transformation alimentaire*, 2005, p. 19, p. 32, p. 33, p. 38.

[582] Voir Claire Lecœuvre, « Quand le bio dénature le bio », *Le Monde diplomatique*, juin 2017.

[583] Voir Elsa Casalegno et Sandrine Girollet, « Ne perdre ni son âme… ni les clients », *Que choisir*, septembre 2019.

[584] Nature et Progrès, *La viande bio*, Nature et Progrès Belgique asbl, sd.

[585] Paul Nuki, « Big stores sell "organic" food with additives », *The Sunday Times*, 4 octobre 1998.

[586] Satoriz, « Charcuterie Rostain – entretien : Lionel Rostain », satoriz.fr, mai 2003.

[587] Catalogue de la maison Rostain à Gap (Hautes-Alpes), 2014, p. 12.

[588] Règlement (CE) n° 780/2006 de la Commission du 24 mai 2006 « modifiant l'annexe VI du règlement (CEE) n° 2092/91 du Conseil concernant le mode de production biologique de produits agricoles et sa présentation sur les produits agricoles et les denrées alimentaires », *Journal officiel de l'Union européenne,* L 137/9, 25 mai 2006.

[589] Voir Alexander Beck *et al.*, *Schlussbericht : Pökelstoffe in Öko-Fleischwaren*, *op. cit.* ; Alexander Beck *et al.*, *Herstellung von Öko-Fleisch und Öko-Wurstwaren ohne oder mit reduziertem Einsatz von Pökelstoffen*, *op. cit.* ; Alexander Beck *et al.*, *Abschlussbericht : Leitfaden zur angepassten Herstellung von Öko-Fleisch- und -Wurstwaren ohne bzw. mit reduziertem Einsatz von Pökelstoffen*, FiBL, 2008.

[590] Alexander Beck *et al.*, *Schlussbericht : Pökelstoffe in Öko-Fleischwaren*, *op. cit.*, p. 13-15 et 103-104.

[591] Friedrich-Karl Lücke, « Nitrit und die Haltbarkeit und Sicherheit erhitzter Fleischerzeugnisse », *Mitteilungsblatt der Fleischforschung Kulmbach*, vol. 47, Nr. 181, 2008.

[592] Alexander Beck *et al.*, *Schlussbericht : Pökelstoffe in Öko-Fleischwaren*, *op. cit.*, p. 11 ; Friedrich-Karl Lücke, « Einsatz von Nitrit und Nitrat in der ökologischen Fleischverarbeitung : Vor- und Nachteile », *Fleischwirtschaft*, vol. 83, n° 11, 2003.

[593] Directorate-General for Agriculture and Rural Development, « Conclusions from group of independent experts on food additives and processing aids permitted in processing of organic food of plant and animal origin », Commission européenne, 5 juillet 2007, p. 4.

[594] *Ibid.*

[595] *Ibid.*

[596] Règlement (CE) n° 23/2008 de la Commission du 12 février 2008 « modifiant et rectifiant l'annexe VI du règlement (CEE) n° 2092/91 du Conseil concernant le mode de production biologique de produits agricoles et sa présentation sur les produits agricoles et les denrées alimentaires », *Journal officiel de l'Union européenne*, L38/3, 13 février 2008.

[597] Ben Bouckley, « DEFRA to Brussels : Ditch potentially ruinous nitrate ban », foodnavigator.com, 8 novembre 2010.

[598] Ben Bouckley, « Relief for organic meat industry as EC calls off nitrate ban », foodnavigator.com, 28 janvier 2011.

[599] Liz Mulvey *et al.*, *Alternatives to nitrates and nitrites in organic meat products*, Campden BRI, 2010. Voir par exemple p. 15, p. 57, p. 40-50 sur l'emploi du sorbate.

[600] Voir par exemple Alexander Beck *et al.*, *Herstellung von Öko-Fleisch- und Öko-Wurstwaren ohne oder mit reduziertem Einsatz von Pökelstoffen*, *op. cit.* ; Friedrich-Karl Lücke, « Manufacture of meat products without added nitrite or nitrate – quality and safety aspects », *op. cit.*

[601] Liz Mulvey *et al.*, *Alternatives to nitrates and nitrites in organic meat products*, *op. cit.*

[602] Ben Bouckley, « Relief for organic meat industry as EC calls off nitrate ban », *op. cit.*

[603] Rick Pendrous, « Nitrate ban "could kill" UK's organic bacon », *Food Manufacture*, 11 août 2008.

[604] Chloe Ryan, « Life preservers : Focus on preservatives », *Food Manufacture*, 1er novembre 2010.

[605] IFOAM, *Standard for Organic Production and Processing*, IFOAM, octobre 2019 (2014). Voir « Principle of health », p. 9-10, « Criteria for the evaluation of inputs, additives and processing aids for organic production and processing », p. 68-69 et « Necessity and alternatives », p. 71-72.

[606] Pierrick de Ronne, audition du vendredi 27 novembre 2020 dans Commission des affaires économiques, *Rapport d'information sur les sels nitrités dans l'industrie agroalimentaire*, *op. cit.*, p. 79-80.

[607] Elsa Casalegno et Domitille Vey, « Comparatif nitrites et nitrates dans le jambon sec », *Que choisir*, 18 mars 2021.

[608] Règlement d'exécution (UE) 2021/1165 « de la Commission du 15 juillet 2021 autorisant l'utilisation de certains produits et substances dans la production biologique et établissant la liste de ces produits et substances (Annexe V, partie A, Section A1). » Le règlement de 2021 reprend les dispositions du règlement (CE) n° 889/2008 « de la Commission du 5 septembre 2008 portant modalités d'application du règlement (CE) n° 834/2007 du Conseil relatif à la production biologique et à l'étiquetage des produits biologiques en ce qui concerne la production biologique, l'étiquetage et les contrôles ».

[609] Question écrite n° 06224 de M. Christian Cambon (Val-de-Marne – Les Républicains) publiée dans le *Journal officiel des questions* (Sénat) du 19 juillet 2018, p. 3545.

[610] Réponse du ministère de l'Économie et des Finances publiée dans le *Journal officiel des questions* (Sénat) du 8 novembre 2018, p. 5724.

[611] *Ibid.*

[612] Déclaration de l'INAO, 13 décembre 2022.

[613] Déclaration du pôle bio de l'INAO, 16 novembre 2022.

[614] *Ibid.*

[615] *Ibid.*

[616] Règlement d'exécution (UE) 2021/1165 de la Commission du 15 juillet 2021 autorisant l'utilisation de certains produits et substances dans la production biologique et établissant la liste de ces produits et substances (Annexe V, partie A, Section A1).

Composé et édité par HarperCollins France.

Achevé d'imprimer en janvier 2023.

CPI
FIRMIN-DIDOT

à Mesnil-sur-l'Estrée (Eure)

Dépôt légal : février 2023.

Pour limiter l'empreinte environnementale de ses livres, HarperCollins France s'engage à n'utiliser que du papier fabriqué à partir de bois provenant de forêts gérées durablement et de manière responsable.

Imprimé en France